"니는 어뜨느냐?"

나는 아이들의 울음도 뚝 그치게 만드는 TV 프로그램이 방영되기를
기다리는 눈빛으로 나를 바라보는 랑이에게 내 마음을 있는 그대로 말했다.

"잘 어울려. 귀엽네."

그 다음부터는 집에서 케이크를 먹는 소리만 가득 찼다.

※ 이미지 영상입니다. 실제와 다를 수 있습니다.

그리고 나는 천국을 보았다.

나와 호랑이님 5.5

알콩달콩 신혼일기 ♡

카넬 지음
영인 일러스트

목차

또 한 번 쉬어 가는 이야기

"너 데자뷔라는 말 아냐?"

뜬금없지만 그래서 더욱 사람의 마음을 찌르는 세현의 말에 나는 심장이 덜컥 내려앉는 줄 알았다. 데자뷔의 뜻을 몰라서 그러는 게 아니다. 데자뷔가 우리나라 말로는 기시감이라는 것도, 처음 일어나는 일인데 예전에 있었던 일같이 느끼는 것을 뜻한다는 기본적인 상식도 가지고 있다. 왜 이렇게까지 자세하게 알고 있냐면 어린아이의 호기심을 채워 주는 것은 의외로 어렵기 때문이다. 그렇게만 알아 두자. 여담이지만 랑이가 온 이후에 내 일반상식이 기하급수적으로 늘어났다는 슬픈 이야기가 있다.

"대가리 굴리는 소리가 들린다, 야."

잡생각을 하고 있어도 현실의 시간이 흐르는 건 변하지 않는다.

"설마 데자뷔가 뭔지 모르는 건 아니지?"

멍청하기로는 나와 오십보백보인 녀석이 저런 말을 하니 세희보다 더 열 받는데?

"그걸 내가 모르겠냐."

"오~. 난 어제까지만 해도 몰랐는데."

내가 오십 보군.

"그래서 데자뷔가 뭐 어쨌다고?"

"그게 말이다. 오늘만 해도 내가 2회차 플레이를 하는 것 같은 기분이 몇 번이나 들어서 말이야. 꼭 루프물의 주인공 같았다니까?"

"인간의 언어는 짐승의 것과 궤가 다르다."

예전에 세희에게 들었던 말을 인용해서 말하자 이 자식은 씨익 하고 웃었다.

"짐승이 뭐 어때서. 배고프면 먹고 졸리면 자고, 하고 싶으면 한다. 이 얼마나 좋냐. 특히 마지막이."

나로서는 상상도 못한 대답이어서 세현의 변태스러움에 혀를 찼다.

"됐으니까 내가 알아들을 수 있게 말하라고."

"음……."

잠시 생각에 잠겼다가,

"왈! 왈왈!!"

짖기 시작한 친구에게 해 줄 수 있는 건 이런 것밖에 없다.

"으르르르르……. 왈! 왈왈왈!!"

개가 되어 짖는 우리의 주변에서 학우들이 경멸의 시선을 보내오며 점점 멀어져 간다. 그중에는 내 귀여운 동생인 치이와 그 친구이면서 멋대로 얽혀살기 시작한 페이도 있었다.

"오라버니가 드디어 정신 줄을 놓은 거예요."

"원래 안 좋아."

……이 자식들이. 지금 내가 이놈의 관심을 다른 곳으로 돌리기 위해 필사적으로 한 마리의 바둑이가 된 것이 안 보이냐? 그렇다고 모든 노력이 보상받으리라는 법은 없지만.

"개 짖는 소리 그만하고. 뭔가 이상하단 말이야. 네가 아침에 어딘가의 러브코미디 주인공처럼 할렘 상태로 학교에 온 것도, 내가 평범한 엑스트라 1이 되어서 널 때리다가 나래한테 맞은 것도, 하루 종일 선배에게 괴롭힘당한 것도 이미 한번 겪었던 일 같단 말이야. 뭔가 이상해?"

의외로 진지한 세현의 모습에 나는 침을 꿀꺽 삼켰다. 세희가 분명 요술을 걸긴 걸었다고 했지만 이렇게 기억하고 있으니 불안하다. 혹시 이 녀석도 나래가 곰의 일족이었던 것처럼 뭔가 있는 거 아니야? 그런 경우에 기억을 삭제하면 부작용으로 미치거나 뭐, 그런 일이 일어날 수도 있다고 했지만……. 이 녀석은 원래 미쳐 있는 상태니까 그럴 수도 있겠네.

"기분 탓 아니야?"

나는 속마음을 숨기며 그렇게 말했다. 세현은 뭔가 껄끄럽다는 듯 턱을 매만지고서는 어깨를 으쓱했다.

"그런가? 하긴, 누가 내 인생을 가지고 세이브 로드 신공을 하고 있을 수도 있고."

나는 안도의 한숨을 쉬었다.

"그러면 난 먼저 간다."

"어, 그래. 나중에 봅세."

"그런 일이 있었는데."

나는 집에 오자마자 세희에게 오늘 하교 시간에 있었던 일을 모두 말했다. 세희는 내 이야기를 듣는 둥 마는 둥 컴퓨터에 집중한 상태로 있다가 툭 하고 말을 내뱉었다.

"그런 일이 있었군요."

"무책임하기가 공무원급이구나."

"요술이 만병통치약도 아닌데 어쩌라는 겁니까?"

"네가 지금까지 해 왔던 일들을 되돌아보고 그런 말을 해라."

"도련님."

세희가 살짝 올라간 목소리로 말하며 막 뒤를 돌아보려고 했을 때. 모니터 안의 노출도 높은 여캐릭터 근처에 흉악스러워 보이는 몬스터가 나타났다. 세희는 급히 고개를 돌렸지만 이미 때는 늦어 캐릭터는 보기에도 민망한 살굿빛 엉덩이를 드러내며 쓰러지고 게임 화면은 회색빛으로 변했다. 다시 고개를 돌린 세희의 표정은 평소보다 싸늘해 보였다.

"도련님."

아까와 같은 말인데 왜 지금은 발바닥에 땀이 나는 거지?

"내가 잘못한 거 아니니까 화풀이할 생각하지 마."

"매 줄 생각은 생각도 하지 않는데 팬티부터 내리시는군요."

내가 말 안 했으면 또 뭐라고 한 마디 했을 거면서 아닌 척하기는.

"어찌되었건 사람의 정신에 간섭하는 요술은 매우 힘든 일입니다. 요술만은 대단하신 냥이 님도 비록 주위의 다른 분들을 속이기 위함이었다 하지만, 요력이라고는 쥐꼬리만큼도 없는 도련님께 요술을 걸기 위해 몇 번이나 준비를 하시지 않았습니까? 그런데 미천한 창귀에 불과한 제가 겨우 몇 시간 동안 수많은 사람들에게 건 요술이 완벽할 수 있겠습니까? 머리가 있다면 생각을 좀 하고 사시지요. 불쌍한 창귀의 취미 생활이나 방해하지 마시고 말이죠."

너는 몰라도 화면 안의 캐릭터는 불쌍해 보인다.

"그래 알았다. 그런데 무슨 게임이 몹한테 한 대 맞는다고 죽냐?"

"레벨 1짜리가 만렙들이나 잡고 다니는 몹에 맞았으니 죽을 만하지요."

"……왜 그런 걸 잡아? 잠깐. 그 전에 잡을 수는 있어?"

"시간이 걸리지만 못 할 것은 없습니다. 제 전공이 이런 것이기도 하고요."

"그러냐."

내 생각에 이 녀석의 전공은 고렙이 저렙을 학살하는 그런 것 같지만 싸우고 싶은 마음이 없어 넘어가 주려자니 세희가 캐릭터를 되살리지도 않고 게임을 종료했다. 왜 이래? 사람

무안하게. 꼭 나 때문에 그만하는 것 같잖아. 세희는 내 생각이라도 읽은 듯 컴퓨터의 전원까지 내리고서는 의자에서 일어나 나를 보았다. 키가 비슷해서 이렇게 보면 뭔가 위압당하는 느낌이 든단 말이야.

"도련님. 냥이 님의 요술로 인해 지금 한창 신경이 날카로우실 것이라는 건 알고 있습니다. 하지만 한동안은 도련님께서 걱정하시는 일은 일어나지 않을 테니 잠시 동안 찾아온 평화로운 일상을 주인님과 함께 향유하시는 데 전념하시지요. 문제가 일어날 것 같으면 제가 직접 말씀드리겠습니다."

세희의 말은 일종의 보험이기도 했지만 나를 더더욱 불안에 빠뜨리기 충분한 경고이기도 했다.

"그 말은 그 한동안이라는 시간이 지나면 일이 일어나도 크게 일어난다는 거잖아."

"어떤 고등학생은 미소녀 킬러가 자신에게 말한 치킨이라는 영어의 뜻도 제대로 이해하지 못했는데 도련님께서는 아실까 궁금하군요."

나보고 치킨이라고 하는 건 둘째 치고 내가 그 뜻도 모를까 봐?

"야. 난 그 정도는 알거든? 닭이라는 뜻이잖아, 닭."

세희의 눈빛이 차가워졌다. 왜 이래? 치킨은 닭 맞잖아? 키친이 부엌이고. 설마 반대인가? 어? 그러면 키친타월이 맞는 말인가, 치킨타월이 맞는 말인가. 내 나름대로 심각한 고민을 하고 있자니 세희가 말했다.

"나중에 시간 나시면 영어 사전이라도 찾아보시지요."

"나 영어 사전 없는데."

"……"

한창 공부할 때인 고등학생에게 영어 사전이 없다는 사실에 천하의 세희도 할 말이 없었나 보다.

내가 치킨이라는 단어에 겁쟁이라는 뜻이 있다는 걸 알게 된 것은 치이에게 물어보고 난 뒤의 일이었다. 그래. 나보고 겁쟁이라 이거지? 그렇게까지 말하니 나도 오기가 생겼다. 오냐. 아무 생각 없이 하루하루를 즐겨 주마. 나중에 소맷자락 입에 물고 후회의 눈물을 흘릴 준비나 하라고!

그렇게 나는 세희의 진언대로 짧지만 길게 느껴지는 평온한 나날들을 마음껏 즐기기로 했다.

"성훈아, 성훈아!! 들어 보거라! 아까 신기한 것을 보았느니라!"

랑이가 있으니까 꼭 평온하지만은 않겠지만.

첫 번째 이야기

밸런타인데이가 2월 14일이라는 것은 만날 상식이 부족하다는 소리를 듣는 나도 알고 있다. 그것은 크리스마스가 12월 25일이고 어린이날이 5월 5일이라는 것과 마찬가지로 쉽게 알 수 있는 사실이다. 특히나 남녀 관계에 관심이 많은 내 나이에 그런 날을 모를 리가 없지. 주위에서 너무 시끄러우니까. 나 같은 경우에는 친구라고 있는 녀석이 그 추운 날에 수영복 트렁크 하나에 불꽃이 새겨진 마스크로 얼굴을 가리고서는, "기브 미 초콜릿!! 가슴을 본뜬 초코를 내놔라아아!!" 하고 나래에게 달려들었다가 구급차에 실려 간 뒤, 다음 날 목발 짚고 온 일이 있었기에 잊을 수가 없다.

"오늘은 밸런타인데이입니다."

그러니까 이 자식은 지금 헛소리를 하고 있다는 결론이 나온다. 나는 지금이 여름이라는 사실을 재확인시켜 주기 위해 옆에 놔둔 부채를 쫙 펼치고서 느릿느릿 부쳤다.

"초콜릿을 받을 생각에 열이 나시는 겁니까? 그동안 많은 일이 있었다고 하나 어린애 같은 입맛이 어디 가는 것은 아니로군요."

"단 걸 좋아하든 매운 걸 좋아하든 지금 그게 무슨 상관이야."

"매운 걸 좋아한다는 말씀을 하시니 참고로 말씀드립니다만 맵다는 것은 통증의 일종으로 매운 것을 좋아한다는 것은 통증을 즐긴다는 말이 됩니다. 만약 도련님께서 매운 것을 좋아하신다면 그것은 도련님께서 M의 기질이 있다는 뜻이지요."

"매운 걸 좋아하는 사람들을 다 변태로 몰지 마라."

"하지만 도련님께서는 단순히 쓴 걸 못 먹는 것이기 때문에 그저 입맛이 어린애 같다는 말이 어울릴 것입니다."

"그러니까 그게 밸런타인데이하고 무슨 상관이냐고."

"도련님께서 주어를 제대로 말씀하시지 않았기에 말해 본 것입니다."

참 어렵게도 돌려서 말한다.

"한여름에 오늘이 밸런타인데이라고 말하는 너한테 그런 말을 듣고 싶지 않다."

"겨울로 바꿔 드립니까? 생태계가 파괴될지는 모르지만 가능합니다."

"세계의 눈물 같은 다큐멘터리 찍고 싶지 않으면 하지 마."

"그렇다면 오늘이 밸런타인데이라는 것을 인정하시지요."

"그게 상식적으로 말이 되냐고."

"상식이란 엿 바꿔 먹기 가장 좋은 것 아닙니까."

말이 안 통하는 귀신과 아침부터 이게 무슨 대화냐고 자기 신세를 한탄하고 있을 때 언제 들어도 기분 좋은 목소리가 들려왔다.

"뭐하고 있어?"

방문이 열리고 방금 막 샤워를 마친 나래가 물기에 젖은 머리카락을 수건으로 말리며 안으로 들어왔다. 미묘하게 젖어서 부분적으로 색이 바뀐 탱크톱과 핫팬츠가 사람의 마음을 두근거리게 만든다. 나래야. 제발 자각 좀 해 줘라. 자라나는 청소년에게 그런 자극적인 모습은 밤에 잠 못 들게 만드는 두 번째 원인이니까. 첫 번째는 시도 때도 없이 들어오는 랑이고.

나래는 물방울이 뚝뚝 떨어지는 머리카락을 수건으로 꾸욱 누른 다음 펼치고서는 수건을 목에 두르고 그 끝을 두 손으로 잡았다. 안쪽으로 향한 양쪽 팔꿈치 때문에 안 그래도 커다란 크기로 자신의 정체성을 부각시키고 있는 것이 모인다. 자세한 건 묻지 말아 줘. 나래한테 들킬지도 모르니까.

"변태."

들켰다.

"그, 그게 남자로서 어쩔 수 없는 일입니다!"

나는 살기 위해 외쳤지만 나래는 한숨을 쉬고는 자애로운 이모 같은 미소를 지으며 말했다.

"훔쳐볼 시간 있으면 씻기나 해."

응? 이상하다. 평소라면 일단 한 대 맞을 상황이었는데. 방금 씻고 나와서 기분이 좋은가?

"으, 응. 그런데 세희가 이상한 소리를 해서 좀 있다가 씻을게."

"손뼉도 마주쳐야 소리가 나는 거야. 잔말 말고 씻고 와."

"그런 말씀을 나래 님이 하시니 재미있군요. 나래 님께서는 도련님을 후려쳐서 소리가 나게 만들지 않습니까?"

"누가 들으면 내가 만날 때리는 것같이 생각하겠네."

거짓말은 아니잖아. 내가 잘못한 게 많아진 것도 그렇지만, 랑이가 온 이후 나래가 날 때리는 빈도가 기하급수적으로 늘었다.

"제가 틀린 말을 했습니까? 나래 님은 주인님같이 직접적인 스킨십을 하지 못하니 그런 식으로라도 자신의 마음을 표현하는 소녀의 마음을 가진 분이시잖습니까?"

"진짜야?!"

깜짝 놀라서 물어본 내게 나래는 한겨울 강원도 철원의 한파보다 차가운 눈으로 나를 바라보았다.

"그걸 믿어?"

"믿고 싶었는데……."

"말했잖아. 난 그런 쪽 취미는 없다고."

학교에서 복도 구석에 끌려갔을 때의 일을 말하는 것 같다.

"기쁜 일입니다. 지금까지 관찰해 본 결과 도련님께서는 S 쪽에 가까우신 것 같으니까요."

"넌 또 이상한 소리 하지 마. 그런 애였으면 지금까지 알고 지내지도 않았어."

응? 나는 또다시 위화감을 느꼈다. 왜 이렇게 나래가 내 편을 들어주지? 평소라면 나를 위해 주는 척하면서 내 가슴에 비수를 꽂았는데. 좋은 게 좋은 거라지만 지금까지 당해 왔던 많은 일들은 내게 영향을 주었고, 결국 나는 해서 좋을 것 하나 없는 말을 입 밖으로 꺼내고 말았다.

"나래야, 너 오늘 왜 그래? 어디 몸 안 좋아?"

"뭐가?"

내가 무슨 말을 하는지 모르겠다는 듯이 고개를 갸웃거리며 묻는 나래에게 나는 옆구리의 안전을 희생하며 진실로 향하는 문을 열었다.

"오늘따라 너무 상냥해서."

맞는다. 꼬집힌다. 살짝 찌푸려지는 나래의 눈가를 보며 본능이 경고한다. 왜 그런 미친 짓을 했냐고 묻는다. 하지만 이상하잖아. 나래는 상냥하기는 하지만 그것을 겉으로 드러내는 경우가 거의 없는 부끄럼쟁이다. 그래서 조금 과한 방법으로 그 마음을 숨기곤 하는데 오늘은 다르다. 그게 나는 걱정되었다.

"얘는?"

그래서 나래가 귀엽게 눈웃음을 지을 때는 깜짝 놀라고 말았다.

"그렇게 말하면 내가 평소에 널 괴롭힌 것 같잖아? 그런 말 하지 마."

괴롭힌 적은 없지만 이런 반응을 보인 적도 없지. 어리둥절해서 아무 말도 못 하고 있자 나래가 다가왔다. 지금까지의 말은 이때를 위한 것인가?! 바짝 긴장하며 옆구리에 힘을 주고 있는데 나래의 손이 닿은 곳은 내 머리였다. 마치 자식을 사랑하는 평범한 어머니같이 내 머리를 툭툭 두드린 것이다!

"이상한 소리 하지 말고 가서 씻어."

"어, 응."

나는 얼떨결에 대답하며 의자에서 일어나 방을 나섰다. 그 등 뒤로 나래와 세희의 대화가 들려왔다.

"아, 그런데. 너, 어제 도대체 나한테 무슨 짓을 한 거야?"

"무슨 말씀이십니까?"

"왜 자고 일어나니까 브래지어가 풀어져 있는데?"

"주인님께서 아직 어리시기 때문에 어미의 젖을 찾듯이 나래 님의 젖을 빤 것 아니겠습니까?"

"그럴 리가 없어. 그러면 끝이 아픈데 오늘은 이상하게 가슴이 커지고……. 잠깐, 성훈아. 너 지금 안 가고 거기서 뭘 듣고 있어?!"

응. 평소의 나래다. 나는 양 볼이 새빨개져서 한 손으로는 가슴을 가린 나래에게 옆구리를 쥐어뜯기면서도 이상하게 마음이 놓였다.

밤새 열대야 현상에 끈적끈적해진 몸을 시원하게 씻고 나오자 이미 뽀송뽀송해진 랑이가 화장실 앞에서 바둑이처럼 앉아서 나를 기다리고 있었다. 나래하고 같이 씻었나? 그런 상관없는 생각을 하면서 부담스러운 시선을 어떻게든 슬쩍 넘기려고 했지만 그것도 한계였다. 랑이가 벌떡 일어나서 내게 달라붙었으니까.

"성훈아!"

방금 찬물로 샤워해서 다행이다. 몸이 차가워져서 랑이가 붙어도 그렇게 덥지 않으니까. 그래도 남의 티셔츠를 들어 올리고 배에 볼 비비지 마라. 나도 하고 싶은 생각이 드니까. ……생각은 할 수 있잖아, 생각은. 랑이 배가 얼마나 보들보들하고 말랑말랑거리는데. 이건 랑이만이 아닌 모든 애들의 공통점이다.

"왜? 같이 놀자고 기다렸냐?"

"응? 그것도 좋지만 오늘은 중요한 날이라 나중으로 미뤄야 하느니라!"

고백한다. 나는 나래의 이상한 반응과 원래대로 돌아온 것에 대한 안도감, 찬물로 한 샤워로 인해 오늘 아침에 있었던 세희가 한 헛소리를 이때까지만 해도 잊고 있었다.

"중요한 날?"

"오늘이 바래타인데이트 아니느냐?!"

"……밸런타인데이?"

발음을 정정해 주자 랑이가 귀를 접었다 펴며 딴청을 피우고서는 "헤헤헤" 웃음을 흘리며 말을 얼버무렸다.

"밸런타인데이. 응. 밸런타인데이라고 들었느니라. 어, 어쨌든 오늘이 밸런타인데이가 아니느냐?"

지금 당장이라도 세희에 의해 잘못 주입된 랑이의 잘못된 상식을 고쳐 주고 싶었지만 초롱초롱 빛나는 요 녀석을 보자니 하고 싶은 말은 다 들어주고 나서 하는 게 좋을 것 같아서, 나는 랑이의 등을 쓰다듬어 주었다. 말해 봐라, 랑이야. 내가 다정하고 따듯하게 다 들어준 다음 세상의 차가움을 가르쳐 주마.

"밸런타인데이에는 여자아이가 좋아하는 남자아이에게 초코라는 것을 선물한다고 들었느니라! 그러니까 오늘은 내가 너에게 초코를 주겠느니라! 전에 월화가 내게 과자를 준 적이 있었는데 정말 맛있었느니라. 그런데 초코라는 것은 그것보다 더 맛있다고 세희가 말했느니라. 그러니까 성훈이, 너도 맛있어할 거이니라."

아, 안 좋은 기억이 되살아나려고 한다. XOXO라거나 XXXX 같은 거나 나래의 무시무시한 모습이라든가. 하지만 그보다는 내게 초콜릿을 줄 생각에 두근두근거리고 있는 랑이에게 세상의 벽을 깨닫게 해 주는 것이 먼저다. 실망하기는 하겠지만 네가 주는 거라면 꼭 초콜릿이 아니어도 맛있다, 같은 말로 달래면 되겠지. 나는 그렇게 순간적인 두뇌 활동을 통해 나온 계획을 그대로 실행하려고 했다.

"아우우? 랑이 님. 그게 무슨 말인 건가요?"

하지만 나보다 발 빠른 녀석이 있었다. 마루에서 페이의 젖은 머리카락을 말려 주고 있던 치이다. 나는 오히려 이쪽이 나을지도 모른다는 생각에 반쯤 열렸던 입을 다물었고 랑이는 시선을 돌리는 김에 몸도 함께 돌려 등을 기대고서는 말했다.

"왜 그러느냐?"

다 좋은데 이제 슬슬 떨어져 주면 안 될까. 슬슬 더워지는데.

"왜 오늘이 밸런타인데이라는 건가요?"

"응?"

[랑이, 바보.]

"나, 나는 바보가 아니니라!"

두 손을 꽉 쥐고 꼬리를 삐쭉 세우고서는 지금이라도 달려들어 폐이와 뒹굴뒹굴거릴 기세다.

"세희가 말해 주었느니라. 오늘이 밸런타인데이라고 말이니라!"

그놈의 귀신은 자기 주인님한테 제대로 된 교육을 하지는 못할망정 애들한테 놀림당하게 만드는구나.

"아우우? 랑이 님. 밸런타인데이는 2월 14일인 거예요."

[어린애는 몰라. 그러니까 어린애.]

"나, 나는 어리지 않으니라. 그리고 세희가 그렇게 말했느니라. 오늘이 밸런타인데이라고 내게 알려 주었느니라."

"그렇습니다, 주인님."

그 순간 세계가 변했다.

……진짜로 변했다는 건 아니고 분위기가 바뀌었다는 말이지. 부엌에서 아침 준비를 하고 있었는지 호랑이가 낮잠 자는 모습이 수놓아진 검은색 앞치마를 하고서 두 손에 부엌칼을

쥔 채 마루로 걸어오는 세희에게는 그 정도의 패기가 있었다. 부엌칼 하나당 한 명씩인가? 얼빠진 생각이 머리를 스칠 정도로 흉흉한 그 모습이 아무렇지도 않은 듯 랑이는 종종 걸어서 세희의 품에 와락 안기고서는 살짝 물기 어린 목소리로 말했다.

"세희야. 치이하고 페이가 오늘이 밸런타인데이가 아니라고 하였느니라. 나, 오늘 성훈이가 내가 준 초코를 먹고 기뻐할 것 같아서 나도 막 기분이 좋았는데 치이하고 페이는 오늘이 아니라고, 날 바보라고 하였느니라. 말해 보거라, 세희야. 오늘이 밸런타인데이가 아니느냐?"

나는 봤다. 세희가 들고 있는 부엌칼에 파란 불꽃이 피어오르는 것과 동시에 치이와 페이가 한 몸이 되는 것을. 나는 세희와 부들부들 진동 모드가 된 까막까치 사이를 막아서며 말했다.

"애들 사이에 있던 일 가지고 그렇게 괴롭히지 마라."

세희는 내 말에 아무런 대꾸 없이 입술을 혀로 한 번 핥고는 랑이에게 말했다.

"인간들에게는 그렇게 알려져 있습니다, 주인님."

랑이의 털이란 털이 모두 곤두섰다.

"하지만 주인님. 주인님께서는 요괴이십니다. 요괴의 상식이 인간의 상식이 아닌 것처럼 인간의 기념일이 요괴의 기념일은 아닙니다."

"응? 그게 무슨 말이느냐?"

세희의 알아듣기 힘든 말에 랑이는 진정하고서는 머리카락으로 물음표를 만들며 물었다. 사기꾼이 답했다.

　"주인님께서 오늘이 요괴들의 밸런타인데이라 정하시면 그리 된다는 것입니다. 아니, 주인님께서 도련님께 초콜릿을 선물해 드리며 당신의 마음을 다시 한번 밝히려고 마음먹은 순간, 오늘은 이미 요괴들의 밸런타인데이가 되었다는 뜻입니다."

　"그렇구나!"

　순진하고 귀여운 랑이가 간악하고 사악한 세희의 사탕발림에 넘어갔다. 저게 말도 안 된다는 것을 알고 있는 치이와 폐이는 세희의 부엌칼이 무서워서 아무 말도 못 하고 있고. 하지만 우리 집에는 세희와 대등한 말싸움을 할 수 있는 사람이 있다.

　"그게 무슨 말도 안 되는 소리야?"

　나래 말이야. 그런데 지금은 상황이 조금 안 좋은데. 나래의 말에 랑이가 깜짝 놀라서 온몸이 딱딱하게 굳어져 버렸으니까.

　"밸런타인데이라는 건 원래 그리스도교의 성인 발렌티노의 축일이니까 그건 말도 안 되잖……. 랑이야?"

　나래도 랑이의 모습이 안 좋다는 걸 이제야 안 것 같다.

　"저기, 그러니까, 내 말은……."

　나래가 허둥대며 뭐라고 달래려고 하지만 조금 늦은 것 같은데?

"훌쩍."

"우, 울지 마, 랑이야. 응?"

"오, 오늘이 아니느냐? 훌쩍, 결국 오늘이, 크흥, 아니라는 말이잖느냐."

"그러니까, 그게…… 자, 잠깐, 성훈아! 너도 뭐라고 말 좀 해 줘!"

강 건너 랑이 구경도 여기까지인 것 같습니다. 나래가 당혹 스러워하는 것도 랑이가 우는 것도, 치이하고 페이가 겁에 질린 것도, 세희가 입꼬리를 올리는 것도 마음에 들지 않으니 어떻게든 해 보자.

……그런데 이런 상황에서 저는 뭐라고 말을 해야 하는 겁니까.

"아니, 저한테 그런 말씀을 하셔도 뭐라고 할 말이 없는데요."

그러니까 나래만큼은 아니더라도 나도 당황하고 있다는 거다.

"으, 으……."

그래도 랑이가 울게 만들 수는 없다. 머리를 굴리자!

"그, 그래! 나래가 잘못 알고 있던 거야!"

나중에 아이를 낳으면 좋은 아버지 되기는 포기해야 할 것 같은 말이 튀어나왔다.

"훌쩍?"

랑이가 물기에 젖은 호박색 눈동자로 나를 바라본다. 정말 이냐고 묻는 듯한 그 시선에 나는 재빨리 나래에게 도움을 요청했다. 저, 저는 랑이의 눈을 보면서 거짓말을 못 하겠습니다! 살려 주세요! 소꿉친구는 좋은 것 같다. 말을 안 해도 눈빛만으로 마음이 통할 때가 있으니까.

"그, 그래, 랑이야. 언니가 잘못 알고 있었네. 오늘이 밸런타인데이 맞아. 그러니까, 뚝. 오늘 같은 날에 울면 안 돼. 응? 그러면 성훈이가 곤란해하잖아."

랑이의 눈동자가 다시 나를 향했다. 거울을 보지 않아도 알 수 있다. 지금 나는 꽤나 당황한 모습이겠지. 그 때 참 알맞은 순간에 세희가 손수건을 랑이에게 건넸다.

"크~~응!"

힘차게 코를 푼 랑이는 소매로 눈물을 쓱쓱 닦고는 환한 미소를 지으며 젖어 있지만 기운찬 목소리로 말했다.

"난 안 울었느니라!"

지금 상황에서 눈이 빨갛고 볼에 눈물 자국이 살짝 나 있다는 걸 말할 바보는 없겠지.

"아우우우, 오라버니도 어쩔 수 없는 거예요."

[정의의 패배.]

어, 어쩔 수 없잖아!

나래가 랑이를 데리고 화장실로 들어간 사이에 나는 조금 전의 여파 때문인지 아직까지도 손을 꽉 잡고 있는 치이와 페이의 옆에 앉았다.

"더운 거예요. 좀 떨어지는 거예요."

그러면서도 자기는 떨어지지 않는 게 치이답다고 할까. 페이? 페이는 치이의 손을 놓고 내 앞을 지나가더니 반대쪽에 앉았다.

[살려 준 서비스.]

"아우우? 무슨 말인 건가요? 오라버니는 아무것도 못 한 거예요. 무능한 거예요."

[립 서비스 해 줌.]

"뭐가 립 서비스야. 그래도 막아 줬잖아."

[그러면 난 진짜 립 서비스.]

페이가 살짝 볼을 붉히며 눈을 감고 내 쪽을 향해 아기 새처럼 입술을 쭈욱 내민다.

"꺄우우우?! 페이! 무슨 짓을 하는 거예요?!"

[후발 주자. 어필 필요해.]

"그런 거 하면 안 되는 거예요!"

[왜? 나 둥지 틀었는데.]

"그, 그래도 그런 건 어른이 되고 하는 거예요! 그래서 저, 저도 아직 볼에만 한…… 꺄우우우!!"

치이가 성대하게 자폭했다. 얼굴이 새빨개진 것을 숨기려고 두 손으로 가려 보지만 파닥이는 귀 위 머리카락과 붉게 달아오른 귀는 어쩔 수 없나 보다.

[……]

치이의 모습을 흐뭇하게 지켜보고 있던 내 앞에 페이의 글이 지나갔다.

"왜 그래?"

[관심 필요.]

"네가 무슨 요주의 학생이냐."

페이는 볼을 부풀리고서는 양 갈래 머리를 빙빙 돌렸다.

[나, 애정 결핍 아이.]

이렇게까지 글 쓰면 어쩔 수 없지. 나는 피식 웃고는 몸을 틀어 페이의 허리를 두 손으로 잡고 내 무릎 위에 가로 앉혔다.

[?!]

그래도 이거로는 조금 모자란 감이 없지 않아 머리 위에 턱을 올렸다.

"옜다, 관심."

"아우, 아우우우?!"

이제야 치이도 옆에서 일어나는 일을 본 것 같다.

"뭐, 뭐하시는 거예요, 오라버니?!"

"관심 주고 있는데."

내 뻔뻔한 대답에 치이는 타깃을 바꾼 것 같다.

"페이는 왜 가만히 있는 건가요?!"

[……기분 좋아서.]

"꺄우우우?!"

치이는 자기 일도 아닌데 부끄러운지 다시 손으로 얼굴을 가렸다. 전과 다른 건 손가락이 절묘하게 벌어져서 푸른 눈동자가 보인다는 것일까.

"이제 됐냐? 이제 슬슬 덥다."

[아직.]

아직인가 보다.

[아직 불끈불끈 안 했어.]

아니, 충분한 것 같군.

"불끈불끈은 무슨 불끈불끈이야."

[나 예뻐.]

예쁘지.

[가슴도 커.]

어린애로 볼 수 없을 정도로 크다.

[그리고 어려.]

부적만 쓰면 내 나이 또래가 되긴 하지만.

[그러니까 불끈불끈. 엉덩이 쿡쿡.]

"결론이 그거냐?!"

이래서 치이하고 페이는 함부로 안 안아 주는 거다. 요 녀석
들은 너무 많은 걸 알고 있다고. 나는 페이의 허리를 다시 잡
아서 옆에 앉혔다.

"페이는 그런 말 하면 안 되는 거예요! 오라버니는 로리콘
변태라서 잡아먹힌다고요!"

[와아!]

페이는 만세를 불렀다. 나는 허리를 숙이며 이마를 짚었다.
나래하고 랑이는 왜 이렇게 안 오냐.

나중에 들어 보니 랑이가 눈이 원래대로 돌아올 때까지 안 나간다고 떼를 써서 시간이 조금 걸렸다고 한다. 어쨌든, 다시 온 가족이 모여 조금 늦은 아침 식사를 마치고 세희와 나래는 커피를, 나는 배가 뽈록하게 솟아오른 바둑이의 머리를 쓰다듬으며 식후의 포만감을 즐기고 있을 때 잊히기를 기대했던 이야기가 랑이의 입에서 다시 나왔다.

"그런데 초코는 어떤 맛이느냐?"

참고로 랑이는 나래의 허벅지에 턱을 올려놓고 소파 위에 엎드려 있다. 부러운 녀석.

[먹은 적 없는 거?]

아침 빵만으로는 부족한지 쿠키를 입에 물고 오물거리며 글을 쓰는 걸 보니 참 편해 보인다. 나도 배우고 싶어지네.

"없느니라."

내 시선은 자연스럽게 세희에게 향해졌다.

"예전에는 주인님께서 이를 닦는 것을 귀찮아하셨기에 충치 예방 차원에서 드리지 않았습니다."

그 말에 랑이가 부끄러운지 두 다리로 물장구를 치듯 움직이며 말했다.

"이, 이제는 안 그러느니라! 이빨도 하루에 세 번씩 꼭꼭 닦으느니라!"

"알고 있습니다, 주인님."

"우……. 세희는 가끔씩 말 안 해도 되는 말을 해서 나를 부끄럽게 만드느니라."

"주인님의 부끄러워하시는 모습이 귀엽기 때문입니다."

어떻게 저런 말을 안색 하나 안 바꾸고 할 수 있지?

"정말이느냐? 성훈아! 내가 부끄러워하는 모습이 귀여우냐?"

랑이도 말이지. 나는 볼을 긁적이며 대답했다.

"응."

내 몸은 나래가 보기에 발로 차기 좋게 생겼나 보다.

"어떻게 그런 말을 안색 하나 안 바꾸고 할 수 있어?"

"오라버니는 랑이 님이면 무조건 헬렐레~ 하는 거예요."

누, 누가 그래? 뭐라고 한 마디 해 주려는데 페이의 글이 먼저 보였다.

[치이, 질투?]

그 글은 치이의 필사적인 날갯짓에 사라졌다.

"누, 누가 질투한다는 거예요?!"

그러니까 치지 말아 주세요. 지금은 제 잘못도 아니잖아요. 그래도 아침처럼 이상한 모습이 아니라 평소의 모습이라 마음이 놓이지만.

"흐음…… 6시간 정도면 효과가 사라지는군요."

그 때 들려온 세희의 이상한 말에 나는 호기심이 일었다.

"뭐가?"

"아무것도 아닙니다."

뭔가가 있다. 내 위험 감지 센서가 울렸다고! 나는 바로 세희를 추궁하고 싶었지만 이놈의 귀신은 언제나 나보다 한 수 위였다.

"그보다 주인님. 이번 기회에 초콜릿을 한 번 드셔 보시겠습니까?"

"그래도 되느냐?!"

랑이가 나래 쪽으로 몸을 한 바퀴 돌리고서는 벌떡 일어나다 눈앞의 장애물에 격침당했다.

"으냐앗?!"

"꺅!"

저는 아무것도 못 봤습니다. 나래의 가슴에 랑이의 얼굴이 파묻히거나 그 여파로 곰의 일족 특성상 남들보다 우월한 신체 부위가 위아래로 출렁출렁 흔들리거나 하는 것 못 봤다고요. 랑이는 조금 전의 실수를 교훈 삼아 꿈틀꿈틀 비비적거리며 위치를 바꾸고서는 다시 한번 벌떡 일어났다.

"우……. 나래는 가슴이 너무 크느니라."

"라, 랑이야. 그런 말 하면 안 돼!"

그래. 하지 마라. 아무것도 안 한 내가 지금 생명의 위험을 느끼고 있으니까. 빨리 바둑이의 꼬리로 평온을 되찾자.

"사실이지 않느냐? 조금 부럽고 가끔은 질투 날 때도 있지만 난 나래의 큰 가슴이 좋으니라."

"으……."

랑이의 순진한 말에 나래는 아무 말도 못 하고 얼굴만 붉혔다. 이 상황이 계속되면 넌 뭘 듣고 있어?! 라는 말과 함께 부끄러움을 숨기기 위한 귀여운, 하지만 당해 보면 뼈가 시린 폭력이 이어질 테니까 나는 재빨리 이야기를 돌렸다.

"넌 뭘 듣……."

"아, 그런데! 넌 초콜릿도 가지고 있냐?!"

살았습니다. 세희는 칫, 하고 혀를 차고는 소매에서 AAA 초콜릿을 하나 꺼냈다.

"제 소매 안에 대형 마트가 있다는 사실을 잊으셨나 보군요."

잊은 건 아니다. 좀 급해서 할 말이 그거밖에 없었던 거지. 랑이는 세희가 꺼낸 초콜릿을 보고서는 살이 통통하게 오른 토끼를 눈앞에 둔 야생의 호랑이 한 마리가 되었지만 그것도 잠시. 초콜릿을 향해 뻗은 오른팔을 왼손으로 잡고 부들부들 떨며 귀엽게 눈을 찡그리고 입을 쭈욱 내밀고서는 고개를 가로저었다.

"아니, 아니니라. 오늘은 내가 성훈이한테 줘야 하는 날인데 내가 먼저 먹을 수는 없느니라."

그건 별로 상관없냐. 나는 초콜릿의 유혹에 저항하는 랑이 대신 세희에게 손을 내밀어 초콜릿을 받은 다음 비닐 포장을 벗겼다. 랑이는 고개를 휙 돌렸지만 그것도 잠시. 부스럭부스럭 비닐 벗기는 소리에 욕망에 저항할 수 없는지 끼기긱 하고는 원래대로 고개를 돌리고서는 내 쪽을 향해 자기도 모르게 몸을 숙였다. 그 모습을 보고 나래가 입가를 가리며 소리 죽여 웃었지만 랑이의 귀에는 들리지 않았나 보다.

"자."

"으냐앗?!"

자신에게 초콜릿을 내민 나를 랑이는 눈을 동그랗게 뜨며 바라보고서는 자기도 모르게 손을 내밀다가 급하게 몸을 뒤로 젖혔다.

"그, 그러지 말거라! 나는 네가 초코를 먹은 다음에 먹을 것이니라!"

말은 그렇게 하지만 초콜릿의 달콤한 향기 때문일까. 랑이의 입가에서는 주룩 하고 침이 흘러나왔다. 나는 손수건을 꺼내서 입가를 닦아 주었다.

"그러면서 침 흘리는 건 뭔데."

"으냐앗."

양 볼을 새빨갛게 물들이면서도 내 손길을 피하지 않는다. 내 손길에 부드럽게 이리저리 움직이는 입술로 좀 더 놀고 싶지만 그건 나중에 하자. 나래 없을 때 말이야.

"내가 주는 거니까 먹어."

"그, 그래도……."

어디, 이래도 버티나 보자. 나는 랑이의 입가에 초콜릿을 가져다 대며 말했다.

"자, 아~."

결국 랑이는 나와 초콜릿을 번갈아 보고서는 두 눈을 감고 작은 입을 벌렸다.

"아~."

초콜릿이 쏙 하고 들어간다.

"오?"

깨물어 먹지 않고 혀로 이리저리 돌려서 녹여 먹던 랑이가 번쩍 눈을 뜨고 양손으로 볼을 감싸 안는다. 갑자기 랑이의 등 뒤로 오색찬란한 광채와 함께 화사한 꽃들이 만개하는 환상을 본 것 같은데 기분 탓이겠지?

"이, 이건 정말로 맛있구나!!"

얼마나 마음에 들었는지 이제는 두 주먹을 꽉 쥐고 몸까지 부들부들 떨기 시작한다. 그 모습에 나도 모르게 확 끌어안을 뻔했지만 나보다 먼저 한 사람이 있어서 실패했다.

"그렇게 맛있어?"

나래가 뒤에서 랑이를 꼬옥 끌어안고서 머리에 볼을 비볐거든.

"응! 정말 맛있느니라! 그러니까, 음……. 고기보다 더 맛있느니라!"

호랑이는 육식 동물이죠. 랑이로서는 최고의 찬사에 식곤증에, 아니, 평소처럼 잠들어 있던 바둑이의 귀가 쫑긋 하고 움직였다.

"그렇게 맛있어요, 주인님?"

바둑이도 먹을 거라면 자다가도 벌떡 일어날 정도지.

"응! 정말 맛있느니라! 세희야, 바둑이에게도 초코 하나 줘 보거라."

"헤헤헤. 감사해요, 주인님."

바둑이의 갈색 꼬리가 쉴 새 없이 흔들린다. 그렇게 좋은 거냐. 하지만 불행하게도 나는 바둑이가 초콜릿을 먹게 놔둘 수가 없었다.

"잠깐만. 바둑이는 초콜릿 먹으면 안 돼."

"……예?"

내 말에 바둑이가 벌떡 일어나더니 커다란 눈동자에 눈물을 그렁그렁 머금었다. 세상에 가장 치사한 게 먹는 거 가지고 뭐라고 하는 거라지만 나도 어쩔 수 없다고! 그러니까 울지 마!

"왜, 왜요? 왜 먹으면 안 돼요?"

"아우우, 오라버니는 바둑이를 괴롭히는 거예요."

[치사빤스.]

"너, 왜 바둑이를 울려?"

"서, 성훈아. 왜 그러느냐?"

"도련님 안에 잠재해 있던 가학적인 욕망이 이제야 꽃을 피운 것입니까?"

내가 세상에 둘도 없는 악당이 된 기분이구만. 나는 아이들의 시선을 견딜 자신이 없어서 시선을 피하며 말했다.

"그게, 개는 초콜릿을 먹으면 안 된다고. 큰일 나."

"예?"

쾅과과광! 천둥 번개가 쳤다. ……랑이 때처럼 진짜로 쳤다는 건 아니고. 바둑이는 지금이라도 랑이를 붙잡고 나는 왜 강아지로 태어났나요, 하고 울 것 같은 표정이라 내 마음이 다 아프다. 하지만 어쩔 수 없잖아. 내가 어렸을 때, 이모 댁에서 기르던 개한테 동생들이 초콜릿을 줬다가 일어난 참사를 기억하고 있는데. 꽤 튼실하고 덩치도 큰 놈이어서 동물 병원에 가서 며칠 누워 있는 거로 끝났지 하마터면 죽을 뻔했던 일이 있었다. 그런데 바둑이한테 초콜릿을 줄 수 있겠냐. 나는 찢어질 것 같은 마음을 바둑이를 위한 것이라고 참으며…….

"죄송합니다만, 도련님. 뭔가 착각을 하고 계시는 것 아닙니까?"

"응?"

세희는 제철이 다 지날 때까지 팔리지 않아 결국 썩어 버린 과일을 보는 듯한 눈으로 나를 보며 한숨을 쉬었다.

"하아……. 도련님. 바둑이는 개가 아닙니다. 개의 요괴입니다. 요괴가 초콜릿 먹고 죽는 일이 있을 것 같습니까?"

……어라?

"다르냐?"

"다릅니다. 무엇보다 바둑이도 인간이 되는 요술을 쓰지 않았습니까? 그런데 도대체 어떻게 하면 초콜릿을 먹는다고 죽는다는 생각을 하신 겁니까? ……다른 문제는 있겠지만요."

우와, 시선이 아파. 세희의 경멸 어린 시선이야 익숙해져서 넘길 수 있는데 바둑이를 반쯤 울렸다는 것에 대한 분노를 표출하는 나래의 시선과 치이와 페이의 저런 한심한 인간을 믿고 살아도 되는 건가 하는 의문 섞인 시선, 그리고 지금 이게 무슨 말인지 이해하지 못해 두리번거리는 랑이와 바둑이의 시선은 참을 수 없었다.

"……미안하다, 바둑아. 나는 네가 먹으면 큰일 나는 줄 알았어. 먹어도 돼."

"아니에요, 도련님. 절 생각해 주신 건데요. 그보다 정말 먹어도 되는 거예요?"

바둑이의 관심은 이미 초콜릿으로 넘어간 것 같다. 나는 고개를 끄덕이며 말했다.

"응."

그 말과 동시에 바둑이는 세희에게 두 손을 공손히 내밀었다.

그런데, 잠깐. 조금 전에 듣고 넘긴 말 중에서 이상한 말이 있었는데? 그래. 세희가 다른 문제는 있다, 라고 말했지? 나는 급하게 세희에게 시선을 돌렸다. 껍질 벗긴 초콜릿을 주는 세희의 입가는 비틀어져 있었다. 마치 유혹에 진 인간을 비웃는 악마처럼.

"잠깐만, 바둑아."

"아웅?"

이미 바둑이는 입 안에 초콜릿을 넣은 다음에 눈을 깜빡이고 있었다. 그러면서 입은 쉴 새 없이 움직이고 있는 게 바둑이답다고 할까.

"오~! 정말 맛있어요, 주인님!"

바둑이의 꼬리가 활기차게 흔들린다.

"그렇느니라! 너무너무 맛있어서 밥 대신 먹고 싶을 정도이니라!"

난생처음 먹어 본 초콜릿에 행복해하는 랑이와 바둑이의 모습을 보고 있자니 세희가 이상한 미소를 지었던 것은 어찌돼도 상관없을 것 같은 생각이 들었지만 그러면 안 된다. 내가 저 녀석한테 당한 게 얼만데?! 나는 고개를 흔들어 세상만사 바둑이처럼 태평하게 살자는 유혹을 떨쳐 버리고서 세희에게 말했다.

"야, 아까 말은 뭐야?"

"몇 번을 말해도 주어를 생략하는 도련님의 말버릇은 고쳐지지가 않아 걱정됩니다. 나중에는 나래 님께 무슨 색이냐고 물어 수치 플레이를 즐기실 것 같아서 말이죠."

"이상한 소리 하지 마!"

왜 나래는 나를 발로 미는 걸까. 난 무슨 뜻인지 모르겠는데. 나는 나래의 발바닥에 꾸욱꾸욱 밀리면서도 지지 않고 말했다.

"바둑이한테 초콜릿을 주면 다른 문제가 생긴다며?"

"문제라고 할 건 없습니다. 단지……."

세희는 입꼬리를 슬쩍 올렸다.

"초콜릿이 사향과 비슷한 효과가 있다는 것, 혹시 아십니까?"

"……응? 사향? 그게 뭐야?"

세희의 말을 제대로 이해하지 못할 때 사건은 일어난다.

"주, 주인님."

"응? 왜 그러느냐?"

고개를 돌리자 보인 건 미묘하게 얼굴이 붉어진 바둑이가 두 손을 배 아래쪽에 대고 있는 모습이었다. 배, 배에 탈이 났나? 역시 초콜릿을 먹어서 몸이 안 좋아진 거야?!

나는 몰랐다. 차라리 그랬으면 더 나았을 것이라는 걸.

"저, 갑자기 발정기가 왔나 봐요."

발정기. ······발정기?!

"참고로 발정기의 사전적인 의미는 포유류의 암컷의 발정 주기 중 한 시기이며 임신 가능한 시기로서 발정 상태에 있으며, 이때에 수컷과 교미하는 것을 말합니다. 인간을 예로 들어 말하면 쉽게 말해서 섹······."

"그런 건 자세하게 안 알려 줘도 되거든?!"

"애들 앞에서 그런 소리 하지 마!"

나와 나래는 한마음 한뜻이 되어 얼굴을 새빨갛게 물들이며 외쳤다.

"그렇다면 용어 설명을 해 드리죠. 발정이란 성적 충동이 일어난 것을 말하고 교미란 번식을 하기 위해 동물의 암수가 교접하는 것을 뜻합니다."

누가 저 귀신 입 좀 다물게 해 주라.

"꺄우우우?! 세, 세희 언니!!"

[치이, 다 알면서 부끄러운 척.]

"오오! 그러니까 지금 바둑이는 아기를 가지고 싶어졌다는 말이로구나!"

"그런 말 하면 안 돼, 랑이야!"

혼돈. 카오스. 혼란. 어떤 단어를 써야 지금 상황을 효과적으로 설명할 수 있을까. 도대체 뭘 어떻게 해야 할지 몰라 당황하고 있는데 바둑이가 어울리지 않는 묘하게 달아오른 표정으로 나를 향해 네 발로 엉금엉금 기어 온다. 음. 그렇군. 이건 내가 죽게 될 것이라는 전조이다.

"도련님……. 저, 도련님의 아기를 가지고 싶어요. 도와주세요."

날 죽일 생각인 바둑이의 뒤에서 랑이가 허리를 끌어안고 뒤로 잡아당겼다. 그래, 랑이야. 그래도 넌…….

"아, 안 되느니라! 성훈이의 아기는 내가 제일 먼저 가질 것이니라! 아무리 바둑이라고 해도 안 되느니라!"

그래도 넌 나를 두 번 죽일 생각이구나.

[하는 김에 나는 깍두기.]

"폐, 페이는 안 되는 거예요! 그, 그런 건 어른이 된 다음이라고 저하고 약속했잖아요?!"

부럽냐? 나는 하나도 부러울 게 없다고 생각한다. 왜냐하면 지금까지 자신의 기분이 나쁘다는 것을 발로 미는 것으로 나타내던 나래가 지금 두 발을 땅에 딛고 일어섰거든. 나는 고개를 뒤로 젖혔다. 저승사자님께서 계셨습니다. 가시는 길을 편안히 모셔다 드리기 위해 미녀 저승사자를 고용하기로 한건가.

"성훈아."

"잠깐. 나는 잘못한 게 없어. 이건 변명이 아니라 진짜로 없다고! 내가 도대체 지금 뭘 잘못했는데? 응? 내가 잘못한 게 있으면 군소리 없이 맞겠지만 지금은 아니잖아!"

필사적인 내 주장이 통했는지 나래는 몸을 움찔하고서는 평소의 소꿉친구로 돌아왔다.

"그, 그래도! 화나잖아!"

"그러면 그 화를 저기 에로한 처녀 귀신에게 풀어 주세요!"

내 말이 통했는지 나래의 시선이 세희에게 향했다. 나는 안도의 한숨을 쉬며 다시 고개를 숙였다.

"우웅?"

가까운 거리에 상체를 앞으로 숙인 바둑이가 있었다. 정확한 위치는 말 못 하겠지만 랑이를 매단 채 질질 끌고 와서는 내 바지 지퍼를 입에 물고 아래로 내린 상태에서 나를 올려다보고 있는 바둑이가 그곳에 있었다.

"헐."

그 후에 일어난 일은 나래의 이미지 관리를 위해 생략한다.

"안타깝게도 끝이 아닙니다."

"난 내 인생이 오늘 끝나는 줄 알았다."

나래에게 말 못 할 꼴을 당한 나는 세희의 요술로 겨우 살아남을 수 있었다. 그래도 정신적인 충격은 쉽게 사라지지 않아 랑이를 끌어안고 피폐해진 정신을 위로받아야 했다. 옆에서 나래가 눈치를 주지만 자기도 조금 심했다는 걸 인정하는지 봐주고 있는 상황. 아, 바둑이는 세희가 요술로 재웠다. 다행이지. 응. 다행이야.

"그보다 주인님."

내가 턱 밑을 긁어 주는 게 좋은지 내게 머리를 기대고 히죽히죽 웃고 있던 랑이가 머리카락으로 물음표를 만들며 말했다.

"응?"

"잠시 난리 통에 잊혔지만 도련님께 드릴 초콜릿 때문에 드릴 말씀이 있습니다."

"아, 맞다! 말해 보거라!"

……쳇. 간신히 잊혔다고 생각했는데 그걸 또다시 언급하기냐.

"예로부터 남자들은 여성이 직접 만든 음식에 깊은 호감을 나타내곤 했습니다."

우리 집 밥상을 책임지는 사람이 나래와 세희지만 한 분께는 감사한 마음과 호감을 가지는 것과 달리 한 놈에게는 그 반대 부수적인 감정을 가지는 걸 보면 사람마다 다른 것 같은데.

"그러니 주인님께서도 직접 도련님을 위해 순수 초콜릿을 만드시는 것이 어떻겠습니까?"

"응! 그게 좋겠느니라!"

안 좋겠느니라! 전혀 안 좋다. 세희의 말에 랑이는 말할 것도 없고, 치이와 페이도 각자 머리카락을 움직이며 혹했다는 게 더 안 좋다고. 날 끔찍하게 위하면서도 내 생각은 깜찍하게 몰라주는 랑이 녀석은 웃챠! 하고 내 위에서 내려와 몸을 빙글 돌리고서는 기대감에 가득 찬 표정을 지으며 말했지만 말이야.

"성훈아! 너도 내가 직접 초코를 만들어 주면 더 좋을 것 같으냐?"

말이야 묻는 것처럼 하고 있지만 실상은 전혀 다르다.

"아우우우, 그러면 저도 랑이 님을 도와드리는 거예요. 랑이 님은 요리를 해 본 적 없으니까요."

"오! 네가 도와주면 기쁘겠느니라!"

랑이는 손을 번쩍 들며 외쳤다가 잠깐 그 상태로 굳어 있다 이내 부끄러운 듯 꼬리를 매만지며 말을 이었다.

"헤헤헤, 네 말대로 요리는 한 번도 해 본 적이 없으니까 말이니라."

[그럼 나도.]

페이도 이 난리 통에 끼어들 생각인가 보다. 너는 왜 오늘따라 그리 활기차냐. 평소처럼 방에 들어가서 게임해도 되는데.

예. 배부른 소리를 하고 있습니다. 하지만 나는 솔직히 이 일에 반대다. 치이야 워낙 집안일을 잘해서 안심이 되지만 랑이와 페이는 다르다고. 부엌에 서는 일을 우습게 보면 안 된다. 아무리 치이가 있더라도 불을 쓰는 일을 애들에게 쉽사리 맡길 수는 없다. 나래나 세희가 옆에서 도와주면 그래도 나을 테지만 나래는 조금 전에 있었던 일로 삐쳐 있는 상황이고 저 악마의 화신은 지금의 상황을 즐기고 있으니까. 물론 아이들이 부엌에 서면 나래는 못 이기는 척 도와주러 가겠지만 그 후폭풍은 고스란히 내게 돌아오겠지.

……그래도 어쩔 수 없다. 봄날의 꽃같이 환한 랑이에게 주지 마! 만들지 마! 하지 마! 라고 말할 수도 없는 노릇이니까. 치이하고 페이도 은근히 하고 싶은 모습이고 지금은 그냥 아이들이 하고 싶은 대로 놔두자.

"후후후후."

세희가 웃었다.

나를 곤란에 빠뜨리는 것이 인생의 즐거움인 세희가 웃었다. 나는 바로 생각을 돌려서 이 위기를 탈출할 방법을 모색해 봤다. 그래. 그거다! 나는 짐짓 진지한 고민을 하듯 살짝 인상을 찌푸리고 한 손으로 턱을 괴었다. 역시나 랑이는 내 눈치를 잘 살피면서 기분 전환이 빠른 아이다. 순식간에 꽃피는 5월에서 장맛비 내리는 8월로 변해 버렸으니까.

"시, 싫은 것이느냐?"

지금이닷!

"응."

클래식에는 문외한인 나도 아는 베토벤의 교향곡에 어울릴 것 같은 표정이다.

"오, 오라버니?!"

[콰광!]

"잠깐만, 성훈아. 너 왜 그래? 애들이 걱정돼서 그러는 거면 나도 도와줄 거니까……."

"아니, 그런 게 아니라."

나는 랑이의 머리에 툭 하고 손을 올려 나를 보게 만든 다음 말했다.

"밸런타인데이라는 게 꼭 여자애가 초콜릿을 선물해야 하는 건 아니니까 말이야. 아, 이거 알고 있었어?"

랑이가 고개를 도리도리 저었다.

"그렇게 나가셨습니까."

누구 때문인데. 나는 세희에게 눈짓으로 핀잔을 준 다음 말을 이었다.

"여자가 남자한테 주는 경우도 있지만 그 반대도 많거든. 그러니까 이번에는 내가 만든 초콜릿을 너희한테 주고 싶어서 그래."

"성훈이나, 나한테?"

"오라버니가요?"

[육식남 변신?]

넌 어디서 그런 말을 배운 거야.

"싫어?"

"아, 아니! 좋으니라! 웅! 대환영! 대환영이니라! 네가 나를 좋아하는 마음을 가득 담아 맛있는 초코를 준다는데 내가 싫어할 리 없지 않느냐?!"

"오라버니가 요리 못하는 걸 확인할 기회인 거예요. 한번 받아 주는 거예요."

[역고백 이벤트!]

"네가? 너 할 수 있어?"

"전에도 만들어 본 적 있는데?"

사실 올해도 만들었었다. 결국 혼자서 먹었지만. 좋아하는 아이가 있었고 결국 주지 못했다는 건 말 안 해도 알겠지. 그런데 그 좋아하는 아이가 눈을 부라리며 내 옆구리에 손을 댔다.

"누구야."

댁입니다.

"누구냐고."

댁이라고.

"그게 좀 말하기가……."

"빨리 안 말해?"

왜 그러십니까, 나래 님. 저보고 수치심에 죽든가 육체적으로 죽든가 고르라는 겁니까. 샤일록은 결국 심장 가까이에 있는 1파운드의 살점을 떼어 가지 못했지만 내 경우에는 나를 보호해 줄 수 있는 계약서도 없었다. 이대로 옆구리가 뜯겨서 하루 종일 얼얼한 것보다는 잠깐 정신적으로 괴로운 것이 나을 것이라 판단한 나는 떨리는 목소리로 나래의 얼굴도 제대로 바라보지 못한 채 대답했다.

"……너."

"읏?!"

옆구리의 평안과 함께 나는 새빨개진 얼굴을 하고서 자리에서 일어나 부엌으로 도망쳤다. 지금은 나래의 얼굴을 제대로 볼 수 없었으니까.

부엌에서 잠시 열을 식힌 나는 애들한테 한 시간 정도 밖에서 놀다 와 달라는 부탁을 했다. 만드는 모습을 보여 주고 싶지 않았으니까. 그 뭐냐. 이런 건 미묘한 거다. 준비하는 모습을 보여 주고 싶지 않은 거야. 하지만 단 한 명. 누군가의 말에 따르면 랑이의 금붕어 똥 같은 녀석은 집에 남았다.

"부엌이 폭발하면 안 되니까요."

시간 절약도 되고 마침 잘됐다.

"아, 너 소매 안에 대형 마트가 들어 있댔지?"

"그걸 믿으셨습니까? 우둔함이 옥황상제의 엉덩이를 찌르시겠군요."

그런 할아버지의 엉덩이를 찔러서 뭐하냐는 이상한 생각이 머리를 스쳤다.

"그러면 나 잠깐 장 좀 봐 오마."

"주인님께서 도련님을 기다리시다가 초코가 먹고 싶으니라, 라는 유언을 남기시는 최후를 보고 싶으십니까. 제가 준비해 드리겠습니다."

"너 그냥 날 놀리고 싶은 거지?"

"놀리다니요. 그저 괴롭히고 싶은 겁니다. 마치 초등학생 아이가 좋아하는 이성을 괴롭히는 것같이 말이죠."

나는 부엌칼을 두 손으로 쥐고 부들부들 떨며 그 끝을 세희에게 향했다. 세희는 한숨을 쉬며 소매에 손을 집어넣어 살기 좋은 대한민국에서는 민간인이 가질 수 없는 검은색 광택이 흐르는 자동 소총을 꺼내 견착하며 말했다.

"사람에게 향해서는 안 되는 것이 제 쪽으로 향해 있군요."

"……죄송합니다."

나는 부엌칼을 내려놓고 손을 내밀었다.

"그러면 재료 좀 줘라."

"뭘 만드실 건지부터 말씀하셔야 드릴 것 아닙니까?"

그도 그렇다. 흠. 간단하게 시판하는 초콜릿을 중탕해서 모양만 바꾼 다음 주는 것도 좋지만 이왕 이렇게 된 거 조금은 솜씨를 부려서 잊지 못할 추억을 선물해 주고 싶은 욕심이 들었다. 그러면 따로따로 먹는 것보다 같이 먹을 수 있는 게 좋겠지. 음……. 그렇다면 케이크다.

"초콜릿 케이크."

세희가 입을 벌리고서는 뒤늦게 손으로 가렸다.

"케이크도 만들 줄 아십니까?"

"어쩌다 보니까."

세희의 입꼬리가 올라갔다.

"오호라. 그런 것이로군요."

"……뭐가?"

"나래 님께 드리기 위해서 매년 초콜릿을 만들다 보니까 어느새 케이크까지 만들 수 있게 되신 겁니까?"

"봤냐?!"

"무슨 말씀을 하십니까? 단순한 추리입니다. 실제로 그런 경우가 만화에서 소재로 쓰이기도 했기에 쉬웠습니다."

만화란 현실을 가공해서 만드는 거라고 하지만 나 같은 놈이 또 있었단 말이야?

"사실 실제로 보기도 했습니다. 가장 처음에 만든 것은 중학교 1학년 때였죠. 일주일 동안 고생해서 만들어 놓고 당일에는 용기가 없어 주위만 맴돌다가 나래 님께 건네 드리지도 못

하고 집에 돌아와 방에 처박혀 울먹이며 혼자 먹던 모습은 제가 지금까지 살아오면서 본 제일 궁상떠는 모습이었습니다."

"우아앗!!"

흑역사가 남의 입을 통해 재인식되었을 때의 충격에 나는 비명을 지르며 귀를 막았다.

"무엇을 그리 부끄러워하십니까? 그다음 해에는 더하셨지 않습니까? 결국에는 남자 친구 분과 둘이서……."

귀를 막을 게 아니라 입을 막을 때였군. 나는 세희의 입을 손바닥으로 막은 다음, 태어나서 이만큼 진지한 적이 없을 거라고 생각될 정도의 표정을 지으며 말했다.

"계속 말하면 랑이 놔두고 산속에 처박혀서 평생 도 닦다가 죽을 거다."

"아직 도 닦으실 때가 아니니 봐드리겠습니다."

후우. 왠지 만드는 건 시작도 안 했는데 피곤해졌다.

"그러면 재료 좀 줘."

"이번은 봐드리겠습니다."

그것 참 고맙다.

세희가 준비해 준 재료, 버터나 초콜릿이나 슈거 파우더나, 달걀이나 거품기 등을 둘러보다가 나는 뭔가가 빠졌다는 것을 깨달았다.

"우유는 없냐?"

"마침 절판이 되어 비슷한 것밖에 없습니다."

"그거라도 줘."

세희가 소매 안에서 우유하고 비슷해 보이는 하얀 액체를 꺼내 내게 건넸다. 입꼬리를 슬쩍 올리는 게 불안하긴 하지만 괜찮겠지.

"먹을 거 가지고 장난치면 벌 받는다."

그래도 불안하니까 한 번 확인은 해야지.

"그런 짓은 하지 않습니다."

"……내가 너한테 처음 받은 밥상 위에 올려 있던 지네에 대해 설명해 봐라."

"먹을 수 있는 것 아니었습니까?"

……그렇긴 하다.

자, 그러면 케이크를 만들어 볼까. 나는 먼저 세희가 준 초콜릿을 약불로 중탕하면서 한쪽에서는 달걀과 케이크 가루하고 우유를 넣고 거품기를 돌렸다. 옛날에는 일일이 손으로 했지. 힘들어서 죽는 줄 알았다. 문명의 발달과 그것을 향유할 수 있는 돈의 힘에 감사하고 있을 때 뒤에서 지켜보던 세희가 슬쩍 내 옆에 다가왔다.

"왜?"

"한 번 먹어 봐도 되겠습니까?"

"내 말버릇 가지고 뭐라고 할 처지가 아닌 것 같은데?"

"지금 상황에서 먹을 수 있는 것이 녹아내린 초콜릿 말고 또 뭐가 있습니까?"

이 녀석을 말로 이기려면 몇 년이나 걸릴까.

"너도 초콜릿 좋아하냐?"

"싫어합니다."

"그러면 왜?"

"주인님께서 드실 것인데 확인은 해 봐야지요."

"네가 준 거잖아."

"요즘 들어 도련님께서 제 눈을 속이는 경우가……."

"있었으면 좋겠다, 자식아. 먹고 싶으면 맘대로 먹어."

나는 퉁명스럽게 대꾸하며 하던 일을 다시 했다. 하지만 신경 쓰지 않으려고 해도 옆에 누가 있으면 시선이 가기 마련. 세희는 소매를 걷고 손가락으로 녹아내린 초콜릿을 살짝 찍고서는 입에 물고, 쪽, 소리 나게 빨았다.

"답니다."

"그럼 쓰겠냐."

싱거운 녀석이라고 생각하고 있자니 세희는 초콜릿을 내려다보며 진지한 표정을 지었다. 불안하다. 또 무슨 짓을 하려고?

"흠……. 이런 기회가 또 언제 올지 모르니 한 번 해 봐야겠군요."

"뭘?"

세희는 내 말에 대답하지 않고 소매에서 바나나를 꺼내 껍질을 벗기기 시작했다. 이 녀석이 갑자기 무슨 짓을 하나 궁금해져서 거품기의 스위치를 off로 돌리고 잠시 구경하고 있자니, 남이 기껏 녹여 놓은 초콜릿을 바나나에 이리저리 묻히기 시작했다. 아, 그렇군.

"굳힌 다음에 랑이 주려고?"

가끔씩 원숭이같이 보일 때도 있으니까.

"아니요. 제가 먹을 겁니다."

하지만 세희는 내 의견을 부정하고 바나나를 입에 물었다.

아니, 그것은 '입에 물었다' 라고 말하면 안 될 것이다.

그리고 나의 기억은 손에 들고 있던 믹싱볼이 떨어지는 소리부터 되살아난다.

나는 억지로 정신을 차렸다. 세희가 바나나를 입에 물고서 볼을 홀쭉인 상태로 나를 올려다보며 다시 한번 손가락을 까닥이고 있었다. 나는 얼굴이 새빨개져서 비명을 지르듯 외쳤다.

"이 미친 귀신아! 지금 뭐하는 거야?!"

그제야 세희는 침으로 흠뻑 젖은, 입 안에 들어가기 전과 다른 점이라고는 겉에 묻어 있던 초콜릿이 깨끗이 사라졌다는 것만 제외하고는 아무것도 없는 바나나를 입에서 뺀 다음 자신의 손가락을 핥아 깨끗하게 만들고서는 말했다.

"바나나를 핥고 있습니다."

그러고서는 입술을 날름 핥는다.

오, 신이시여. 당신은 악마입니까. 이 순진무구한 청소년에게 도대체 왜 이런 악마 같은 귀신이 곁에 붙어 있는 것을 허락하신 겁니까.

"아니, 바나나에 붙어 있는 초콜릿을 정성스럽게 빨고 핥으며 먹고 있었는데 도련님께서 부러워하시는 것 같아 조금이라도 맛을 보여 드리려 했다고 말해야 할까요."

눈물이 날 것 같았다. 이 정도면 울어도 되는 거지?

"제발. 절대로. 다시는 그런 짓 하지 마."

"왜 그러십니까, 도련님. 전 단순히 바나나를 핥아 먹은 것 뿐입니다. 아. 혹시나 질풍성욕의 시기이시기에 제가 바나나를 먹는 모습을 보고 남성에게 달려 있는 유사한 신체 기관을 연상하신 겁니까?"

"연상 안 하는 게 이상한 거겠지!!"

"그렇습니까?"

세희는 눈을 가늘게 뜨며 웃고서는, 입을 크게 벌려 바나나를 과감하게 잘라 먹었다! 나는 나도 모르게 다리를 오므렸고 세희는 그런 나를 보며 만족스럽게 웃으며 입을 오물거렸다. 세희가 꿀꺽하고 잘 씹은 바나나를 삼킬 때까지는 나는 아무런 말도, 행동도 할 수 없었다.

"이제 만족하십니까?"

"……나가."

진심이었다.

"부엌에서 나가, 이 귀신아!! 저리 나가! 가!"

"순진하시군요."

"빨리 안 나가?! 어허어엉, 제발 나가 줘!"

순수하다고는 못 하겠지만 나름대로 순박한 소년의 마음이 더러워졌습니다.

세희가 부엌에서 나간 후. 어떻게 했는지는 몰라도 제정신이 돌아왔을 때는 초콜릿 케이크가 완성되어 있었다. 정신적인 충격이 너무 커서 그 과정이 기억이 안 난다. 마침 완성한 케이크를 마루의 상 위에 올려놓고 접시를 가져다 놓고 있을 때 현관문이 열렸다.

"다녀왔느니라~!"

기대감에 들뜬 랑이의 목소리가 들려온다. 나는 하던 준비를 마저 하고 우다닷 하고 내게 달려드는 랑이를 두 팔을 벌려 받아 주었다.

"잘 놀다 왔어?"

"응! 나래가 재미있는 곳에 많이 데려다 주었느니라! 너하고도 같이 가고 싶은 곳이 많았느니라!"

지금이라도 내 손을 잡고 밖으로 끌고 나갈 기세로 말하는 랑이를 보자니 정말 재미있게 놀다 왔다는 것을 알 것 같다. 하긴 워낙 나래가 애들하고 잘 놀아 주지.

"킁킁!"

그런데 왜 너는 남의 가슴팍에 코를 묻고 냄새를 맡는 거냐.

"성훈이한테 맛있는 냄새가 나느니라!"

"평소에는 안 나는 것처럼 말한다?"

오해하지 마라. 랑이를 놀릴 생각으로 한 말이니까.

"평소에는 성훈이 냄새만 났다면 지금은 초코 냄새도 같이 나서 한층 더 맛있어진 것이니라! 한 입 맛 봐도 되겠느냐?!"

안 된다고 할 줄 알 거면서 왜 묻는 거야.

"아우우우, 랑이 님은 그런 말 하면 안 되는 거예요. 그러다가 오히려 오라버니에게 잡아먹히는 거예요."

[냠냠쩝쩝.]

치이와 페이의 말과 글에 내 목숨이 태풍 앞의 촛불 꼴이 되어 버렸다. 나래가 아이들하고 같이 놀아서 기분이 좋은 상태가 아니었다면 지금쯤 한 대 맞았겠지. 나래는 활기차게 노는 아이들을 보고는 한숨을 쉬며 어깨를 으쓱하고서는 말했다. 그건 약간, 아주 약간은 질투심이 느껴지는 목소리였다.

"나하고 있는 건 별로 재미없었나 봐?"

"아니니라! 나래하고 노는 것도 재미있었느니라!"

"아우우, 나래 언니. 그런 말 하면 안 되는 거예요."

[삐치지 마.]

나래는 자신에게 안기는 페이를 한 팔로 안아 주고서 머리를 쓰다듬어 주며 빙긋 웃었다.

"나도 알아. 아, 성훈아. 하던 건 잘 됐어?"

나는 몸을 슬쩍 틀어 초콜릿 케이크를 손으로 가리키며 말했다.

"어. 지금까지 했던 것 중에서 가장 잘 된 것 같은데?"

잘 되긴 잘 됐지. 도대체 어떻게 만들었는지 기억은 안 나지만 말이야.

[오. 초코 케이크.]

"아우우? 저거 오라버니가 만든 거예요? 안 믿겨지는 거예요."

"맛있게 보이느니라! 지금 당장 먹자꾸나!"

랑이와 페이는 두말할 것도 없고 치이까지 기대에 찬 걸 보니 기분이 좋아졌다. 그래. 이걸 만드는 도중에 무슨 일이 일어났는지 잊을 수 있을 정도로.

"그 전에 먼저 손을 씻고 오시지요."

내게 트라우마 급의 정신적 충격을 안겨 준 귀신이 쓰윽 하고 나타났다. 랑이는 세희의 말에 살짝 볼을 부풀리며 말했다.

"그냥 먹으면 안 되느냐? 지금 빨리 먹고 싶으니라!"

"그러면 안 돼, 랑이야. 나갔다 오면 깨끗이 손발부터 씻어야지."

"우⋯⋯. 알겠느니라."

랑이가 나를 올려다보기에 나는 품에 있는 호랑이 새끼를 놓아주었다. 랑이는 치이와 페이에게 다가가 서로 손을 잡고 화장실로 끌고 가며 말했다.

"너희들도 같이 씻으러 가자꾸나."

"아우우우, 말 안 해도 같이 가는 거예요."

[안 씻어도 문제없어.]

"페이는 그러면 안 되는 거예요."

[치이, 시어머니 같아.]

투덜거리기는 하지만 페이도 농담으로 한 것인지 순순히 화장실로 들어간다.

"휴……."

아이들이 들어가자 나래는 한숨을 쉬고서는 소파에 앉아 몸을 기댔다. 애들을 데리고 나갔다 온 게 꽤나 힘들었나 보다. 랑이 하나도 아니고 활기찬 애들이 둘이나 더 있으니까 그럴 만하지.

"고생했어."

"……고생은 무슨 고생이야. 나도 즐거웠는걸."

나래는 나를 보고 빙긋 웃었다가 갑자기 얼굴을 붉게 물들이고 고개를 돌렸다. 왜 그러지? 무슨 일이 있었나?

"왜 그래?"

"아, 아니야. 그냥 이상한 생각이 들어서 그래."

"미래의 행복한 가정을 떠올리신 겁니까?"

"누, 누가?!"

세희의 뜬금없는 말에 나래는 양 볼을 새빨갛게 물들이고서는 소리쳤다. 저기, 나래 님. 그런 반응은 역효과입니다. 내 생각대로 세희는 입꼬리를 슬쩍 올렸다.

"도련님과의 결혼 이후 주인님과 까치 님, 폐이 님 같은 아이들을 낳고 놀러 갔다 온 뒤 위로의 말을 들은 것 같다는 생각을 하신 것은 나래 님 아니십니까?"

"아니라니까, 너 자꾸 왜 그래?! 그리고 넌 왜 히죽거려!"

"응?"

손을 들어 얼굴을 만져 보니 나도 모르게 헤실거리고 있었다.

"아니, 이건 그게 아니라……."

"아마도 도련님께서는 부부간의 성행위는 합법적이기 때문에……."

세희가 말을 끝마치지 못하는 건 드문 일이지만 이번에는 어쩔 수 없었나 보다. 내가 휘두르고 있는 게 웅녀의 뼈 몽둥이니까. 세희는 한 손으로 뼈 몽둥이를 잡고는 내게서 뺏어 소매 안에 집어넣고서는 말을 이었다.

"장난으로 휘두른 몽둥이에 불쌍한 귀신이 맞아 죽습니다."

거짓말을 할 거면 입에 침이나 발라라. 뭐라고 몇 마디 해 주려는데 운도 나쁘게 아이들이 문을 열고 마루로 나왔다. 이번에는 그냥 넘어가자.

"이럴 때는 미리 잘라 두는 거예요, 오라버니."

[센스 꽝.]

기대에 가득 찬 녀석들을 앞에 두고 딴짓을 하는 것도 아니니까.

"앉기나 해, 이 녀석들아."

그 말에 랑이가 잔상이 보일 정도로 빠르게 달려와 어느샌가 상 앞에 정좌해서 앉아 꼬리를 흔들며 앉아 있었고, 치이와 폐이도 이에 질 새라 그 옆에 사이좋게 앉아서 머리카락을 파닥이고 빙빙 돌렸다. 자고 있던 바둑이도 벌떡 일어나서 포크를 손에 쥐었다. 애들은 애들이구나. 나래는 그 모습에 입을 가리며 웃고는 맞은편에 앉았다.

"츄릅, 언제 먹을 것이느냐?"

이제 먹을 거니까 침 흘리지 마라. 나는 기다리고 있는 아이들을 위해 재빨리 케이크를 8조각으로 잘라서 접시에 덜어 건네주었다. 세희에게도 주려고 했는데 이 녀석은 무슨 생각인지 손을 들어 거절했다.

"저는 괜찮습니다. 이미 먹었으니까요."

미성년자 관람 불가 영상이 떠올랐지만 내가 잘못한 게 아니야!

"흐~응?"

이런, 나래의 시선이 이상해졌다. 나는 나래의 주의를 환기시키기 위해 케이크를 건네주고 마지막으로 내 몫까지 던 다음 외치듯이 말했다.

"그럼 잘 먹겠습니다!!"

"······뭔가 걸리긴 하지만 잘 먹을게."

"잘 먹겠느니라!"

"맛있게 먹는 거예요."

[감사.]

"잘 먹을게요, 도련님."

아니, 너는 먹지 마.

어쨌든 그렇게 한 입. 음. 괜찮아. 아니, 맛있다. 시판하는 케이크보다는 못하지만 방금 구워서 뽀송뽀송하고 따끈따끈한 빵의 촉감이 그 정도는 무마해 주고도 남을 정도다.

"오! 오오! 오오오오!!"

그래도 그 정도까지는 아니다, 랑이야. 지금 랑이가 어떠냐면 입 안에 포크를 물고서 호박색 두 눈동자에 은하수를 가득 담고서는 꼬리를 바짝 세우고 있다.

"아우우우? 이상하게 맛있는 거예요."

치이도 살짝 놀란 듯 입을 마름모꼴로 하고서는 귀 위 머리카락을 파닥인다.

[맛있어.]

빵을 주식으로 삼는 페이도 그렇게 말하는 걸 보니 정말 괜찮은 것 같다.

"너, 언제부터 이렇게 요리를 잘했어?"

다만 나래가 뭔가 조금 분한 눈치다. 이상한 데서 대항 의식을 가지지 않았으면 합니다.

"정말 맛있느니라! 아까 먹은 초코하고는 차원이 다르느니라! 거기다 **나래** 맛도 나지 않느냐?! 어떻게 된 것이느냐!"

기뻐해 주는 모습을 보니 나도 기분이 좋긴 한데 나래 맛이 난다는 건 뭐야? 그만큼 달콤하다는 건가?

"알았으니까 일단 다 먹고 나서 말해라. 잘못하면 입에서 튀어나오겠다."

"응!"

그다음부터는 집에서 케이크를 먹는 소리만 가득 찼다. 역시 맛있는 거 먹을 때는 말이 없지. 특히나 랑이는 케이크를 거의 흡입하듯이 먹는 덕분에 입가에 초코 크림이 잔뜩 묻었다. 아이고, 이 녀석아. 치이하고 페이도 보고 있는데 꼴이 그게 뭐냐. 물론 치이와 페이도 입가에 살짝 묻어 있기는 하지만 너만큼은 아니다. 먹이를 먹는 강아지를 보는 듯 훈훈하게 랑이를 보고 있는 세희에게 부탁할까 했지만, 옆에서 치이가 페이의 볼에 묻은 초코 크림을 닦아서 입에 쏙 집어넣어 보는 사람을 훈훈하게 만들고 있는 걸 보니 나도 한 번 해 보고 싶어졌다. 물론 실제로 그랬다가는 나래의 무시무시한 압박이 들어올 테니 닦아 주는 거로 만족하자. 나는 손수건을 꺼내서 랑이의 체통을 지켜 주려고 했는데 옆에서 나래가 손수건을 뺏어 들었다. 왜?

"내가 해 줄게."

내가 뭐라고 말할 틈도 없이 나래가 몸을 앞으로 숙여서 랑이의 입 주위를 닦아 주었다. 내 시선은 앞으로 숙이는 바람에 중력의 영향을 받아 살짝 흔들리게 된 나래의 가슴에 가야 할지 아니면 볼이 씰룩씰룩거리는 랑이에게 가야 할지 몰라 갈팡질팡했다. 그것도 나래가 다시 몸을 제자리로 돌렸을 때까지였지만. 나는 짐짓 아무것도 못 봤다는 듯 나래에게 손을 내밀며 말했다.

"내가 해도 되는데."

"넌 이상한 짓 할 것 같아서 안 돼."

도대체 볼에 묻은 거 닦아 주면서 무슨 짓을 할 수 있는 걸까.

"내가 뭐?"

"저런 거 말이야."

나래의 시선을 따라 고개를 돌리니 거기에는 까마귀라는 자신의 종족을 잊은 듯 매의 눈을 하고 치이를 보고 있는 페이가 있었다.

[치이, 볼에 묻은 거.]

"아우우? 어디인 거예요?"

[이번에는 내가 닦아 줌.]

"제가 닦을 수 있는 거예요."

[내가 하는 게 빨라. 아니면 싫어?]

"아닌 거예요."

치이가 고개를 흔들다가 내 시선을 눈치챘는지,

"아우우우, 오라버니는 뭘 보고 있는 건가요?"

살짝 볼을 붉히며 핀잔을 주고서는 페이에게 볼을 내밀었다. 치이의 신경이 내 쪽으로 간 사이에 페이는 히죽 웃고는 슬쩍 몸을 치이 쪽으로 숙이더니, 날름, 혀로 볼에 묻어 있는 초코 크림을 핥았다.

"까우우우우?!"

갑작스런 애정 공세에 치이는 귀 위 머리카락을 격하게 파닥이며 당황했지만 페이는 혀를 쏙 집어넣고는 만족한 미소를 지으며 글을 썼다.

[치이, 맛있어.]

"오, 오라버니 앞에서 무슨 짓인 거예요?!"

[성훈, 이런 거 좋아한다고 말했어.]

치이의 시선이 아프다.

"페이한테 뭘 가르쳐 준 거예요?!"

"난 결백하다. 아무 짓도 안 했어."

그러니까 왼손은 원래 있던 자리에 돌려놓으셔도 됩니다, 나래 님.

"너, 나 몰래 애들한테 뭘 가르쳐 주는 거야?"

"안 했다니까요."

나래는 의심쩍은 눈초리로 날 바라보며 화제를 돌렸다. 물론 그게 나한테 좋은 쪽일 거라는 생각은 하지도 않았다.

"그러면 이번에 가르쳐 주려고 했지? 랑이한테 해서."

"손수건 꺼내는 거 봤잖아."

"속임수일 수도 있잖아."

"……그 정도로 머리가 좋겠습니까."

"……흥."

나래도 할 말이 없는지 고개를 휙 돌리고서는 애꿎은 케이크만 괴롭힌다. 좀 더 맛있게 먹어 줘도 될 텐데. 일이야 이렇게 됐지만 이건 내가 나래에게 주는 첫 번째 밸런타인데이 초콜릿인데. 나도 언젠가는 치이하고 페이처럼 나래의 볼에 묻은 초코 크림을……. 어디까지나 희망 사항이다, 희망 사항. 나는 꿈도 못 꾸냐. 실제로 했다가는 부끄러워하는 나래에게 반쯤 죽을 거라는 건 알고 있다고. 무엇보다 문제는 나래는 조신하게 먹고 있어서 입 주위가 너무 깨끗하다고. 닦아 줄 게 있어야 닦아 주지.

"괜찮습니다, 도련님. 나래 님께서도 초콜릿이 묻었으니까요."

"어디?!"

나는야 욕망에 충실한 남자. 세희가 던진 떡밥을 덥석 하고 물어 버렸다. 그 대가로 나래의 끊어치기를 옆구리에 선물받았지만 참을 수 있었다. 아직 세희의 말을 못 들었으니까!

"가슴에 묻었습니다."

고통에 몸부림치면서도 내 시선은 자연스럽게 나래의 가슴으로 향했다. 조금 전까지는 아무것도 없었던 나래의 가슴골 사이에 부자연스럽다고 말할 수 있을 만큼 예쁜 하트 모양의 초코 크림이 놓여 있었다. 옆구리로는 이제 성이 안 차는지 나래는 내 허벅지 안쪽을 꼬집으며 고개를 숙였다가 귀까지 붉히고선 가슴을 가리며 세희에게 소리쳤다.

"어, 언제 한 거야?!"

"저는 아무것도 하지 않았습니다. 그것은 신의 인도하심이겠지요."

좋은 신이다. 이름을 말해 줘라. 지금이라도 당장 신도가 될테니까.

"넌 눈 안 돌려?!"

돌려야죠. 돌려야 하는데 나래가 몸을 움직일 때마다 초코 크림이 조금씩 변하는 게 너무나 매혹적이어서 그다지 쉽지는 않습니다. 하지만 그런 것도 일단 사람이 살고 나서 생기는 감정이기에 나는 잽싸게 고개를 돌렸다. 초콜릿하고 비슷한 색의 쇳덩어리가 나래의 손에 쥐어지는데 안 돌릴 수 있겠냐.

나는 잘못했으면 삼도천에 발을 담글 뻔한 일이 있기는 했지만 케이크는 금세 바닥을 드러냈다. 어느 정도는 되는 케이크가 순식간에 배 속으로 사라지는 걸 보니 역시 아이들에게 인기 있는 음식이라고 할까. 다음에는 피자도 한 번 만들어 봐야겠다.

나래는 케이크를 먹으며 같이 마시고 싶었던 커피를 이제야 마시려 부엌으로 들어갔다. 당장 먹고 싶었던 아이들을 배려해 준 거겠지. 나래가 직접 그렇게 말하지는 않았지만 그 정도는 알 수 있다. 나래는 상냥하니까. 나는 그 사이에 그릇을 휴지로 닦고 정리를 대충 한 다음 마루로 돌아갔다. 그런데 불러 오른 배를 쓰다듬고 있을 거라 생각한 랑이가 이쪽을 바라보며 기다리고 있었다. 뭐지? 이제 더 줄 것도 없는데 뭐 이렇게 부담스럽게 맛있는 거~ 내놓으거라~ 하고 침 흘리고 있는 거냐.

"왜 그러냐?"

내가 말하기를 기다리고 있었다는 듯 랑이가 활기차게 말했다.

"세희가 후식으로 화이트 초코를 줄 것이라 했느니라!"

주위를 둘러봐도 이놈의 귀신은 보이지 않는다. 이상한 말 하고 도망쳤다 이거냐. 화이트 초코는 무슨 화이트 초코야.

"지금은 없으니까 그건 나중에 슈퍼 가서 사 오면 먹자."

랑이가 머리카락으로 물음표를 만들고 고개를 갸웃거리며 말했다.

"응? 아니니라. 세희가 분명히 네가 가지고 있을 것이라 하였느니라."

이 녀석이 몰래 넣어 놓고 장난을 치나 하는 생각에 주머니를 뒤져 봤지만 아무것도 없었다.

"없는데?"

"아니니라! 여기 있다고 하였느니라!"

랑이가 속이지 말라는 듯 의기양양한 표정을 짓고는 콧김까지 내뿜으며 다가와 손을 들어 어리둥절해 있는 내 몸의 일부분을 손으로 잡았다. 이 말은 제발 이제 좀 그만했으면 좋겠다.

이 녀석이 잡고 있는 부위가 참으로 몹쓸 부위다. 이 모습, 남들이 보면 자살할 거야.

"?!"

소리 없는 비명이 입에서 튀어나왔지만 이 녀석은 미래의 남편 생각은 안 하고 손가락을 조물조물거리며 의아한 듯 이런 말이나 하고 있었다.

"분명히 여기 있다고 하였느니라. 그런데 이상하느니라. 초코 냄새는 안 나고……."

내가 제정신을 차린 건 랑이가 순진하게 눈을 깜빡이며 얼굴을 가까이 대고 킁킁 냄새를 맡으려고 할 때였다. 나는 수치심에 얼굴이 새빨갛게 달아올라 랑이의 어깨를 잡아 몸을 180도 휙 돌리고서는 외쳤다.

"까우우우우!!"

내가 한 말 아니다. 때를 놓쳐 입을 벙긋벙긋거리고 있자니 홍당무가 된 치이가 머리카락으로 하늘을 날 기세로 나를 손가락질하며 소리쳤다.

"서, 설마 케이크 속에도 넣은 건가요?! 어, 어쩐지 이상하게 맛있었던 거예요!!"

할 말을 찾아 줘서 고맙다, 치이야.

"야!! 내가 미쳤냐?!"

[Made in 성훈, 연유. 맛있어? 쓰지 않아?]

"넌 무슨 글을 쓰는 거야?!"

"세희가 맛있다고 하였느니라. 그러니까, 성훈아. 빨리 먹고 싶으니라."

고개를 돌려 순진무구한 표정으로 나를 올려다보는 랑이와는 다르게 페이는 살짝 얼굴을 붉히며 **말했다.**

"나도 먹을래."

"꺄우우우우!!"

나는 더 이상 듣고 있을 수 없었다. 순진한 랑이에게 인간으로서, 아니, 귀신으로서 해서는 안 되는 말을 한 세희와 오늘 누가 죽고 죽든 한판 제대로 해야겠다. 나는 마음의 각오를 하고 주먹을 꽉 쥐며 세희를 찾아 먼저 부엌으로 들어서려다……

식칼을 들고 나온 나래와 마주쳤다.

마침 잘됐다. 나래가 도와주면 천군만마를 얻은 것 같을 테니까.

"성훈아."

그런데 뭔가 나래의 상태가 이상하다. 눈동자에 총기가 사라졌다고 할까? 지금 당장이라도 사람 하나 잡을 기세인 것 같은데? 나는 이유도 모르게 떨리는 두 몸을 팔로 꽉 안으며 대답했다.

"예?"

"너 케이크 만들 때 이상한 거 넣었다면서?"

그렇구나. 세희가 선수를 쳤구나.

"그럴 리가 있겠습니까? 이건 다 세희의 농간입니다! 계략! 계책! 저를 죽이려는 모략이라고요!"

"저를 그렇게 폄하하고 싶으신 겁니까."

마침 잘 왔다. 나래의 뒤에서 사태의 심각성 따위는 잠들어 버린 바둑이에게 줬다는 듯 커피의 향을 음미하며 은근슬쩍 나타난 세희에게 분노의 포효를 터트리려고 하는데 나는 뭔가 이상하다는 것을 깨달았다. 이 녀석, 웃고 있다. 그건 마치 공들여 놓은 덫에 커다란 사냥감이 걸린 것을 본 사냥꾼의 미소와 같았다. 그 기백에 눌린 내가 무엇이 문제인지 열심히 머리를 굴리고 있을 때, 그런 내 노력이 필요 없다는 말을 세희가 꺼냈다.

"우유가 절판되어 비슷한 것밖에 없다고 하니 그거라도 달라고 하시지 않았습니까?"

수렁 속에 빠지는 기분. 바닥없는 늪에 빨려 들어가는 기분을 느끼면서도 나는 대답했다.

"그, 그랬지."

"그래서 어젯밤에 착유한 나래 님제 우유를 드리지 않았습니까?"

"……에?"

잠깐만, 잠깐만! 그러면 그때 세희가 준 우유 비슷한 그게 어머니가 아기에게 주는 사랑의 결정체였다고?! 당황해서 입을 떡 벌린 채 아무 말도 못하고 있는데 나래의 어깨가 들썩였다.

나래는 웃고 있었다.

"후, 후후. 그래. 어쩐지 이상하다 했어. 아침에 일어났을 때 가슴이 이상하게 커진 것도, 브래지어가 벗겨져 있는 것도, 끝이 살짝 젖어 있는 것도, 다. 그래. 이거 때문이었구나, 성훈아. 모두 다 네 계획이었던 거야. 이런 여름에 갑자기 밸런타인데이라고 랑이를 들뜨게 만든 것도, 네가 케이크를 만든다고 나보고 애들을 데리고 나가 있으라고 한 것도 말이야. 놀랐어, 성훈. 언제부터 그렇게 머리가 좋아진 거야? 정말 깜짝 놀랐잖아. 그런데 이상해. 내가 아는 성훈이는 그런 애가 아니었는데. 왜 그렇게 된 걸까? 응? 뭐 때문일까?"

"아니, 저기, 나래 님."

"응. 알아. 알고 있어. 네가 겉으로는 아닌 척해도 속에는 다 늙어빠진 에로 중년 같은 변태라는 거. 그래도 이 정도까지 할 줄은 몰랐는데 내가 널 너무 몰랐던 것 같아. 아니, 네가 이상하게 변했다고 할까? 그래. 맞아. 내가 잘못한 거야. 그때 개목걸이를 채워서라도 병원에 끌고 가서 검사를 받고 우리 집 지하실에 가뒀어야 했는데. 지금은 너무 늦었네. 너무 늦었어. 그러니까……."

나래는 빙긋 웃었다. 그 미소가 너무나 아름답고…… 잔혹해서 나는 그 자리에 주저앉고 말았다.

다시 시작하자, 성훈아.

"싫어어어어!!!"

요괴들의 밸런타인데이. 요괴들의 새로운 기념일과 나의 제삿날이 겹치지 않은 건 나래가 손에 사정을 둬서가 아니라 랑이와 치이와 폐이의 필사적인 노력이 있었기 때문이라고 말해 둔다.

……내가 이제 밸런타인데이라고 뭘 하면 사람이 아니다.

"이미 사람이 아니시지 않습니까?"

"시끄…… 쿨럭, 쿨럭!"

"서, 성훈아!! 피! 피 토했느니라!!"

"꺄우우우! 오라버니! 죽으면 안 되는 거예요!!"

[절대 안정! 빨리 안정!]

두 번째 이야기

    내가 요즘 들어 입버릇같이 하는 말 중 하나가 '덥다' 다. 겨울에는 몸을 숨기는 지구 온난화라는 녀석은 왜 이렇게 자신의 존재감을 떨치는지 모를 8월. 여름 중의 여름에 덥지 않으면 그게 사람이냐, 귀신이지. 열대야 현상이니 엘리뇨니 마리뇨니 레니뇨니, 나는 이름도 잘 기억 못 하는 기상 이변으로 인해 가만히 앉아만 있어도 등에서 땀이 주르륵 흐르고 그늘 아래에서 나가기 싫어지는 게 요즘 날씨다. 샤워를 하고 나와도 5분 안에 다시 땀이 나는 날에 덥다, 더워, 쪄 죽는다 같은 말을 자주 하는 건 이상하지 않다. 특히나.

    "성훈아~!"

    36.5도를 가뿐히 넘기는 초대형 난로가 찰싹 달라붙는 경우가 많은 내게 그 말은 습관이 되어 버렸다.

    "더우니까 나와!!"

학교에서 돌아오자마자 내게 달려든 랑이를 피하려고 했지만 요괴라서 그런지 아니면 호랑이라 그런지 모를 날렵한 움직임으로 몸을 공중에서 틀어 자신을 피하려고 했던 내게 달라붙는 게 거의 묘기 수준이다. 이제는 이런 일에 신경도 쓰지 않고 내 양옆으로 신발을 벗고 집 안으로 들어가는 치이와 페이는 눈에 보이지도 않는지 복대처럼 내게 달라붙은 랑이는 솜씨 좋게 몸을 스스슥 움직여서 내 등에 업혔다. 다 좋은데 그런 있는지 없는지 모를 얇은 천 하나 걸치고 몸을 밀착시킨 상태로 비비지 마라. 신경 쓰인다.

"히히힛, 싫으니라."

내가 진심으로 한 말을 단순히 한 번 해 본 말이라고 생각했는지 랑이는 웃음을 흘리고서는 내 목덜미를 슬쩍 핥았다. 이야, 분명히 아까까지만 해도 더워 죽을 것 같았는데 뒤에서 느껴지는 나래의 시선에 등골이 다 서늘해졌다.

"성훈이 맛이 나느니라!"

"뭐하는 거야?!"

아직 씻지도 않았는데!

"학교 때문에 낮에는 나와 못 놀아 주지 않느냐? 그러니까 집에 오면 성훈이는 나의 것이니라!"

세상에는 인권이라는 것이 존재한다.

"자, 그 정도면 됐지? 그만해, 랑이야."

나래는 뭔가 무시무시한 것을 마음속에 숨긴 채 랑이를 내 등 뒤에서 떼어 놓았다. 나는 그 틈을 이용해 신발을 벗고 안으로 들어갔다. 고맙다, 나래야.

"이거 놓거라아~! 나래는 성훈이하고 학교에서 러브러브하지 않았느냐? 이제 집에 왔으니 내가 러브러브할 것이니라!"

"누가 저 녀석하고……. 잠깐, 랑이야. 그 말이 무슨 뜻인지 알고나 하는 거야?"

"세희가 알려 주었느니라. 러브러브는 서로 사랑하는 남자하고 여자가 꼭 끌어안고 몸을 비비적비비적하는 것이라고 말이니라!"

"……세희 어디 있어?"

뒤에서 일어나고 있는 일에 급격하게 목이 탄 나는 거실로 들어갔다. 아까 먼저 들어가서 시원한 보리차를 쭈욱 들이켜고 있는 치이와 페이가 있었다.

["푸하!"]

CF를 찍어도 될 정도로 기분 좋게 마신다.

[옷 갈아입으러 감.]

슬슬 부적의 효과가 떨어질 것 같은지 페이는 컵을 들고서 빠른 걸음으로 방 안으로 들어갔다. 나는 치이가 물통을 들고 부엌으로 들어가려고 하기에 재빨리 말을 걸었다.

"나도 물 좀 줘."

"오라버니도 손이 있는 거예요."

말은 그렇게 하면서도 치이가 내게 물통을 건넸다.

"컵은?"

"아우우우, 가지고 오면 되는 거잖아요."

불만 섞인 눈으로 퉁명스럽게 나를 보며 부엌으로 들어가려는 치이를 말린다.

"야, 지금 들고 있는 건 뭔데."

나는 치이의 손에 들려 있는 컵을 가리켰다. 치이가 고개를 갸웃거리며 말했다.

"이건 제가 쓴 거예요."

지금 목말라 죽겠는데 그런 걸 신경 쓰고 있을 상황이 아니다. 이 녀석아.

"그게 무슨 상관이야?"

"꺄우우우! 있는 거예요! 무지무지 있는 거예요!"

치이가 귀 위 머리카락을 파닥이며 얼굴을 붉히고서는 몸을 휙 돌려 컵을 뒤쪽으로 뺀다. 생각 같아서는 중학교 때 익숙해진 입 안 대고 물마시기로 그냥 마실까 하는 생각도 들었지만 애들 보는 눈도 있다.

"알았어. 내가 컵 가지고 올게."

나는 어깨를 으쓱 하고 물통을 들고 부엌에 가…… 척하다가 안도의 한숨을 쉬며 방심하고 있는 치이의 컵을 뺏었다!

"꺄우우우?!"

치이가 깜짝 놀라서 내게 달려들며 팔짝팔짝 뛰어봤지만 이미 때는 늦었다!

"뭐, 뭐하는 거예요?! 빨리 주는 거예요!"

"후후후후. 나는 목이 마르다. 영어로 말하면 아임 어 써스티 (I'm a thirsty)."

"그게 무슨 말도 안 되는 영어에요?!"

그러면 아임 더 써스티인가(I'm the thirsty)? 지금 그게 무슨 상관인가.

"아이 온니 스피크 콩글리시야. 따지지 마."

나는 치이의 손이 닿지 않는 곳까지 컵을 높이 들어 올리고 그 상태로 물을 따르는 묘기를 벌였다. 이 고생을 하면서까지 이 컵으로 물을 마셔야 할 이유가 있냐고? 당연히 있지. 치이가 부끄러워하는 모습을 볼 수 있잖아.

치이가 생각하고 있는 거야 뻔하다. 간접 키스가 마음에 걸리는 거지. 하지만 나는 그런 거에 신경 쓰지 않는다. 그런 걸 신경 쓰면 어렸을 때부터 지금까지 수많은 남자 놈들과 간접 키스를 해 왔던 내가 버티지 못한다고.

"그, 그거 제가 쓴 거예요! 이리 주는 거예요! 다른 컵 드릴 테니까요!"

"왜 설거지 감을 늘리려고 그래. 그냥 이거로 마시면 되는 거지."

"꺄우우우우!! 제가 입 댄 거라고요!"

슬쩍 입을 대려고 하자 치이가 얼굴이 새빨개져서 손발을 허둥댔다. 당황하는 치이를 보고 있자니 조금 더 장난을 치고 싶어졌다. 나는 세희의 미소를 흉내 내며 보란 듯이 컵과 거리를 벌렸다.

"알았어, 알았다고."

치이가 휴우, 하고 안도의 한숨을 쉰다. 왜 그러냐. 아직 안 끝났는데. 나는 컵을 빙글빙글 돌렸다. 치이가 입을 댄 자국이 보였다.

"여기로 마셨네. 여기로 안 마시면 되잖아."

"그, 그래도……."

뭐라 할 말이 없어 보이는 치이에게 할 말을 선물해 주자.

"안 마시는 대신에 핥아야지~."

"꺄우우웃?!"

치이의 기절할 것 같은 목소리와 함께 나는 혀를 길게 내밀었다. 치이는 차마 볼 수 없는지 두 손으로 얼굴을 가리며 귀위 머리를 격하게 파닥였다. 그렇다고 안 볼 수는 없었는지 손가락 사이로 이쪽을 향한 치이의 눈동자가 보인다.

나는 흔들리는 치이의 눈동자를 바라보며 음흉하게 웃고는 입을 댔던 자국이 있는 부분을 정성스럽게 혀로 핥지는 않았다. 뭘 기대하는 거야. 내가 그런 짓을 하겠어? 그랬다가는 치이가 그대로 뒤로 넘어질 것 같은데 어떻게 그런 짓을 하겠냐. 다만 목이 너무나 타기에 **그대로 입을 대고 마셨을 뿐이다.**

"꺄우우우! 변태! 변태인 거예요! 오라버니는 완전 진짜 변태인 거예요!!"

그런 생각을 하는 네가 더 변태 같다는 생각을 하며 한 번에 쭈욱 들이킨다. 꿀꺽, 꿀꺽.

"캬아!"

한여름에 마시는 시원한 물 한 잔의 여유! 살 것 같네.

"쓰레기, 쓰레기인 거예요! 아우우! 그렇게나 하지 말라고 했는데! 오라버니는 어떻게 사람이 그런 거예요? 나쁜 거예요! 정말 나쁜 거예요!"

한여름에 치이에게 욕을 먹는 여유! 죽을 것 같군. 나는 빈 컵을 치이에게 건네주었다. 치이는 그게 뭐 그리 중요한 건지 잽싸게 받아서 등 뒤로 숨겼다.

"물 좀 마신 거 가지고 뭘 그래?"

"아우우우우!"

죽일 듯이 노려보는 치이에게 싱긋 웃어 주고 머리를 쓰다듬어 주려고 손을 드는 순간, 치이의 뒤쪽에서 성큼성큼 큰 걸음으로 다가오는 화난 표정의 나래가 보였다. 세희와 이야기가 잘 안 풀렸나? 그런 생각을 하고 있자니 나래가 왼발을 힘주어 밟고는 그대로 몸을 회전하며 오른발로 내 옆구리를 밀어 찼다!!

"쿠엑?!"

자연스레 내 옆구리가 휘어지며 날아갔다!

"치이한테 무슨 짓을 하는 거야, 이 바보야!"

아, 보셨습니까. 그래도 교복을 입고 발차기를 하는 건 삼가 주세요, 나래 님. 살짝 팬티가 보일 뻔했습니다. 그림자 때문에 제대로 보이지는 않았지만. 이런 상황에서도 정확하게 나래의 허벅지 사이를 관찰하는 나는 뭐하는 놈일까. 이런 알 수 없는 놈도 인간의 자식이라 나는 아픈 옆구리를 어루만지며 항변이 아닌 변론을 폈다.

"그냥 물 마셨는데요."

"왜 치이가 입 댄 곳을 골라서 마시냐고?!"

"아우, 아우우우우."

분당 귀 위 머리카락이 파닥이는 횟수가 증가했다.

"그냥 장난 좀 친 거야."

"장난을 칠 게 있고 안 칠 게 있지. 왜 만날 꼭 그런 걸 골라서 하는데?"

지금도 저린 옆구리가 희생하는 건 제발 자신으로 끝내 달라고 부탁을 하고 있었기에 그야 치이가 부끄러워하는 모습이 귀여우니까, 라는 말은 할 수 없었다. 하지만 착각하지 마라. 나는 옆구리의 안전을 포기한 게 아니다. 그래서 나는 뻔뻔하게 나가기로 했다. 이렇게 된 거 변명을 해 봤자 정해진 흐름대로 결국에는 옆구리를 꼬집힐 게 뻔하니까 개척하지 않은 신대륙으로 모험을 떠나는 거다!

"간접 키스 같은 거로 부끄러워하는 게 재밌잖아."

귀여운 것과 재밌는 것은 큰 차이가 있습니다.

"……뭐?"

내가 이런 말을 할 거라고는 상상하지 못했는지 나래는 당황한 기색이 역력했다. 나는 기세를 타서 계속 말했다.

"**겨우** 간접 키스 같은 거로 부끄러워하거나 당황해하는 건 **어린애들이나** 하는 거잖아? 그러니까 지금이 아니면 언제……. 저기, 나래 님?"

내 말을 듣고 있던 나래의 모습이 조금 이상하다. 왜 얼굴을 붉히며 아랫입술을 꽉 깨물고 두 주먹을 불끈 쥔 채 부들부들

어깨를 떨고 계십니까?

"왜, 왜 그러세요? 나래 님하고는 상관없는 일이잖습니까? 나래 님은 겨우 간접 키스 같은……."

"나, 나한테도 겨우가 아니란 말이야, 이 바보야!!"

나는 알 것 같았다. 나래가 주먹을 쥔 건 내게 권투 선수 안 부러운 어퍼컷을 날리기 위해서였다는 것을.

나래와 치이, 페이가 씻으러 간 사이에도 아직 충격에서 벗어나지 못한 나는 거실에 그대로 누워 있었다. 무슨 만화에서 봤는데 턱을 맞으면 뇌가 울려서 한동안 제대로 움직이지 못한다고 했지. 아마 사실인 것 같다. 아직도 머리가 울리네. 그래도 요즘 들어 신진대사가 활발해졌는지 어느 정도 괜찮아진 것 같아서 일어나려고 하는데 갑자기 배 위에 기분 좋은 중량감이 느껴졌다. 고개를 들어 눈으로 확인할 필요도 없다. 시아 끝에 살짝 걸리는 은색에 가까운 하얀색 머리카락에 나 있는 살짝 동그란 귀와 배에서 느껴지는 무게를 종합해 보면 내 위에 올라탄 녀석은 랑이니까. 애초에 내가 누워 있는데 올라탈 녀석이 랑이 말고 또 누가 있겠냐.

"뭐하냐."

"네 위에 올라탔느니라."

그건 나도 알거든?

"왜 올라탔냐고."

"누워 있는 모습이 너무 심심해 보여서 그랬느니라."

심심하지는 않았다. 그냥 좀 아팠지. 나는 두 팔을 베개 삼고 고개를 들었다. 내 배 위에 앉아서 웃고 있는 랑이가 보였다.

"뭐가 그렇게 기분 좋아?"

"오늘은 성훈이가 안 씻기로 한 것 같아서 그렇느니라."

"뭐?"

"매일 학교에서 오면 가장 먼저 씻지 않았느냐? 그런데 오늘은 이렇게 누워만 있으니 평소하고는 다르게 너의 냄새가 짙어서 기분 좋으니라."

내가 가장 먼저 씻는 이유가 여기에 있다.

"씻을 거야, 인마."

랑이는 눈썹을 팔자로 만들고 입꼬리를 내리며 입술을 한 치나 내미는 등, 대 놓고 실망한 표정을 지었다.

"우....... 하루 정도는 안 씻어도 되지 않느냐."

"겨울이면 모를까 여름에는 안 돼. 그리고 더워 죽겠으니까 좀 나와라."

랑이의 토실토실한 엉덩이가 깔고 앉은 부분이 덥다 못해 뜨겁다. 그런데 이 녀석은 더위를 안 타는 건지 아니면 더운 것보다 나와 스킨십을 하는 게 좋은 건지 떨어질 생각을 하지 않는다. 아마도 후자겠지. 웬만큼 덥지 않으면 언제든 내게 달려들 틈만 노리는 녀석이니까.

"나도 더우니라. 그래도 너와 이렇게 맞닿아 있는 게 너무 너무 좋아서 참을 수 있느니라."

가끔은 랑이도 세희처럼 남의 속을 읽는 요술을 배웠으면 좋겠다. 세희 녀석은 부정하지만.

"너는 안 그러느냐?"

그러니까 배웠으면 좋겠다고. 랑이가 슬쩍 몸을 앞으로 굽혀 은근히 기대에 가득 찬 눈동자로 나를 내려다본다. 나는 그 눈동자를 똑바로 올려다보며 말했다.

"안 그런다."

"으냐앗?!"

"좋은 건 좋은 거고 더운 건 더운 거다. 그러니까 나와."

랑이의 머리에 물음표가 생겼다.

"응? 그건 덥지만 좋다는 말 아니느냐?"

이상한 쪽으로만 머리가 잘 돌아가요. 나는 랑이가 제대로 된 답을 찾지 못하도록 하기 위해 정신을 다른 쪽으로 돌리기로 했다. 별로 대단한 건 아니고 간단한 장난을 치는 거다. 그러니까 배를 튕기는 정도.

"오?!"

랑이의 엉덩이가 살짝 공중에 떴다가 바로 내려온다. 배에 힘을 주고 있어서 아프지는 않다. 애초에 이 녀석은 엉덩이에 살이 많아서 아플 것도 없고. 나는 다시 한번 배를 튕겼다.

"오오!!"

랑이가 입을 벌리며 두 눈을 반짝였다.

"재미있느니라!"

신경을 돌리는 건 성공한 것 같다.

"재밌냐?"

"응! 더 해 주거라!"

샤워하기 전에 좋은 운동을 한다고 생각하자. 나는 땀 날 각오를 하고 팔을 아래로 내리고 두 무릎을 굽혀서 자세를 잡은 뒤 랑이를 튕겼다.

"오! 오옷? 오오옷!!"

그때마다 랑이는 환호성을 지르며 즐거워했다. 자기 밑에 깔린 내가 힘든 건 생각도 못 하고 있는 것 같다. 횟수가 반복될수록 앞으로 내려가는 제 몸이 신경 쓰였는지 랑이는 내 가슴을 두 손으로 짚어 몸을 지탱하고는 이제는 내게 맞춰서 엉덩이를 들썩들썩거리며 신 나 했다.

"신 나느니라!"

그러냐? 난 죽겠다. 아이고, 허리야. 평소에 윗몸일으키기를 했던 것도 아니고 이거 샤워하기 전에 간단히 하는 운동 수준이 아닌데? 그래도 말을 타는 카우보이같이 한 손을 들고 신 나 하는 랑이를 보며 힘을 내기로 했다.

"······뭐하십니까?"

아이고, 깜짝이야!! 갑자기 나타나서 옆에 주저앉아 길을 헤매고 있는 개미를 향한 눈빛으로 나를 내려다보고 있는 세희 때문에 힘이 쫙 빠져 버렸다.

"뭐하긴. 랑이하고 놀아 주고 있잖아."

"응?"

내가 가만히 있자 아직 이 배 튕기기 놀이에 질리지 않은 랑이가 고개를 갸웃거리며 말했다.

"그만하는 것이느냐?"

세희가 바로 옆에 있는데 이 녀석 때문에 깜짝 놀라서 힘이 빠져 버렸다는 말을 하기에는 내가 아직 준비가 안 됐다. 그런 말을 했다가는 이 귀신 녀석이 또 뭐라고 다다다다 기관총 쏘듯이 나를 괴롭힐 게 눈에 보인다고. 그래서 나는 또 다른 사실을 있는 그대로 말했다.

"힘드니까 그만하고 내려와."

"그러하느냐? 그러면 내가 해 주겠느니라!"

랑이가 한 말은 나보고 자신의 배 위에 올라타라는 말이 아니었다. 랑이는 가만히 있는 내 배 위에서 가슴을 짚은 팔에 살짝 힘을 주고서는 혼자 엉덩이를 들었다 내렸다, 방아를 찧듯이 혼자서 들썩이기 시작했다. ……그런 게 도대체 무슨 재미가 있는지 모르겠다.

"역시나 도련님. 나중의 일을 위해 주인님을 지금부터 훈련시키시는 겁니까."

이해하기 힘들기론 랑이보다 더한 녀석이 세희다.

"무슨 훈련?"

내 말에 세희는 어디선가 많이 본 듯한 비디오카메라를 소매에서 꺼내 내게 화면을 보여 주며 말했다.

"조금 전까지 있었던 주인님과 도련님의 놀이를 제3자의 시점에서 관찰한 영상입니다. 한 번 감상해 보시지요."

세희의 말은 귀에 들리지 않았다. 비디오카메라의 LCD화면에서 나오는 영상이 너무나 충격적이었으니까. 아무리 봐도 나로 보이는 녀석이 온몸에 힘을 주며 열심히 허리를 위아래로 움직이고 있었다. 문제는 그 위에 랑이가 있었다는 것. 내게 맞춰서 엉덩이를 들썩이고 있는 랑이가. 나는 단순히 랑이와 놀아 주려고 했을 뿐이고 실제로도 그렇지만 화면 안의 나와 랑이의 모습은 그야말로…….

"선정성을 위해 모자이크를 추가해 보았습니다."

그야말로 한 번도 처음부터 끝까지 제대로 본 적이 없는 영상 매체 같았다!!

"우아아악!!"

나는 손을 뻗어 비디오카메라를 뺏으려고 했지만 늦었다! 세희는 어느새 두세 걸음 뒤로 물어난 곳에서 비릿한 미소를 지으며 있었으니까.

"좋은 영상 감사합니다."

"내놔, 이 자식아!"

"뭘 그리 부끄러워하십니까? 나래 님이 씻고 나오시면 같이 상영회나 열지요."

"날 죽일 생각이냐?!"

"말과 행동이 다르십니다, 도련님."

아, 맞다! 일단은 지금도 열심히 나와 놀려고 하는 랑이를 말리는 게 먼저다! 이 꼴을 나래가 보기라도 하면 진짜 죽는다고! 마음이 급하다 보니 말보다 행동이 빨랐다. 나는 두 팔로 랑이의 골반을 잡아 막 들어 올린 엉덩이를 그대로 아래로 내렸다.

"으냐앗?"

랑이는 깜짝 놀랐다가 이상하게 배는 반짝이는 눈동자로 나를 내려다보며 말했다.

"아! 이제는 네가 해 주는 것이느냐?"

오해도 이런 오해가 또 없다.

"아니, 그만하자고."

"우~."

랑이가 입을 삐죽 내밀었다.

"이게 더 재미있는데……."

재밌냐?! 이게 더 재미있어? 애들의 재미를 느끼는 기준이라는 게 이해하기 힘들다는 건 알지만 지금은 너무 제멋대로 아니야? 그래도 지금은 랑이의 움직임을 멈춘 거에 만족하자.

"잠깐 나와 봐."

"알겠느니라."

아쉬워하는 기색을 숨기지 않았지만 랑이는 순순히 내 말을 따라 주었다. 내가 일어나 앉자 옆에 있던 랑이가 슬쩍 내게 머리를 기댔다. 왜 이러나 생각하면서도 나는 랑이의 어깨를 감싸 안아 주었다. 덥기는 했지만 랑이의 미소를 볼 수 있으니 잠시 동안은 참기로 하자.

"왜 그래?"

"성훈이가 요즘에 잘 안 놀아 준 것 같은데 오늘은 많이 놀아 줄 것 같아서 기분이 좋으니라."

뭐지, 이 죄책감은. 가슴이 찌릿하고 아픈데. 이, 이게 다 학

교 때문이다. 보충 수업 때문이라고. 랑이의 행복을 위해서
우리나라에서 보충 수업을 모두 없애 버려야 한다. 아니, 방
학이 끝나면 지금보다 같이 놀아 줄 시간이 줄어드니 학교 자
체를 없애 버려야 한다. 만약에 랑이가 안 놀아 준다고 삐쳐
서 세상을 멸망시키면 모두 학교 탓이다. 뭔가 얼빠진 생각
같지만 실제로 비슷한 일이 정치하시는 윗분들 사이에서도
일어나고 있으니까 이상하지 않다. 그래도 이런 말을 랑이한
테 할 수는 없는 일. 이것도 저것도 다 핑계니까. 이럴 때는
내 마음을 있는 그대로 전하는 게 가장 좋다.

"미안."

"아니, 아니니라."

랑이는 고개를 흔들흔들 가로저었다.

"지아비의 학업에 누를 끼치고 싶은 것이 아니니라. 나는
그냥……."

랑이는 내가 자신의 말에 주의 깊게 듣고 있지 않았다면 들
리지 않았을 만큼 아주 작은 목소리로 말했다.

"……아주 잠깐이라도 좋으니까 이렇게 단둘이 있고 싶었느니라."

이런 랑이가 사랑스럽지 않은 사람이 있을까. 있으면 어쩔
수 없지. 아니, 오히려 나한테는 좋은 일이다. 그 사람들 몫까
지 내가 랑이를 사랑해 줄 수 있으니까. 나는 랑이의 어깨를
안은 팔을 내 쪽으로 당겼다. 자연스럽게 랑이가 내게 안겨들
었다. 랑이가 살짝 기대에 찬 눈으로 나를 올려다보았다. 우
리는 연인같이 서로를 바라보았고 자연스럽게 물에 젖은 수

건이 나와 랑이의 얼굴에 날아왔다.

"으억?!"

"으냐앗?!"

"도대체 한눈을 팔고 있을 수가 없다니까."

"대, 대낮부터 뭘 하려는 거예요?!"

[이상한 짓.]

방금 막 씻고 나온 나래와 치이와 페이에게 한 소리를 들으면서도 나는 할 말이 없었다.

"으~. 왜 자꾸 방해하는 것이느냐?!"

랑이는 있는 것 같지만. 랑이가 벌떡 일어나서 두 볼을 빵빵하게 부풀리며 말했다.

"나래는 나하고 성훈이가 막 기분 좋아지려고 하면 방해하느니라!"

랑이의 마음은 이해 못 하는 건 아니지만 그 상대가 나쁘다.

"랑이야."

"거, 겁 안 먹느니라! 나, 나래가 화를 내도 랑이는 겁 안 먹느니라."

이미 겁을 먹을 대로 먹어서 꼬리가 배에 착 달라붙은 녀석이 말은 참 잘한다.

"그런 거로 화내는 거 아니야."

나래는 상냥해 보이는 미소를 지으면서 자기도 모르게 오른발을 뒤쪽으로 뺀 랑이에게 다정하게 말했다.

"너, 오늘 내준 숙제는 모두 했어? 세희한테 물어보니까 안

한 것 같다고 했는데. 분명히 나하고는 학교 갔다 올 때까지 동화책 다 읽고 독후감 써 놓기로 약속했지?"

"으냐앗?!"

역시 나래. 화를 내는 방식도 차원이 다르군. 주눅이 들어서 이리저리 둘러보며 자신을 도와줄 아군을 찾는 랑이의 시선이 결국 나한테 머물렀지만 나는 어색한 미소를 지을 수밖에 없었다. 아, 울상이다. 그런 랑이의 양 볼을 잡아 자신에게 돌리며 여전히 상냥해 보이는 미소를 짓고 있는 나래가 말했다.

"학교 가기 전에 약속했지?"

"그, 그렇느니라."

"약속을 안 지킨 건 랑이지?"

"으, 응."

"그러면 지금이라도 약속을 지키려고 노력해야겠지?"

"하, 하지만 성훈이가 왔는데……."

상냥한 미소가 아니다. 상냥해 보이는 미소다. 다시 말해 그 아래에는 지금 같은 성난 지리산 반달곰의 얼굴이 숨겨져 있다는 거지.

"아, 알겠느니라! 지금, 지금이라도 하겠느니라!"

랑이는 기겁해서 재빨리 방으로 도망쳤다.

"아우우우, 나래 언니는 무서운 거예요."

[화나게 만들면 으악.]

동감이다.

"그리고, 너."

으악!

"안 씻어?"

"씻어야지요."

"씻고 내 방으로 와."

"……예."

나래에게 윤리관과 성 가치관에 대해 집중 요약한 설교를 받은 나는 반쯤 시체가 되었다. 그건 짧은 시간에 집중해서 동화책을 읽고 독후감을 작성해 온 랑이도 마찬가지였다. 우리는 둘 다 반쯤 혼이 나간 상태로 소파에 몸을 기대고 멍하니 천장을 바라보았다.

"성훈아."

"왜."

"왜 사람은 공부해야 하는 것이느냐?"

"글쎄다."

철학적인 질문은 하지 마라. 대답을 못 해 주니까.

"우……. 난 그냥 성훈이하고 같이 놀 수만 있으면 다른 건 어찌되어도 상관없는데 말이니라."

나보다 빨리 생기를 되찾은 랑이가 내게 엉겨 붙으려고 한다. 하지만 조금 전까지 나래에게 교육을 받았던 나는 한 손으로 랑이의 이마를 잡고 쭈욱 밀었다. 랑이가 눈을 찡그리며 팔을 휘젓고는 풀 죽은 강아지처럼 눈썹을 살짝 내리며 말했다.

"왜 그러느냐?"

나래의 교육을 빙자한 설교가 무서워서라고 말한다고 들을 표정이 아니다. 그렇다면 지금까지 자주 써 왔던 여름 한정 만능 변명을 할 수밖에.

"더워서 그런다."

"……정말이느냐."

언제 그렇게 의심이 많아졌냐.

"진짜."

거짓말은 아니다. 실제로 더운 것도 있으니까. 내 얼굴을 찬찬히 살펴보던 랑이는 만세를 불렀다.

"으냐아~! 이럴 줄 알았으면 작년 겨울에 너를 부를 것 그랬느니라."

랑이는 다시 몸을 돌리고 불만이 가득 찬 목소리로 말했다.

"그랬다면 네가 알아서 날 막 껴안아 주고 그랬을 것 아니느냐?"

사고방식이 간단한 놈일세. 그래도 내가 댄 핑계가 있으니 아니라고 할 수도 없다. 나중에 겨울이 되면 그 때 가서 다른 변명을 생각하자.

"겨울이면 그렇겠지."

그 말을 내뱉은 것이 실수였다.

"호오. 그렇습니까?"

깜짝 놀라서 몸을 틀어 뒤를 보니 흥미롭다는 듯 사악한 미소를 짓고 있는 세희가 있었다. 자, 잠깐. 이 녀석 지금 뭔가 이상한 생각을 하고 있는 것 같은데?

"진짜로 계절을 바꿀 생각은 아니겠지?"

"그건 하지 말라고 하시지 않았습니까?"

다행이다. 세희도 그 정도의 상식은 있는 것 같다.

"하지만 도련님. 지구의 모든 곳이 여름일 것이라고 생각하시는 것은 아니겠지요."

나는 아무 짓도 하지 말라고 말하려고 했지만 그것보다 세희가 요술을 쓰는 것이 빨랐다! 당했다!

지금 내가 당한 일을 가장 근접하게 설명하자면 잘 보고 있던 영화가 갑자기 아무런 효과 없이 장면 전환이 일어난 것과 비슷하다고 할 수 있다. 조금 전까지만 해도 소파에 앉아 있던 내가 지금은 눈보라 치는 어두운 설산 한가운데에 서 있었으니까! 추, 추워! 발바닥 차가워! 온몸을 타고 냉기가 급습한다.

"세희! 야, 강세희! 빨리 안 튀어 나와? 누구 얼어 죽일 생각이냐?!

하지만 세희는 나타나지 않았다. 이 자식, 뭐하는 거야? 티셔츠에 반바지 하나 달랑 입고 있는 내가 견딜 수 있는 날씨가 아니라고!

"에, 엣츄!"

그건 랑이도 마찬가지였다. 나와 같이 설산으로 와 버린 랑이는 두 팔로 몸을 감싸 안고서 벌벌 떨고 있었다. 콧물까지 주르륵 나왔잖아, 이 녀석. 하지만 그것보다 더 큰 문제는 지금 이 추위에 맞닥뜨려진 사람이 우리 둘뿐만이 아니라는 것이다.

"가, 갑자기 이게 뭐야?!"

"까우우우?! 추, 추운 거예요!!"

[유니크! 유니크 아이템이!!!]

"와~ 눈이다~! 눈이에요~!"

그 귀신, 요술이 너무 대단해서 할 말이 없다. 어떻게 방 안에 있던 애들하고 마당에 있던 바둑이도 같이 끌고 온 거야?! 이런 상황에서도 태평하게 감탄하며 방방 뛰어 노는 바둑이를 제외하면 다들 갑작스러운 상황 변화에 적응하지 못하고 있는 것 같다. 그런데 정작 이 귀신 녀석은 어딜 갔는지 보이지를 않아!

"서, 성훈아. 추, 추우니라."

덜덜 떨며 내게 바짝 다가온 랑이를 안아 들었다. 나도 추우니까! 랑이는 그대로 내 겨드랑이 사이와 허리에 두 팔 두 다리를 휘감고 한 몸처럼 찰싹 달라붙었다. 아, 조금은 살 것 같군.

"어, 어떻게 된 거야?"

너무 추워서 얼굴이 파랗게 질린 나래가 물어 왔지만 내가 할 말은 이것밖에 없었다.

"세, 세희의 요술 같은데?"

"갑자기 왜? 우릴 얼려 죽이기로 했대?!"

……아니, 그건 아닐 텐데.

"응? 나래 언니, 추워요?"

이 상황에서 태평하게 휘몰아치는 눈을 맞으며 만세를 부르고 있던 바둑이의 말에 나래가 고개를 끄덕였다.

"따뜻하게 해 드릴게요!"

에잇! 하고는 펑! 하고 바둑이가 커다란 개로 변했다. 아! 그런 방법이 있었구나! 나는 랑이를 안은 채로 바둑이의 푹신하고 따뜻한 털 속으로 들어갔다. 설산이라는 것이 믿기지 않을 정도로 따뜻하고 포근하다.

"아우우우~. 이젠 아무래도 상관없는 거예요."

[이대로 살래.]

바둑이의 부드러움과 따뜻함과 폭신폭신함에 내성이 없는 치이와 페이가 그대로 현실에서 도피해 버린 게 조금 마음에 걸리지만 상관없다. 바둑이는 따뜻하고 포근해서 잠깐 그렇게 있는다고 해서 얼어 죽을 일은 없을 테니까. 나도 잠깐 이대로 있자. 개로 변한, 아니, 원래 개였지. 바둑이의 본모습은 인간의 모습으로 있을 때보다 몇 배는 더 따뜻하고 포근하고 푹신해서 이대로 영영…….

"야! 너까지 그러면 어떻게 해?!"

나래의 목소리에 정신이 번쩍 들었다. 위험했다. 바둑이의 요술 같은 마력에 빠져서 헤어 나오지 못할 뻔했다. 나는 바둑이의 마력에 버금갈 정도로 부드러운 랑이의 허벅지를 만지, 아니, 안아서 자세를 바로잡아 주는 것으로 정신을 바짝 차리고 나래의 목소리가 들린 쪽으로 고개를 돌렸…….

"뭐하십니까, 나래 님."

"응? 너무 기분 좋은걸. 헤헤헤헤."

나래는 바둑이의 털에 파묻혀서 행복한 웃음을 흘리며 볼을 비비고 있었다. 조금 전의 그 말은 나래의 마지막 이성의 단말마였나. 무섭다, 바둑이. 추위와 눈보라를 순식간에 2차적 위험으로 격하시키다니.

"성훈아."

그래도 랑이는 바둑이와 함께 있던 시간이 길어서 그런지 버틸 수 있었나 보다.

"나, 졸리니라."

제 착각이었습니다.

"야, 인마! 너까지 잠들면 어떻게 하자는 거야?"

나 혼자 너희들을 집으로 돌려보낼 방법을 찾아보라는 거냐?! 나의 절박한 상황은 바둑이의 기분 좋은 감촉과 따스한 체온에 모두 잊게 되었는지 랑이는 어금니가 보일 정도로 늘어지게 하품을 하고는 내 가슴에 얼굴을 묻었다.

"음냐, 음냐."

"내 말은 무시냐?!"

"쿠울~."

"벌써 자?!"

바둑이의 마수에 당하지 않은 건 나뿐인가?! 평소에 랑이의 허벅지와 뱃살과 가슴과 귀와 엉덩이로 단련이 안 되었다면 나도 똑같은…… . 아니. 이미 생각하는 게 이상하다. 평소라면 절대로 하지 않을 생각을 하고 있다고! 더 이상 바둑이의 '이런 것도 상관없을 테니까 태평하게 잠이나 자자~' 요술을 견딜 자신이 없다. 나는 사태를 이 지경으로 만든 녀석의 이름을 목이 터져라 외쳤다.

"세에에에히이이이의!!"

"이제 슬슬 그 레퍼토리는 질리지 않습니까?"

"누구 때문이라고……. 야. 넌 좀 따듯해 보인다?"

눈앞에 나타난 세희의 복장에 나는 화를 낼 기운도 사라지고 말았다. 나와 애들은 집에 있던 차림 그대로 이런 혹한 속으로 던져 버렸으면서 이 귀신같은 놈은 혼자서 중무장을 했다고! 두꺼워 보이는 패딩을 입고 방한모에 방한 수갑, 방한화까지! 그 모습 그대로 북극이나 남극에 간다고 해도 믿을 만한 중무장이다!

"여자는 몸을 차게 하면 안 좋은 법입니다."

"여기에 남자는 나 하나뿐이기든?!"

"할렘을 꾸렸다고 자랑이라도 하고 싶은 겁니까."

그럴 생각은 전혀 없다. 애초에 할렘도 아니고. 내가 눈에 힘을 주고 계속 노려보자 세희는 어깨를 으쓱거리고 새하얀 한숨을 내쉬었다.

"하아……. 제가 원래 체질상 몸이 냉합니다. 됐습니까?"

"몸만 그러겠냐."

"……어이쿠. 별장에 미처 정리하지 못한 것들이 남아 있었지요. 마저 치우고 다시 오겠습니다. 4주 후에 뵙지요."

"미안! 일단 좀 살려 주라!"

스르르륵 하고 안개처럼 사라지려는 세희를 불러 세운다.

저렇게 느릿느릿 사라지는 걸 보아 농담이겠지만 내가 잡지 않으면 정말로 나중에 올 거라는 것도 사실이다.

"바둑이가 잘 해 주고 있는 덕분에 이미 잘 살아 계시지 않습니까."

"헤헤헤헤."

개의 모습으로 볼을 긁적이는 바둑이가 기특했지만 그건 나중에 칭찬해 주자.

"이 상태로 있다가는 나도 모르게 여기서 잠들어 버릴 것 같단 말이야."

"그 나이에 노숙 한 번은 해 보시는 게 인생의 경험을 쌓는데 좋을 겁니다."

"그런 건 나중에 군대 가서 해도 충분하거든?"

세희는 약간 놀란 표정을 지었다.

"세상에. 주인님을 놔두고 군대에 가실 생각을 하신 겁니까?"

"대한남아라면 신체에 문제가 없는 이상 군대에 가야지!"

"문제가 있으면 안 간다는 말씀이로군요."

문제를 만들 것 같은 세희의 무서운 눈빛에 나는 말을 돌렸다.

"민감한 화제는 그만두고 집으로 보내 달라고!"

"저도 그러고 싶지만 주인님께서 이 상황을 너무 즐기시는 것 같아 어쩔 수 없군요."

"자고 있는 녀석을 핑계로 대냐?!"

랑이는 얼마나 곤하게 자는지 침까지 질질 흘리고 있다. 바둑이는 이불과 요고 나는 베개라도 되는 줄 착각하고 있는 거 아니야?

"빨리 안 돌려보내 주면 나 화낸다?"

"도련님께서 화를 낸다고 제게 무슨 문제가 있단 말입니까?"

내가 화를 내면?

"……랑이가 내 눈치를 살피다가 침울해하지 않을까."

자신 없게 한 말에 세희는 한심하다는 표정으로 나를 바라 보았다.

"……그럴 때에는 거짓말이라도 좀 강단 있는 말씀을 하시 면 안 되겠습니까? 내 발밑에 엎드려 개처럼 짖게 만들겠다든 가 말이죠."

그건 강단 있는 게 아니라 변태적인 거다.

"도련님이 무슨 동네 형이 때렸냐고 엄마에게 달려가는 어 린애도 아니고 말이죠."

할 말이 없습니다.

"하지만 제게는 가장 효과가 있는 협박이로군요. 그러면 도 련님께서 원하시는 대로 장소를 옮겨 드리겠습니다."

그 말과 다시 한번 주위가 변했다.

"허."

어이가 없어서 헛웃음이 나온다.

갑자기 눈앞에 나타난 건 산속에 있을 법한 산장이었다. 다 만 좀 크다는 게 문제다. 한 3층은 되는 것 같은데? 이 정도면 산장이 아니라 무슨 별장같이. ……잠깐만. 아까 세희가 한 말이 떠올랐다.

"야, 너 아까 별장을 정리하느라 늦었다고 했지?"

"제가 입에 담은 지 불과 5분도 안 된 일을 물으시다니 언제 술에 취하셨습니까?"

무시합시다.

"이건 도대체 뭐야? 여긴 어디고?"

세희는 입꼬리를 올리며 손을 휘둘렀다. 그러자 거짓말같이 눈보라가 멈추고 지리산과도 비교할 수 없을 만큼 많은 별들이 가득한 밤하늘이 보였다. 눈부실 정도로 아름다운 하늘 아래에는 산 말고는 아무것도 없었다. 아무것도. 인간의 흔적이라고는 내 앞에 있는 이 별장만이 유일했다.

"주위에 방해를 받지 않고 주인님과 도련님께서 뜨거운 밤을 보내실 수 있는 신혼 여행지 제2호입니다."

1호는 남쪽 나라의 무인도. 2호는 눈 덮인 설산인가. 3호는 바다 속, 4호는 달이 아니기를 빌 뿐이다. 이 녀석이라면 태평하게 용궁이라든가 달나라라든가 그런 곳에도 갈 수 있을 것 같으니까.

"달토끼와 동해 용왕님께 부탁해 봅니까? 달토끼는 몰라도 천해 공주님이라면 흔쾌히 승낙하실 겁니다."

달에 사는 토끼와 용왕하고도 알고 지내는 거냐? 네놈의 인맥은, 아니, 요맥은 어느 정도인 거야? 하지만 지금은 이런 것 하나하나에 딴죽을 걸고 있을 상황이 아니다.

"……그래서 여기는 왜 온 건데."

"도련님께서 평소에 덥다고 노래를 부르셨지 않습니까? 조금 전에도 주인님의 사랑을 거부한 이유도 덥기 때문이라 하셨지 않습니까? 그렇기에 이렇게 도련님을 위한 장소를 마련해 드린 겁니다."

내일의 날씨는 맑고 때때로 비가 내리겠다는 것같이 대수롭지 않게 말하고 있다.

"그보다 이제 슬슬 들어가시지요. 이러다가 나래 님과 까치 님, 폐이 님께서 바둑이에게 홀딱 반하겠습니다."

……그건 조금 늦은 것 같은데. 나는 바둑이에게 안겨서 조금 망가진 얼굴로 행복해하며 볼을 비비고 있는 나래를 보며 한숨을 쉬었다.

별장은 2층이었고 1층에는 거실과 부엌, 창고 등등이, 2층에는 방들이 있었다. 이런 산속에 있는데 전기는 어떻게 끌어다 쓰는지, 난방은 왜 이렇게 잘 되는지, 수도 공사는 어떻게 했는지 묻고 싶은 생각은 없다. 요술일 테니까. 나는 일단 인간으로 돌아온 바둑이를 껴안고 있는 나래와 꼬리에 달라붙은 치이, 머리를 쓰다듬고 있는 폐이를 제정신으로 돌리는 것보다 랑이를 깨우기로 했다. 아까같이 바둑이 난로 안이라면 상관없지만 밖으로 나온 지금 아무리 난방이 잘 돼도 이런 데서 잠들면 감기에 걸린다고. 그런 의미에서 비록 제정신은 아니지만 정신이 있긴 있는 나래와 까막까치 녀석들은 조금 더 놔두자.

나는 랑이의 말랑말랑한 볼을 툭툭 두드리며 말을 걸었다.

"랑이야. 랑이야. 일어나, 인마."

꼬리만 살랑거릴 뿐 반응이 없다. 음. 이럴 때는 이게 가장 좋겠지?

"지금 일어나면 쪽 해 줄게."

"일어났느니라아아아~~!"

반응이 너무 빨라서 이 녀석이 자고 있는 척을 하고 있었나 의심이 들 정도다. 특히 방금 일어났다고는 믿기 힘들 정도로 번쩍이는 호박색 눈동자는 할 말을 잃게 만든다. 이런 내 기분을 모르는 듯 랑이는 날 조르기 시작했다.

"쪽! 뽀뽀! 빨리 빨리 쪽쪽 뽀뽀해 주거라!"

남자가 한 입으로 두말할 수는 없기에 나는 랑이의 요청대로 입술에 쪽 하고 입을 맞췄다. 살짝 입술만 댔다가 바로 떼는 초등학생 수준의 뽀뽀였지만 랑이는 안 그래도 동그란 눈을 더욱 동그랗게 뜨고는 깜짝 놀라 했다.

"……어?"

믿을 수 없다는 듯이 두 손을 자신의 입술에 겹친다. 잘못하면 뒤로 넘어질 것 같아서 잽싸게 등에 팔을 둘렀다.

"위험하잖아, 이 녀석아."

살짝 핀잔을 줬는데도 랑이는 그 상태 그대로 굳어 있다. 왜 이러지?

"왜 그래?"

"쪽 했느니라."

"뭘 그렇게 놀라냐. 안 해 주면 잡아먹을 것같이 해 놓고서."

"뻔뻔하기가 비리를 저지르고 책임진다며 사퇴했다가 1년도 안 돼서 다시 총선에 나오는 정치인 급이로군요."

지방 음해 방송은 신경 끄자. 랑이가 잘 익은 문어같이 됐으니까.

"하지만 이, 입술에 쪽 했느니라."

한두 번 했냐.

"부끄럽게 왜 그래?"

"마음에도 없는 소리군요."

신경 끄자.

"하지만, 하지만! 성훈이가 입술에 쪽 해 줄 때는 그런 게 있었느니라. 잘은 모르겠지만 지금까지는 그런 게 있었느니라. 하지만 지금은 그런 게 없어서 볼에 쪽 받을 거라 생각했는데 이, 입술에 받았느니라!"

랑이의 말에 이번에는 내가 얼굴이 달아오를 차례였다. 나는 부끄러워하면서도 기뻐하는 랑이를 일단 내려놓고 한 손으로 얼굴을 가렸다. 맙소사. 랑이의 말대로다. 볼에 뽀뽀를 해 주는 건 자주 있는 일이다. 하지만 랑이의 저 작은 입술에 입을 맞추는 건 그런 분위기, 환경, 뭐 그런 게 여러 가지 복합적으로 상당히 얽혀 있을 때나 하던 일이었다. 하지만 방금 나는 아무런 거리낌 없이, 아무 생각 없이 랑이에게 입을 맞췄다. 예전에는 절대로 하지 않을 행동을 해 버렸다. 아직 어린 랑이에게 나, 나는…….

"로리콘."

단 한 단어. 귓가에 들려온 세희의 은밀하며 심장을 찌르는 목소리에 나는 2층 계단을 뛰어 올라갔다.

"아니야!! 나는 로리콘이 아니야아아아아아!!"

"서, 성훈아?"

깜짝 놀라 하는 랑이를 살필 틈도 없이 나는 아무 방에나 들어가서 벽에 머리를 박았다. 자신이 무의식적으로 저지른 만행을 잊기 위해서.

사람의 뇌라는 것은 그리 쉽게 기억을 잃어버리는 경우가 없다는 것을 세희에게 치료받으면서 깨달은 나는 생각을 바꿨다. 조금 전에 내가 랑이의 입에 뽀뽀한 것도 그다지 이상한 것이 없는 거라고. ⋯⋯조금은 드물겠지만 사이가 좋은 부녀 관계에서는 그리 이상한 일은 아닐 것이다.

"전제 자체가 틀렸습니다."

그리고 서양에서는 그 정도의 가벼운 입맞춤이야 인사, 친애의 감정을 담은 인사의 한 종류일 뿐이다. 그러니까 이상할 게 없다.

"외국 물이라도 사 와야겠군요."

"넌 좀 가만히 있어라."

"왜 그렇게 변명을 만드십니까. 또 다른 자신을 인정하고 새로운 힘을 얻어 페르소나라고 외치면 될 것을 말이죠."

"이해 못 할 이야기는 하지를 마라. 그보다 애들은 뭐해?"

"나래 님은 까치 님과 저녁을 준비하고 계시고 페이 님은 바둑이를 껴안고 잠들어 있습니다."

결국 페이는 구원받지 못한 건가.

"그리고 가장 궁금해하실 주인님께서는 입술을 손으로 만지작거리시며 여운에 잠겨 계십니다."

나가기 힘들겠군. 그래도 방 안에 틀어박혀 있어 봤자 상황이 나아지는 것은 없기에 나는 용기 있게 벌떡 일어났다.

"아, 그 모습을 보고 나래 님께서 추궁하신 결과 도련님께서 주인님께 무슨 행동을 했는지 모두 알게 되었습니다."

정말 나가기 힘들겠다.

"……그래서?"

"최후의 만찬을 즐기시라고 하시더군요."

다리에 힘이 쭉 풀린다. 그렇다고 안 나갔다가는 최후의 만찬도 없다. 그냥 죽는다. 나는 먹고 죽은 귀신이 때깔도 좋다는 속담을 믿고 방을 나섰다.

온 가족이 모여 앉아 먹을 수 있는 커다란 식탁에는 정말 이곳이 산속이 맞을까 싶을 정도로 호화로운 음식들로 가득 차 있었다. 하지만 그런 것들 앞에 식칼을 든 나래가 있었다. 안 좋은 기억이 되살아나서 나도 모르게 침이 꿀꺽 삼켜졌다.

다시 시작하자, 성훈아.

그렇게 자세하게 기억날 필요는 없어!!

"저기, 나래 님. 여기는 부엌이 아닙니다."

나래는 상냥해서 더 무서운 미소를 지었다.

"응. 알아. 당장은 쓸 일 없으니까 걱정 안 해도 돼."

나중에는 쓸 일이 생긴다는 겁니까. 나래가 몸을 돌렸음에도 공포심에 굳어 버린 내게 치이가 눈치를 살살 살피며 내게 가까이 왔다. 그리고 귀 위 머리카락을 파닥이며 안절부절못하면서 내게 말했다.

"아우우우. 나래 언니, 아까만 해도 진짜 화난 거예요. 파 다듬을 때 오라버니 이름을 계속 말할 정도인 거예요."

그럴 필요도 없는데 자연스럽게 머릿속에서 상상이 되었다. 대파를 꺼내 뿌리를 다듬으면서 "이건 성훈이 머리네", 파를 다지면서 "이건 성훈이 몸이야" 하며 텅빈 눈으로 기계적인 작업을 반복하는 나래의 모습. 몸이 오싹해졌다.

"성훈아, 밥 맛있게 먹어."

의자에 앉아 식칼을 상 위에 내려놓으면서 나래는 천사와 같은 미소를 지었다.

"마지막이니까."

나는 그대로 나래에게 엎드려 빌었다.

"살려 주세요!!"

다행히 상냥하신 나래 님께서는 나중에 자신의 부탁을 하나 들어주는 거로 화를 푸시고 나를 용서해 주셨다. 그 약속이라는 게 조금 불안하기는 하지만 지금 당장 다진 고기가 되는 것보다는 낫겠지. 맛있는 밥도 제대로 못 먹었을 테니까.

저녁을 먹은 후 아이들과 원카드를 하면서 즐거운 한때를 보내고 있을 무렵, 이왕이면 그림자도 보이지 않았으면 하는 녀석이 방 안으로 들어왔다. 나래는 읽던 책을 내려놓고 세희에게 말했다.

"왜?"

"무엇을 그리 경계하십니까, 나래 님. 도련님의 마음이 주인님께 거의 다 넘어간 이상 제가 계책을 준비할 필요도 없는데 말이죠."

"앗! 성훈아! 그거 무늬가 맞지 않느니라."

[그거 하트. 스페이드 아님.]

"오라버니는 색맹인가요?"

너희들도 내 입장이 돼 봐라. 지금 내가 낸 게 하트인지 클로버인지 스페이드인지 다이아인지 모르게 될 테니까.

"어차피 난 상관없거든? 저 로리콘이 누굴 좋아하든 말이야. 지금은 단지 저 아이들이 이상한 짓을 당할까 봐 걱정돼서 같이 있는 거야."

[이번에는 다이아.]

"아우우우, 낼 거 없으면 한 장 먹는 거예요."

"응? 성훈아, 왜 땀을 흘리느냐? 덥느냐?"

아니, 춥다. 세희하고 이야기하면서 내 쪽으로 살기를 보내는 나래 때문에 난방이 잘 돼 있는데도 몹시 춥다.

"그렇습니까? 그렇다면 이번에도 그런 위치를 지키시지요."

"그래서 도대체 하고 싶은 말이 뭐야?"

"산장 뒤에 온천이 있으니 이곳까지 오신 김에 한 번 즐기시는 게 어떨까 싶어 운을 띄워 본 것입니다."

휴. 이제야 나는 마음이 진정돼서 제대로 카드를 낼 수 있었다.

"있으면서 왜 안 낸 거예요?"

[성훈, 하트, 다이아 있어. 둘 다 바꾸면 안 됨.]

"안 되느니라. 나, 나도 하트가 많으니라. 그러면 안 되느니라."

"아우우우, 절대로 하트로 안 바꾸는 거예요."

[랑이 바보.]

"으냐앗?!"

다시금 훈훈한 분위기가…….

"물론 노천탕이기에 남녀 혼탕입니다."

순식간에 깨져 버렸다. 나는 잠시 아이들에게 양해를 구하고 카드를 뒤집어 내려놓은 다음에 성큼성큼 세희에게 다가가 어깨를 두 손으로 잡았다. 세희가 살짝 당황하며 말했다.

"왜 그러십니까, 도련님? 이대로 다른 분들이 보고 계시는 가운데서 뒤로 눕히실 생각이십니까?"

"날 죽일 생각이면 그냥 죽여라. 말려 죽이지 말고."

"전 도련님을 그렇게 약하게 키운 적이 없습니다."

"네가 내 엄마냐?!"

"연결시켜 드립니까?"

세희가 휴대폰을 꺼내자 정신이 바짝 들었다. 어머니라고 해서 세희와 다르게 말씀하실 리가 없다. 아니, 어머니께서는 그런 말씀만 하시지 않고 이제 많이 컸으니까 아버지처럼 철저한 교육을 하시겠다고 말씀하실 수도 있어. 어머니보다는 세희를 상대하는 게 차라리 낫다. 그렇게 생각하자 머리가 맑아지고 몸에서 힘이 솟았다.

"아니, 잠깐만. 혼탕이라고 해도 나는 안 들어가면 되잖아. 아니면 나중에 들어가든가. 그렇지, 나래야? 응? 나 지금 맞을 이유도 없고 욕먹을 상황도 아니지? 응? 나는 같이 들어간다는 말도 한 적 없잖아요. 저 진짜 이번에는 아무 잘못도 안 했거든요? 나래 님, 제발 은혜를! 관용을 베풀어 주세요! 요즘 들어서 저 너무 힘들어요. 어허허허엉."

나는 나래의 발치에 엎드려서 다리를 잡고 눈물을 흘리며 빌었다.

"가, 갑자기 왜 그래?"

"화내실 거잖아요. 지금까지의 경험상 이대로 가면 분명히 화내실 거란 말이에요."

"내, 내가 요즘에 너무 신경질적으로 굴었나 보네. 미안해, 성훈아."

나래가 사과할 일이 있었는지는 모르겠지만 어쨌든 다행이다. 며칠 사이에 일어난 일로 난 이미 녹초가 됐다고. 더 이상 무슨 일이 일어나면 못 견딜지도 몰라.

"온천 이벤트를 포기하다니. 하늘이 무섭지 않습니까?"

내가 무서운 건 설산에서 목숨을 잃는 거다. 여기서는 그냥 밖에 내버려도 자연이 알아서 시체 은닉을 해 줄 것 같으니까. 나는 세희를 무시하고 나래의 다리를 놓고 넙죽 절을 하듯 발에 머리를 조아리며 말했다.

"전 그런 생각을 오늘만큼은 정말, 진짜로, 요만큼도 안 했습니다. 아시죠, 나래 님?"

"얘, 얘는? 오늘은 왜 그렇게 저자세야? 이, 일단 일어나. 애들이 이상하게 보잖아?!"

……일단 살아남은 것 같다. 나는 일어나서 사형을 면책받은 죄수의 마음으로 나래를 보았다. 나래는 더 이상 내 시선을 받아 주기 부담스러웠는지 슬쩍 자리를 피했다.

"그, 그보다 얘들아. 우리 목욕하러 가자."

"응? 성훈이는 같이 안 가는 것이느냐?"

"안 돼, 랑이야. 지금 성훈이는 많이 피곤해서 같이 못 가."

[그러니까 같이 온천 고고~. 파후파후로 HP 완전 회복.]

"아우우우? 페이는 또 이상한 말을 하는 거예요."

"우웅~. 그러면 내일은 같이 하자꾸나."

안 들립니다.

나래와 아이들이 노천탕에 가기 위해 방을 나갔을 때 나는 나중에 씻으러 가서 먼저 씻고 나온 랑이를 기다리게 만들지 말고 지금 씻으라는 세희의 강요에 따라 베란다에 있는 작은 욕탕에 몸을 담그게 되었다. 왜 욕탕이 밖에 나와 있냐고 묻자 온천수를 끌어 올리기 편하고 이편이 운치가 있어서라고

답했는데 그 말이 이해가 될 정도로 주위 경관이 좋다. 인공적인 불빛이 거의 없는 이곳에서 올려다보는 밤하늘과 달빛과 별빛에 힘입어 윤곽을 드러내는 산세와 아래쪽에서 올라오는 김이 마음을 편하게 해 준다. 좀 춥지 않을까 걱정이 됐지만 뜨거운 물에 몸을 담그자 그런 생각도 사라졌다. 이렇게 마음 놓고 욕탕에 들어가는 건 얼마 만일까. 우리 집은 화장실이 작아서 욕조가 없으니까. 가끔씩 목욕탕에 갔을 때나, 세희가 개조한…… 이상한 기억은 떠올리지 말자. 이렇게 아름답고 경건한 자연 안에서 이상한 생각은 하지 말자고! 응. 그저 이 정취를 즐기자. 느긋하게 노래라도 불러 볼까 생각하는데 아래쪽에서 어떤 소리가 들려왔다.

"무지무지 크구나!"

그건 한껏 들뜬 랑이의 목소리였다. 나는 깜짝 놀라 내가 지금 알몸이라는 것도 잊고 벌떡 일어났다가 바로 다시 앉았다. 보는 사람이 없다고는 하지만 신경이 쓰이니까.

"정말 크네. 이런 온천을 어떻게 만들었는지 모르겠어."

"아우우우, 세희 언니는 요술을 너무 잘 쓰는 거예요."

"응! 세희는 대단하느니라!"

"과찬이십니다."

잠깐, 잠깐만. 당황하지 말고 생각해 보자. 분명히 나래와 아이들은 노천탕에 간다고 했다. 그리고 나도 바로 세희의 안내를 받아 이곳에 왔고. 그렇다면 저기 밑에 있는 나래와 랑이와 치이와 페이는 뭐를 하러 왔을까요? 정답. 온천욕이요. 참 잘했습니다! 상품으로 훔쳐보기 1회 사용권을 드리겠습니다!

　……제정신이 아니군. 그러니까 지금 여기 내가 있는 욕탕의 밑에 온천이 있다는 건가?! 바로 밑에? 온천수를 끌어 올리기 편하다는 건 이런 의미였냐? 어쩐지 밑에서 김이 올라온다 했다!

　"으냐앗?! 무, 물이 너무 뜨겁느니라!"

　"아우우우, 저도 그런 거예요."

　"페이도 그래? 하긴 애들한테는 뜨거울 수도 있겠다. 어쩌지?"

　"흠. 그렇다면 안타깝지만 어쩔 수 없군요. 실내욕을 준비하겠습니다. 다만 안타까운 건 이 온천에는 가슴이 커지는 효능과……."

　풍덩!

　"뜨, 뜨겁지 않으니라!"

　"……랑이 님, 뭔가 불쌍해 보이는 거예요."

　"요력이 강해지는 효능이 있습니다."

　풍덩! 풍덩!

　"아, 안 뜨거운 거예요. 견딜 수 있는 거예요."

　"……너희 둘도 애쓴다."

　"나래 님도 들어가시지요."

　"말 안 해도 들어갈 거야."

　나는 숨을 죽였다. 진정해라. 진정해라, 강성훈. 밑에서 애들이 발가벗고 목욕을 하든 말든 그건 너와 상관없는 일이다.

"그러고 보니, 나래 님. 가슴이 D컵이 되신 것 같습니다?"

"무, 무슨 말이야? 요, 요즘 들어 조금 안 맞기는 하지만 아직은 아니라고!"

"힘의 각성에 맞춰서 몸이 따라가는 것이로군요. 흠……. 예정보다 이르겠군요."

"이, 이상한 눈으로 보지 마!"

"그래도 보는 것으로는 확실하지 않을 것 같습니다."

"꺄악?! 너, 너 뭐하는…… 아~♡"

저절로 몸이 움직인다. 난간을 잡고 그 밑을 내려다보면 있을 천국과 같은 곳을 영접하기 위해 제멋대로 움직이려는 몸을 억지로 앉혔다. 위, 위험했어. 분명히 아까까지만 해도 단순한 목욕이었는데 왜 이렇게 된 걸까.

"그, 그만……. 으, 으응~♡"

"음란한 소리를 내시는군요. 단순히 가슴을 주무르고 있을 뿐인데."

"꺄우우우, 랑이 님은 보면 안 되는 거예요."

"그, 그러는 너는 왜 내 가슴을 보는 것이느냐?! ……아, 안 작단 말이니라! 페이는 그런 말 하지 말거라앗?! 마, 만지지 말거라. 그런 곳은 왜…… 으냐아아~♡"

내가 생각이 너무 짧았군. 이곳에서 유혹에 버티려고 하다니. 씻는 건 나중에 하자. 지금 들려오는 소리를 들으며 목욕을 계속할 정도의 정신력이 내게는 없다. 나는 욕탕에서 나와 등 뒤에서 들리는 녹음하고 싶은 소리를 무시하며 물기를 닦고서 방으로 들어갔다.

여자애들의 목욕은 시간이 오래 걸린다고 하지만 번뇌와 싸움을 하고 있던 내게는 별 상관없는 일이었다. 솔직히 말해서 유혹을 참고 들어오기는 했지만 걸즈 토크를 몰래 듣고 싶거나 목욕하는 걸 살짝, 아주 살짝 훔쳐보고 싶은 건 남자라면 당연한 거잖아? 자신에게 솔직해지자. 적어도 나는 그렇다.

"성훈아~ 나 씻고 왔느니라~."

뭐, 그런 생각도 랑이가 방문을 들어오는 거로 끝났지만. 조금 전까지 온천에 들어갔다 나와서 그런지 살짝 열이 올라 피부가 붉어진 랑이를 반기며 맞아 주었다.

"어, 그래."

예. 아쉬운 감이 지금도 남아 있습니다. 그런데 아까하고는 입고 있는 옷이 다르다. 랑이는 호랑이를 본뜬 잠옷을 입고 있었으니까. 비단 랑이뿐만 아니라 나래는 곰을, 치이는 까치를, 페이는 까마귀를 본떠서 만든 귀여운 잠옷을 입고 있었다. 귀, 귀엽잖아.

"뭐, 뭘 그렇게 봐?"

내 시선에 가장 먼저 반응한 것은 나래였다. 곰돌이라 표현하기 거리낌 없는 나래가 팔짱을 끼며 노려봤자 아기 곰, 그 이상 그 이하도 아니다.

"응? 귀여워서."

나는 사실을 있는 그대로 말했을 뿐이다.

"읏?!"

"꺄우우우! 오라버니는 부끄럽지도 않은 건가요?"

[그런 거 없는 듯.]

그런데 반응이 왜 이래. 그중에서 랑이는 가장 특이한 반응을 보이기로 했는지 쪼르르 다가와서 내 몸을 점령했다. 비누 냄새가 나네. 나도 모르게 랑이의 머리에 코를 묻을 것 같아서 그 예방책으로 턱을 올렸다.

"귀여운 건 사실이잖아."

나래의 얼굴이 새빨갛게 변했다. 그래도 싫지만은 않은지 날 죽이려 달려오지는 않아서 다행이다. 내심 불안했거든.

"귀여울 수밖에 없지요. 디자인을 고심해서 만든 잠옷이니까 말이죠."

마지막으로 들어온 것은 평소와 같은 한복을 입고 있는 세희였다. 뭔가를 기대한 사람은 없겠지. 거기다 저 녀석은 무엇을 본뜬 잠옷을 입어야 할지 감도 안 잡힌다고.

"네가 만들었냐?"

"그럴 시간이 어디 있겠습니까. 굿즈로 팔고 있는 것을 사서 약간 손본 것입니다."

"굿즈?"

내 귀에는 GOODS라고 들렸는데, 그건 뭐야? 어디서 들어 보기는 한 것 같은데 좋은 것들이라고 생각해야 하나? 어리둥절해하고 있을 때 폐이의 글이 보였다.

[캐릭터 상품을 말하는 거.]

아, 맞아. 예전에 세현한테 만화나 소설에서 인기 있는 캐

릭터들의 관련 상품을 굿즈라고 한다는 설명을 들은 기억이
있다.

"요괴넷이냐?"

"잘 아시는군요. 참고로 나래 님과 페이 님의 것이 가장 안
팔리고 있습니다."

"멋대로 팔지 마."

[충격.]

나는 나래의 의견에 한 표다.

"성훈이는 안 갈아입느냐?"

랑이가 몸을 살짝 틀어 올려다보기에 나는 등을 감싸 안아
서 앉아 있기 편하게 해 주며 말했다.

"갈아입었잖아."

세희가 준비해 둔 것은 남성용 파자마로 추운 곳에 왔다는
걸 나름 배려해 준 듯 꽤나 따뜻하다.

"아니, 나하고 같은 것으로 말이니라."

나보고 그런 잠옷을 입으라고? 뭐라 말하기도 전에 랑이가
세희에게 말을 걸었다.

"세희야, 성훈이 거는 없느냐?"

"있습니다."

세희가 소매 안에서 꺼낸 것은 작은 잎사귀 하나였고 나는
랑이가 더 이상 아무 말도 못 하게 손으로 입을 막았다.

"우읍?"

바동대는 녀석은 잠시 무시하자.

"그건 됐고 이제 슬슬 자야 할 것 같은데."

"아우우우, 그래서 온 거예요."

[잘 자, 인사.]

"방에서 못 나오게 자물쇠 잠가 놓을게."

"농담이시죠?"

나래는 빙긋 웃을 뿐 대답하지 않았다. 설마 진짜 하지는 않겠지. 자다가 화장실 가고 싶으면 어떻게 하라고.

"랑이야. 성훈이도 자야 하니까 그만 가자."

나는 손을 아래로 내렸다.

"푸하!"

코까지 막은 기억은 없는데 크게 숨을 들이쉰 랑이는 솜씨 좋게 겨드랑이 사이를 파고들어 내 등 뒤로 돌아가서 허리를 두 다리로 끌어안고 목에 손을 둘러 합체하며 말했다.

"오늘은 모두 성훈이 방에서 자는 것 아니었느냐?"

"아우우우, 랑이 님. 그러면 큰일 나는 거예요. 오라버니가 무슨 짓을 할지 모르잖아요."

[처음이 이런 건 싫어.]

"여자애가 그런 말 하면 못 써."

나래가 있어 줘서 다행이다. 꿀밤을 맞은 폐이는 눈을 찡그리며 나래를 올려다보았다.

[싫은 건 사실.]

"전제 자체가 잘못됐어."

[내숭. 홍헤롱. 새침데기. 츤데레.]

잘은 모르겠지만 나래는 그런 쪽이 아니라 폭력부끄가 아닐까. 다시 한번 꿀밤을 때리기는 싫었는지 나래는 페이의 양쪽 관자놀이에 주먹을 대는 것으로 뭔가 더 글을 쓰려고 하는 페이를 침묵시켰다. 글은 멀고 주먹은 가깝구나. 안타까운 현실이다.

"랑이도 이리 와."

"우~. 싫으니라."

랑이가 울상인 건 안 봐도 알 수 있다. 그리고 나래가 나를 노려보는 것은 봐서 알 수 있다. 왜 그러세요. 제가 무슨 잘못을 했다고 그러십니까. 네가 버릇을 잘못 들여놨잖아. ……그건 세희 탓입니다. 이 녀석은 처음부터 이랬어요. 그래서? 잘 설득해 보겠습니다.

자식을 가진 부모 같은 느낌이 드는 눈길을 주고받은 뒤 나는 손을 들어 랑이의 머리를 쓰다듬었다.

"그러지 말고 나래 말대로 해."

"싫으니라."

이 녀석 봐라?

"아까 성훈이가 말했느니라. 날이 덥지만 않아도 나를 먼저 껴안아 줄 거라고 말이니라!"

……그렇게 말한 적은 없습니다.

"헤에~. 그런 말을 했어?"

"역시 오라버니인 거예요."

[몸으로 후끈후끈.]

거기는 잠시 조용히 해 주세요.

"그러니까 오늘은 너와 같이 잘 것이니라. 겨울이니까 말이니라. 나는 네가 자기가 한 말은 지킬 거라고 믿고 있느니라."

으악! 순진하고 굳은 믿음을 가진 초롱초롱한 눈으로 바라보는 랑이에게 뭐라고 할 말이 없다! 파고들면 파고들 여지는 있지만 상당히 논리적으로 자신의 요구를 말한 랑이에게 그러고 싶은 생각은 들지 않아! 나는 도움을 요청하는 눈으로 나래를 보았다. 나래는 눈살을 찌푸리고는 팔짱을 풀며 후우……, 하고 한숨을 쉬었다. 뭡니까? 뭔가요? 그 모든 것을 포기했다는 한숨은?

"알았어, 랑이야."

정답이었냐?! 랑이의 귀가 쫑긋 서고 꼬리가 흔들흔들거리기 시작하는 그 때, 나래가 말을 이었다.

"그러면 나도 같이 잘게."

"에?"

"응! 나는 좋으니라."

"꺄우우우우?!"

[나도, 나도!]

당황하는 나와 즐거워하는 랑이, 무슨 생각을 하는지 귀 위 머리카락을 파닥이며 얼굴을 붉히는 치이와 손을 들며 자신의 의사를 밝히는 페이로 혼란스러운 가운데에서 나래는 말했다.

"랑이가 걱정돼서 혼자 못 재우는 거니까 이상한 생각 하지

마. 너희 둘도."

나래가 찌릿하고 노려보자 치이가 화들짝 놀라며 귀 위 머리카락을 파닥였다.

"이, 이상한 생각 안 한 거예요!"

[? 치이, 이상해. 거짓말쟁이. 나보다 더 야한 생각 많이 하면서.]

"아우, 아우우우! 무, 무슨 말도 안 되는 소리인가요?!"

[치이, 나보다 머리 김.]

"그게 무슨 상관인 건가요!!"

하긴, 상관없지. 그렇게 따지면 내가 가장 야한 생각을 안 한다는 거니까.

"……."

그런 눈빛 하지 마. 나는 생각도 못 하냐?! 세희는 슬쩍 시선을 돌리고 서로 아옹다옹하기 시작한 치이와 페이의 손을 잡았다. 조금 전까지 서로에게 달려들 기세였던 녀석들이 순식간에 차렷 자세로 굳어 버리는 게 슬프다. 도대체 무슨 짓을 당한 거야.

"저희는 이만 물러나기로 하죠."

"그, 그러는 거예요."

[다음을 기대.]

나는 부들부들 떠는 까막까치 녀석들에게 이 말밖에 해 줄 수가 없었다.

"잘 자라."

그런데 왜 대답은 세희가 하는 걸까.

"세 분이 함께하는 밤의 은유적인 비유를 위해 밖에 모닥불을 피워 드리겠습니다."

그것도 헛소리로.

침대 위의 자리 배치는 바깥쪽부터 나, 랑이, 나래 순으로 했다. 어두운 방 안에서 이렇게 셋이서 누워 있자니 뭐라고 할까. 옛날 생각이 난다. 실제로는 그다지 시간이 오래 지난 것도 아닌데 마치 1년은 흐른 것같이 느껴지는 건 하루하루에 충실하다는 거겠지. 좋게 생각하자. 별의별 일이 다 있어서 시간이 느리게 흐르는 것 같다는 생각은 도움이 안 되니까.

"히히히히."

가운데에 누워 있는 랑이는 내 기분도 모른 채 행복하게 웃었다.

"그렇게 좋아?"

"응! 무지무지 좋으니라! 자다가 일어나서 성훈이 방에 몰래 들어가지 않아도 되고, 성훈이 옆에서 바로 잠들 수 있지 않느냐?"

"애는……. 너, 그러면 안 된다고 했잖아."

"그래도 어쩔 수 없느니라."

나래가 몸을 돌려 팔을 베개 삼아 랑이를 내려다본다.

"그렇게 성훈이가 좋아?"

"응! 나도 나래만큼 성훈이를 좋아하느니라!"

나는 지금까지 아무 말도 하지 않고 있었습니다. 노려보는 건 그만둬 주세요. 왜 인간의 눈동자가 어둠 속에서 빛을 발하는 겁니까.

"할 말 없어?"

"제가 무슨 할 말이 있겠습니까."

최대한 불똥이 안 튀도록 노력했지만 그것도 랑이가 있는 상황에서 헛수고였다.

"나래는 부끄럼쟁이이니라. 성훈이하고 나같이 자신의 마음에 좀 더 솔직해져도 되는데 말이니라."

"그래?"

나래의 목소리가 그러면 솔직하게 나를 죽이겠다고 들린다. 슬쩍 랑이를 자기 쪽으로 끌고 간 다음 내 쪽을 향해 손을 움직이는 게 느껴져서 나는 잽싸게 입을 열었다.

"그런 것도 나래의 개성이니까 괜찮아. 나는 그런 나래가 좋은걸."

"……너, 너무 뻔뻔해진 것 같아."

"……그렇습니까?"

"그래. 예전에 비하면 너무 뻔뻔해졌어. 아버님 같아졌다고 할까?"

그 무슨 내 인생에 있어 최악의 악담을 하시는 겁니까.

"좋은 것 아니느냐?"

"안 좋은 거야."

나래의 새침한 목소리에 씁쓸한 미소가 지어졌다. 그래도 어쩔 수 없잖아. 내가 나쁘게 말하면 뻔뻔하게, 좋게 말하면 솔직해지지 않았다면 지금 이렇게 셋이서 사이좋게 잠들 수도 없었을 테니까. ……물론 저에게도 그때 나래에게 한 고백은 인간이 해서는 안 되는 짓이었다는 자각을 할 정도의 양심과 상식은 남아 있습니다.

"그래도 난 그런 성훈이 좋으니라. 그리고 부끄럼 많은 나래도 좋으니라."

랑이가 내 손을 잡아끌고 간다. 그건 나래에게도 마찬가지.

"세희도, 치이도, 페이도 너무너무 좋으니라. **이렇게 계속 영원히 행복하게 있을 수만 있다면 나는 다른 것은 아무래도 좋으니라.**"

랑이는 나와 나래의 손을 이어 주고 자신도 두 손으로 포개고는 함박웃음을 지었다. 그 미소에는 행복이 가득 담겨 있어서 나와 나래는 아무 말도 할 수 없었다. 그렇게 우리는 서로의 온기를 느끼며 잠에 빠져들었다.

세 번째 이야기

내 방에 잠입 액션 영화를 찍은 랑이가 아침이 되자마자 찾아온 정의의 용사인 나래에게 들려서 나가는 일상적인 풍경 이후. 화장실에 들어가서 씻고 수건을 목에 걸치고 나오자니 집 안이 난리가 나 있었다. 그 주범은 아직 어린 까막까치와,

"까우우우! 세, 세희 언니! 곰의 일족이 쳐들어온 거예요!"

[랑이 출동! 만렙의 위엄을 보여 줘!]

그런 둘을 보며 곤란해하는 정미 누나였다. 지리산에서 본 이후로 오랜만이다. 그때나 지금이나 내 가슴을 울리는 가슴이네. 그러니까 제발 와이셔츠를 한 치수 큰 걸 사 입으시든가, 그게 싫으면 제대로 단추를 잠가 주세요. 살짝 보이는 레이스 달린 붉은색 브래지어는 제 이성을 너무 위협하니까.

"뭘 그렇게 놀라는 겁니까."

앞치마를 하고 있는 세희가 걸어 나왔다. 그래도 부엌에서

소리가 나는 걸 보면 나래도 아침 준비를 하고 있나 보다.

"세희 언니! 곰의 일족이 온 거예요!"

치이는 열심히 귀 위 머리카락을 파닥이며 정미 누나에게 삿대질을 했다.

[가슴 너무 커. 미사일 나갈 것 같아.]

페이는 괴상망측한 소리를 해서 정미 누나의 표정을 한층 더 어렵게 만들었다.

"확실히 곰의 일족의 수장다운 가슴이긴 합니다만 페이 님이 그런 말을……."

드물게도 세희의 말은 치이의 목소리에 끊겼다.

"까우우우?! 수, 수장인 건가요?! 큰일! 큰일인 거예요!"

내가 보기에 지금 일어난 큰일은 네가 세희의 말을 끊은 것 같은데. 세희는 살짝 인상을 찌푸리며 어색한 미소를 짓고 있는 정미 누나에게 손짓을 보냈다. 치이를 한 번 가리키고 정미를 가리킨 다음 목을 긋는 일련의 행동을 해석하자면, 이 버릇없는 까치 새끼는 지옥으로 보내 버려도 괜찮습니다, 정도가 되려나. 정미 누나는 세희의 손짓에 고개를 끄덕이고서는 자신에게 겁에 질린 채 떨고 있는 치이를 향해 살짝 미소를 짓고 손을 뚜둑 소리 나게 풀며 평소와 다른 음산한 목소리로 말했다.

"이곳에 요괴세도 내지 않고 살고 있는 요괴가 있다고 해서 왔는데 너희들인가 보구나?"

진짜 있었냐, 요괴세. 정미 누나가 눈을 번쩍이자 치이는 잽싸게 뒤로 몇 걸음 물러나서 페이를 보았다.

"이번 달 안 낸 거예요?"

[아.]

페이의 표정은 마치 선생님이 숙제를 걷으라고 할 때까지 숙제가 있었다는 사실 자체를 잊어버렸을 때의 나와 같았다.

"세금은 제때 내야 하는 거예요!"

"우리도 얕보이면 장사가 안 되니까 너희들은 좀 혼나야겠어."

정미 누나. 정장을 입고 그런 말을 하니까 잘나가는 조직 폭력배 여두목 같습니다. 목을 뚜둑 꺾으며 마루로 들어온, 그러면서도 하이힐은 가지런히 벗은 정미 누나를 보고 치이와 페이는 당황했다.

"세희 언니?!"

없다. 이미 부엌으로 돌아간 지 오래다.

[대신 할 거!]

그 대신 할 거에 방금까지 세희에 가려 보이지 않았던 내가 들어왔나 보다. 치이와 페이는 잽싸게 내 등 뒤를 차지하고서는 어린아이 같지 않은 뭉클한 가슴을 양쪽에서 밀착시키며 외쳤다.

"싸우는 거예요, 오라버니! 곰의 일족이니까 평범한 사람에게는 힘을 안 쓰는 거예요!"

내가 평범했다니. 이것 참 오랜만에 듣는 기분 좋은 말이다.

[덮쳐서 야한 일 하면 이겨!]

이 녀석은 못 쓰는 글이 없군. 나는 어느새 미소를 짓고 있는 누나에게 고개를 숙이며 인사 겸 사과를 했다.

"안녕하세요, 누나. 애들이 예의가 없어서 죄송해요."

정미 누나는 살짝 얼굴을 붉히며 손을 흔들었다.

"아니야. 내가 장난이 좀 심하게 치기도 했고 요괴 애들이니까 그럴 수도 있지. 그동안 잘 있었어?"

대답을 하려고 했지만 뒤에서 들리는 치이의 목소리가 너무 컸다.

"꺄우우우?! 오, 오라버니가 우리를 배신한 거예요!"

[당했다! 큰 가슴에 속아 넘어간 거!]

나는 씁쓸한 미소를 지으며 마음껏 난리 치고 있는 치이와 폐이의 머리에 손을 올린 다음 강제로 허리를 숙이게 만들었다.

"이런 애들이라서 죄송합니다."

내게 머리를 눌린 채 까막까치가 파닥이고 있을 때 이번에는 부엌에서 나래가 거실로 나왔다.

"응? 언니? 갑자기 무슨 일이세요? 오실 거면 전화라도 한번 해 주시고 오시지 그랬어요."

"아, 나래야. 오랜만. 일이 생겨서 좀 급하게 오는 바람에 전화도 못 했어."

"일단 앉으세요. 마실 거라도 갖다 드릴게요. 아직 식사 안 하셨죠? 오신 김에 아침 같이 들어요."

나래는 집주인처럼 능숙하게 정미 누나를 접대하며 소파에 앉기를 권했다. 아. 저런 건 내가 해야 하는 일이었는데. 머쓱해져서 머리나 긁고 있자니 나래가 몸을 휙 돌려 무시무시한 눈으로 나를 째려보며 말했다.

"그리고 넌 들어가서 옷이나 입어! 언니 앞에서 꼴이 그게 뭐야?"

내 꼴. 반바지 하나. 잠옷 대용으로 쓰는 티셔츠는 씻다가 젖어서 바로 세탁기 속으로 들어갔다. 평소에는 찬장에서 티셔츠를 꺼내 입지만 오늘은 어째서인지 비어 있었다. 그래서 잽싸게 내 방으로 돌아가 옷을 입으려고 했지만 정미 누나가 갑자기 찾아와 정신이 없는 바람에 지금까지 상반신 알몸으로 있었다는 사실을 잊고 있었다.

우아앗!!

"죄, 죄송해요!"

수건을 앞으로 빼며 몸을 가리는 내게 정미 누나는 왠지 모를 미소를 지었다. 마치 어머니가 성장한 아들을 보는 듯한 흐뭇한 미소다.

"아니야. 괜찮은걸, 뭐. 좋은 구경 했다고 생각할게."

제가 누나한테 뭐 잘못한 거 있습니까?

"저렇게 살찐 애가 뭐가 좋은 구경이에요?"

나래의 퉁명스러운 말 한 마디가 방으로 도망가고 있던 내 등에 화살이 되어 박혔다.

"어머. 너 모르는구나? 저 정도로 포동포동하게 살집이 붙어 있는 게 나중에……."

"언니!"

나중에? 나중에 다음에는 뭐입니까?!

"너 빨리 안 들어가?!"

궁금증은 나중에 풀어야 할 것 같다. 나는 나래의 호통에 쫓기듯 방 안으로 들어갔다.

"응? 정미이니라."

옷을 갈아입고 나오자 마루에서는 랑이와 정미 누나의 대면식이 열리고 있었다. 놀이동산 이후 다시 만나는 건 이번이 처음이다. 정미 누나가 나중에 다시 지리산에 왔을 때는 랑이가 치이를 살리느라 힘을 쓰고 잠들어 있었으니까. 이렇게 만나도 괜찮을까 걱정이 됐지만 그건 내 기우였다.

"잘 계셨어요, 호랑이님?"

"응! 네 모습도 건강한 것 같아서 기분이 좋으니라!"

언제 따로 만나기라도 한 걸까. 랑이는 해맑게 웃으며 정미 누나에게 쪼르르르 다가가 무릎을 점령했다. 역시 랑이. 사랑받기 위해 태어난 아이답다. 정미 누나는 거리낌 없이 자신의 가슴에 머리를 기댄 랑이를 쓰다듬어 주었다.

"여기는 무슨 일이느냐? 너도 성훈이의 첩이 되기 위해 왔느냐?"

웅녀의 뼈 몽둥이를 알맞은 크기로 조절해서 랑이의 입에 물려 주면 조금은 조용해지겠지?

"그래도 되나요? 저도 성훈이라면 첩이 돼도 괜찮을 것 같은데요."

……예?

"화해도 했겠다, 난 마음이 넓으니까 괜찮으니라!"

우리 호랑이님이 이상한 것에 대인배의 모습을 보이고 계신다. 정미 누나는 굳어 있는 나를 보고는 볼을 붉히며 살짝 눈웃음을 지었다.

"어떠니? 나 정도면 괜찮을까?"

괜찮고 뭐고 그게 뭐랄까 그러니까 난 지금 뭐라고 대답해야 하는 거지? 감사합니다! 라고 말하면 되나?

"넌 뭘 그렇게 진지하게 생각하고 있는 거야?!"

그 대답을 나래가 찾아 주었다. 놀랍도록 깔끔한 끊어치기에 나는 허리가 꺾인 채 날아갔고 나래는 땅바닥에 쓰러져 사경을 헤매고 있는 나를 모르는 척하며 정미 누나에게 말했다.

"언니는 그런 농담은 하지 마세요. 방금 헤벌쭉한 표정 보셨으면 아시겠지만 쟤는 변태 호색한이라 농담을 진짜로 안다고요."

"진짠데?"

"언니!"

"동생 무서워서 장난도 못 치겠다, 얘."

정미 누나는 정말 장난을 좋아하는구나. 이왕이면 내 몸의 안전을 보장할 수 있는 수준에서 해 줬으면 좋겠다. 한창때의 청소년에게 그런 농담은 너무 위험하다고.

"정미야, 정미야!"

옆구리를 쓰다듬으며 슬슬 일어날 준비를 하고 있을 때 지금까지 머리를 튕기며 정미 누나의 가슴 베개를 만끽하고 있던 랑이가 목소리를 높였다.

"예, 호랑이님. 왜 그러세요?"

"정미는 어떻게 이리 가슴이 커졌느냐? 나도 알고 싶으니라!"

나는 조용히 나래가 눈치채기 전에 다시 자리에 엎어졌다. 나래의 시선이 뒤통수에 꽂히는 게 느껴졌지만 나는 있는 힘껏 아픈 척을 하며 아무것도 못 듣고 있다는 자기주장을 했다.

"으……. 아파……."

"쇼를 하시는군요."

넌 언제 왔냐.

나래의 감시를 피하며 슬쩍 고개를 드니 정미 누나는 짓궂은 미소를 지으며 손을 랑이의 두루마리 안에 넣고 들썩들썩 꼼지락꼼지락거리고 있었다. 아까 허리를 맞으면서 시신경에 이상이 왔나.

"으냐앙~? 무, 무슨 짓을 하는 것이냐?"

"이렇게 만지면 가슴이 커져요. 저도 그렇게 커졌답니다."

"흐냐앙~♡ 조금 기분이 이상하기는 하지만 그래도 가슴이 커진다면 성훈이를 위해……."

"그럴 리가 없잖아!"

나래가 화를 내며 정미 누나에게서 랑이를 빼앗아 들었다. 나래의 고개가 돌아갈 낌새를 보이는 동시에 나는 다시 고개를 바닥에 박았다. 저는 두더지입니다. 저는 지렁이에요. 아무것도 못 보고 아무것도 못 들었"어억!!"

"티 다 나거든?!"

나래의 발이 무지막지하게 내 엉덩이 부분을 짓밟았다. 아, 아프잖아!

"언니도 랑이한테 이상한 짓 하지 말고요! 그리고 그런 건 농담이라도 하지 마요! 랑이가 믿는다고요!"

"속설이긴 하지만 꽤 신빙성 있다고 생각하는데?"

"없어요, 그런 거!"

나래는 쌀쌀맞게 정미 누나에게 소리치고 아직 헤롱헤롱거리는 랑이와 함께 방 안으로 들어갔다. 1대1 과외라도 할 생각인가.

"호랑이님이 너무 귀여워서 조금 장난친 것뿐인데."

나이에 맞지 않게, 아니, 외모에 맞지 않게 장난스러운 아이 같은 미소를 지으며 말하는 정미 누나에게 나는 손을 에두르며 말했다.

"그래도 좀 심했어요."

랑이가 그 농담을 진심으로 받아들여 봐라. 내가 큰일 난다, 내가. 매일매일 나한테 와서 옷을 들어 올리고 가슴 만져 달라고 하면 어떻게 하라는 거야. 만져 주는 건 큰 문제가 아니다. 그다음에 일어날……. 아니, 그게 아니라! 만져 주는 게 큰일이잖아!

"그래도 어쩔 수 없는걸. 곰의 일족 입장에서는 너하고 호랑이님이 최대한 빨리 그렇고 그런 사이가 되는 게 좋으니까."

"그때 찍은 비디오로도 모자란 거예요?"

"아니, 그런 건 아닌데. 쐐기를 박는다고 할까? 빼도 박도 못하는 상황이 되면 좋다는 거지."

……내 뇌가 썩은 것이 틀림없다.

"그러다가 아이까지 생기면 금상첨화라고 할까?"

농담처럼 진심을 내보이는 누나에게 보란 듯이 한숨을 쉬어 주고는 소파에서 조금 떨어진 자리에 가서 앉았다. 옆에 정미 누나가 있다 보니 자꾸만 아래쪽으로 내려가려는 시선을 갈무리하려 애쓰며 말했다.

"그래서 이번에는 무슨 일로 오셨어요?"

"전에 말했잖아. 그냥 봐도 된다고."

말이 아닌 눈빛에 대한 대답이다. 정말 내가 선글라스를 하나 사야지!

"아니, 이건 저도 어쩔 수가 없는 생리적인 반응이라 그런 게 아니라! 단추가 튕겨져 나가면 다른 옷을 입으시든가요!"

"이게 편한걸."

그러면서 정미 누나는 은근히 내 쪽으로 몸을 숙이며 두 팔로 가슴을 모았다. 신이시여. 당신은 제 이성을 시험하기 위해 정미 누나를 보낸 겁니까. 그렇다면 여기에 당해서는 안 된다. 분명히 이 시험을 통과하지 못하면 무시무시한 천벌이 내릴 테니까. 나는 계속해서 힐끗힐끗하고 나도 모르게 움직이는 눈동자를 이성의 힘으로 제어해 누나의 눈을 똑바로 바라보며 말했다.

"그런데 또 무슨 일 있는 거 아니에요? 요즘에 바쁘다고 하셨잖아요."

"응. 사실 그래서 말인데……."

정미 누나는 다시 몸을 제자리로 되돌리고 고개를 끄덕였다. 나는 살짝 긴장이 되었다. 냥이만으로도 벅찬 지금 웅녀까지 가세하면 일이 어떻게 될지 또 모르니까. 하지만 내 예상은 빗나갔다. 정미 누나가 갑자기 소파에서 일어나서 내게 석고대죄를 했으니까!

"미안!"

"예? 가, 갑자기 왜 이러세요, 누나?"

급하게 소파에서 일어나서 옆에 한쪽 무릎을 꿇고 앉아 누나를 일으켜 세우려고 해 봤지만 무슨 힘이 장사인지 꿈쩍도 하지 않는다.

"미안해. 흑호에 대한 건 우리 곰의 일족이 책임져야 했는데 너한테까지 폐를 끼쳤어. 정말 미안해."

흑호. 한자 시험 10점대의 빛나는 점수를 받은 나도 상식적인 수준으로 알고 있는 단어다. 검은 호랑이라는 뜻이지. 나는 두말할 것 없이 냥이를 떠올렸다.

"냥이요?"

"응."

그것보다 이제 슬슬 일어나 주지 않으시려나. 너무 부담스럽다고!

"무슨 일인지는 모르겠지만 일단 일어나세요. 일어나서 이야기해요, 누나."

내 간곡한 부탁이 통했는지 정미 누나는 조심스럽게 상체를 들어 올렸다. 덕분에 옆에 있는 나는 짓눌려 있던 가슴이 순식간에 원래의 모습으로 돌아오는, 가히 격동한다고 표현할 수 있는 변형 과정을 두 눈에 가득 담을 수 있었다. 하지만 정미 누나는 허리만 세웠을 뿐 일어나지는 않았다. 지금도 여전히 무릎을 꿇고 앉아서 참선을 한다고 해도 믿을 정도로 엄숙한 자세를 유지하고 계신다. 그런데 내가 소파에 앉을 수는 없는 노릇이라 나도 그 앞에 자연스레 무릎을 꿇고 앉으려고 했지만 정미 누나의 만류에 그럴 수도 없었다.

"너는 편하게 앉아 줘."

"아니, 그래도……."

"부탁이야."

안 그러면 다시 절을 할 기세라 나는 어쩔 수 없이 양반 다리를 하고 앉았다. 무릎을 꿇고서 두 손을 가지런히 모아 허벅지 위에 올려놓은 정미 누나의 앞에 앉아 있으니 부담감이 백배다. 무엇보다 자세가 자세인지라 양쪽 팔로 모아지는 가슴! 짓눌린 가슴이 만들어 내린 깊은 골짜기가! 부들부들거리며 지금이라도 튕겨져 나갈 것 같은 와이셔츠의 단추가! 흰색 와이셔츠에 비치는 붉은 속옷이! 이건 지금 내 이성을 시험하는 건가? 갑자기 혈액 순환이 멈추려고 하잖아!

"……성훈아?"

"아니, 아닙니다! 그래서! 갑자기 냥이가 무슨 곰의 일족을 가슴진 겁니까?!"

나는 기겁해서 허겁지겁 말도 안 되는 소리를 지껄였고 정미 누나는 그런 나를 조금 이상하다는 듯이 보다가 내가 왜 이런 상황이 되었는지 깨달은 것 같다. 그렇지만 다행히 아까와 같은 농담을 하지 않아서 살았다.

"흑호, 네가 말한 냥이는 예전부터 곰의 일족이 경계하고 있던 위험한 요괴였어. 몇 천 년 동안 호랑이님을 대신해서 요괴들을 관리하느라 눈에 띄는 일은 벌이지 않았지만 호랑이님이 너를 만났을 때쯤부터 불안한 움직임을 보였거든. 그래서 우리가 혹시나 무슨 일이 있을까 흑호를 감시하고 있었어."

웅녀님이 너와 호랑이님을 마지막으로 시험했을 때에는 나도. 정미 누나는 덧붙이듯 말했다. 그러고 보니 예전에 들은 기억이 있다. 정미 누나가 어떤 위험한 요괴의 감시 때문에 바빠졌다는 이야기를. 설마 그게 냥이일 줄이야.

"곰의 일족이 그런 것도 해요?"

"전에도 말했잖아. 곰의 일족은 인간을 요괴에서 지키는 것이 주 역할이야."

기억이 되살아났다.

"환웅님의 홍익인간 정신을 기본 이념으로 인간에게 해를 끼치는, 혹은 끼칠 수 있는 요괴들을 처벌하고 감시하는 게 우리의 중요한 임무고."

"그 가슴 큰 아줌마가 제멋대로 만든 쓸모없는 것들이죠. 도련님, 속으시면 안 됩니다. 결국 저들은 자연의 이치를 거

스르는 치들입니다."

어느새 세희는 소파에 앉아 거만하게 다리를 꼬고서 커피를 마시고 있었다. 정미 누나의 눈썹이 살짝 꿈틀거린 것 같은데?

"우리들이 있어서 인간이 번성할 수 있었다는 건 사실이야."

"사람 좀 잡아먹었다고 일족이 몰살당한 요괴들이 한둘이라고 생각하십니까? 지금이라면 멸종 위기 요괴로 보호받았을 요괴들도 싹을 말려 버리셨죠."

"어쩔 수 없었어. 호랑이님이 봉인되어 있는 동안에 흑호는 그런 것에 전혀 제재를 하지 않았으니까. 인간의 맛을 알아 버린 요괴들이 위험하다는 건 너도 알고 있잖아."

이번에는 세희의 눈썹이 꿈틀거렸다.

"마치 그 모든 게 주인님의 잘못이라 말씀하시는 것 같군요. 주인님을 봉인한 것이 누구라고 생각하십니까?"

"봉인이 되었다고는 해도 그건 육신에 불과하잖아. 마음만 먹었다면 영체의 상태로도 충분히 모든 요괴들을 다스릴 수 있는 분이셔. 그런데 네가 단지……."

잔이 깨지며 방금까지 김이 올라왔던 커피가 얼음이 되어 떨어지는 것과 동시에 세희의 기색이 변했다.

"빌어먹을 도련님께서 가슴 큰 여자를 좋아하는 것과 주인님께서 인정이 넘치시는 분이라는 걸 다행이라고 생각하는 게 좋을 거다, 수장. 그렇지 않다면 이곳에서 도련님을 통해 인간이 인간답지 못한 대우를 받는다는 게 어떤 것인지 그

몸에 냄새가 밸 때까지 가르쳐 줄 테니까."

"어디 한번 해 보지? 호랑이님은 몰라도 너한테는 곰의 일족 수장으로서, 선대부터 지금까지 맺힌 게 많으니까. 지금까지 호랑이님하고 성훈이 때문에 참고 있었는데 너 때문에 죽은 곰의 일족들이 몇 명인 줄 알아?!"

"허락도 떨어졌겠다, 한번 해 보지. 도련님. 오늘 필수 수분과 아미노산과 지방, 탄수화물과 단백질로 이루어진, 가지고 놀기 좋은 장난감을 하나 마련해 드리겠습니다. 장난감은 카운트에 안 들어가니 마음껏 즐기시기를."

"성훈아. 이번 기회에 호랑이님과 너한테 붙어 있는 악령 하나 성불시켜 줄게. 신경 쓰지 않아도 돼. 누나로서 당연히 해 줘야 할 일을 해 주는 거니까."

순식간에 험악해진 분위기에 나는 적응을 할 수 없었다. 그렇다고 가만히 있다가는 일이 나도 큰일이 나고 우리 집 살림이 거덜 나는 것도 모자라 주위가 풍비박산 날 거라는 생각에 폭력배처럼 인상을 쓰고 얼굴을 맞대고 으르렁거리고 있는 둘의 어깨를 양쪽으로 밀며 중간에 끼어들었다.

"갑자기 왜 그래? 왜 또 싸우는데?"

"싸우다니, 오해이십니다. 저는 그저 여러 영양소로 이루어진 인형을 하나 선물해 드릴 생각이니까요."

"악령을 퇴치하는 것도 곰의 일족의 역할이니까 이건 싸우는 게 아니야. 할 일을 하는 거지."

정미 누나고 세희고 말을 참 예쁘게 한다. 몸의 거리만 조금 멀어졌을 뿐이지 조금 전과 그다지 상황이 변하지 않은 것 같다. 나는 참으로 한심하지만 세희와 정미 누나에게 통할 협박을 하기로 했다.

"싸우면 랑이 불러서 둘 때문에 같이 못 산다고 한다."

그 말에 언제 그랬냐는 듯 곰과 귀신은 투기를 거뒀다.

"영광으로 아시지요. 제 성격을 두 번이나 건드리고 살아남은 것은 도련님을 제외하고는 정미, 당신이 처음이니까요."

"앞으로는 더 늘어나고 싶어도 늘어날 수 없을걸?"

……도대체 이 둘은 왜 이렇게까지 사이가 안 좋은 걸까. 약간은 짐작이 가지만 그건 나중에 생각하자. 지금은 이 살벌한 분위기에서 벗어나는 게 먼저니까. 나는 이 둘이 또 싸우기 전에 재빠르게 말을 꺼냈다.

"그런데 냥이의 감시를 실패한 것 때문에 오늘 사과하러 온 거예요?"

"응."

"그러면 당장 여기서 알몸으로 훌라춤이나 추시지요."

난 정미 누나의 입가가 일그러지는 것을 보고 재빠르게 외쳤다.

"랑이야!!"

"불렀느냐?!"

쾅! 문이 열리는 소리와 동시에 들려오는 "너, 어디가?!" 나래의 목소리를 뒤로하고 랑이는 재빠르게 내 어깨 위에 목말을 탔다. 빠르구나. 세희는 조심스레 입을 다물었고 정미 누나도 말을 아꼈다. 살았다. 조금만 더 이 분위기가 계속됐으면 스트레스성 탈모가 진행될 뻔했어.

"왜 그러느냐?"

나는 랑이의 발가락을 만지작거리며 대답했다.

"아, 부탁할 게 있어서."

"우히히힛, 간지러우니라."

이제 좀 살 것 같군. 나는 내 머리를 붙잡고 즐거워하고 있는 랑이의 토실토실한 허벅지를 툭툭 쳤다. 거꾸로 보이는 랑이의 얼굴이 내 눈앞에 나타났다.

"부탁할 게 무엇이느냐?"

"정미 누나하고 할 이야기가 있으니까 잠깐 세희 좀 데려가 줄래?"

"웅! 알겠느니라! 나래하고 이야기할 때 세희가 옆에 있으면 나도 든든하니까 말이니라!"

세희의 따끔한 시선을 무시하는 건 생각 외로 힘들었다.

랑이와 세희가 임시 나래의 방으로 들어가고 나서야 나는 안도의 한숨을 내쉴 수 있었다.

"……미안해. 어른답지 못해서."

오늘 정미 누나는 사과만 하는 것 같다.

"아니에요. 세희가 말이 심했으니까요."

정말 저 귀신 녀석은 못 하는 소리가 없다. 오늘 정미 누나한테 한 말을 들어 보니 지금까지 나한테 한 독설은 나름대로 많이 순화한 것같이 느껴질 정도다.

"아니야. 나도 세희한테 너무 말이 심했어."

……나는 잘 모르겠는데.

"사과는 그 정도면 됐어요. 그러니까……."

이제 신경 안 쓰셔도 된다는 말을 하려는 찰나.

"아니, 그래서 말인데."

정미 누나가 말했다.

"웅녀님이 아까 말한 그 실수로 내게 벌을 내리셨거든. 좀 도와줄 수 있을까?"

"……예?"

정미 누나의 말로는 웅녀는 내 생각과는 다르게 꽤나 공정한 성격이라고 한다. 정확하게 말하면 자신의 남편을 제외하고는 모두 평등하게 아랫것으로 보기 때문에 공정하게 보인다고 했다. 그래서 자신이 다스리는 곰의 일족의 수장이라고 해도 잘못이나 실수를 하면 벌을 받아야 하고 자신의 역할을 충실히 수행하지 못한 지금 같은 경우에도 마찬가지라고 정미 누나는 말했다.

"그래서요?"

"흑호가 너에게 위협을 끼치는 걸 사전에 막기 위한 임무를 나와 일족들이 맡은 상태에서 이런 일이 일어난 건 수장인 내가 책임을 져야 하는 일이야."

"그건 좀 너무 자학적인 거 아닌가요?"

세희의 설명에 따르면 냥이는 그 **요술만으로** 랑이와 동등한 위치에 선 요괴라고 했다. 비록 정미 누나가 랑이와 어느 정도 엇비슷하게 상대를 했다고는 하나, 그때의 랑이는 손에 사정을 두고 있었다. 진심으로 맞붙었다면 정미 누나는 상대도 되지 않았을 것이다. 그건 랑이가 봉인을 풀려고 했을 때의 상황으로 알 수 있다. 그런데 랑이와 엇비슷한 힘을 가진 냥이를 제대로 막지 못했다는 이유로 책임을 지고 벌을 받는다? 나는 그 점이 이상해서 정미 누나에게 물어보았다. 정미 누나는 쓴웃음을 지으며 말했다.

"너, 이럴 때는 은근히 머리가 좋아 보여."

"잔머리만 잘 돌아간다는 이야기를 많이 듣고 있습니다."

나래에게 말이죠.

"네가 이상하게 생각하는 게 네 입장에서는 맞아."

"뭔가 이유가 있다는 거네요?"

"응. 하지만 가르쳐 줄 수는 없어."

"왜요?"

"흑호는 분명히 언젠가는 퇴치해야 하지만 없어서는 안 되는, 일종의 필요악 같은 요괴거든. 그런 요괴의 가장 큰 비밀을 너에게 말했다가 혹시라도 새어 나가기라도 하면 큰일이니까. 오해는 하지 마. 널 믿지 못하는 건 아니지만 그만큼 중요한 일이라서 그래. 네가 아무리 지킴이 일족의 후예고 호랑이님의 배우자라고 해도 가르쳐 줄 수 없을 정도로. 그래도 궁금하다면 세희에게 물어봐. 세희도 아마 알고 있을 테니까."

나는 고개를 끄덕였다. 사람마다 입장이라는 게 있으니까 말이야. 특히나 곰의 일족을 책임지고 있는 누나로서는 조심해야 할 일일 수도 있는 거다. 지금은 그냥 정미 누나는 충분히 냥이를 막을 수 있었음에도 실수를 해서 그 일에 대한 책임을 져야 됐다는 수준으로 이해하자.

"그래서 말인데."

정미 누나는 내 시선을 살짝 피하며 말을 이었다.

"아까 말했듯이 날 좀 도와줄 수 있겠니? 네 도움이 가장 필요한데."

그래. 나는 이때 아주 잠시 넋이 나갔다. 내 이상형에 완벽하게 들어맞는 정미 누나가 내 눈치를 살살 보며 다소곳이 한 부탁에 그게 무슨 내용인지도 모르고 일단 승낙부터 했으니.

"물론이죠!"

"고마워."

정미 누나가 기뻐하며 엉덩이를 들어 가까이 다가와서 내 두 손을 잡고 가슴팍으로 이끌었을 때까지만 해도, 나는 이 선택을 후회하지 않았다. 그러기에는 내 손을 잡아먹듯 삼킨 정미 누나의 가슴이 너무나 따듯하고 부드럽고 포근하고 말랑말랑 푹신푹신했으니까.

예. 잠시 정신이 극락정토로 날아갔습니다.

치이와 페이가 계속해서 방에서 나오지 않고 아침 식사까지 나와서 먹기를 거부한 이유가 정미 누나에게 제대로 겁을 먹었기 때문이라는 것을 뒤늦게 안 나는, 사실은 누나가 좋은 사람이고 아까 한 말은 농담이며 무슨 일이 생기면 나와 랑이와 세희가 지켜 줄 거라는 약속까지 해야만 했다. 덕분에 조금 늦어진, 그리고 한 명이 더 늘어난 아침 식사를 마치고 나서 나는 학교에 갈 준비를 했다. 준비라고 해 봤자 교복으로 갈아입는 것이 전부지만.

마루로 나오자 이미 학교 갈 준비를 마친, 성장한 페이와 평소와 같은 치이가 나를 기다리고 있었다. ……치이한테는 네모난 초등학생용 가방이 너무 잘 어울린다.

"나래는?"

"아직 안 나온 거예요."

"안 나와."

시계를 보니 슬슬 출발해야 할 시간이다. 왜 안 나오지? 무슨 일이 있나? 나는 조금 걱정이 돼서 임시 나래의 방 앞으로 갔다. 여기서 문을 벌컥 하고 열었다가는 무슨 일을 당할지 모르기에 나는 조심스럽게 목소리를 높였다.

"나래야, 뭐해?"

"드, 들어오지 마!"

허락 없이 들어갈 생각은 애당초 없었습니다. 내가 죽을 일 있냐.

"오래 걸려?"

신기하게도 대답은 정미 누나가 했다.

"잠깐만 기다리렴."

"뭐가 잠깐만이에요?!"

……무슨 일이지? 나는 호기심에 슬쩍 방문에 귀를 대 보았다.

"오, 오라버니가 도청까지 하는 거예요."

"안 좋은 취미."

"성훈아, 거기서 뭐하느냐?"

반대쪽에서 들린 소리는 잠시 못 들은 척하고 방 안쪽에서 들리는 소리에 집중해 보자.

"제가 왜 이런 옷을 입냐고요?"

"너도 곰의 일족이잖아."

"언제는 예비생이라고, 상관없이 살라면서요?"

"이런 상황에 그런 옛날이야기 따지지 마."

"지금 안 따지게 생겼어요?"

"웅녀님의 명이야."

"내가 왜 얼굴도 보지 못한 사람 말을 들어야 하는데요?"

"자."

"예, 예쁘다……가 아니라! 지금 그게 아니잖아요!"

"너 자꾸 그러면 수장으로서 명령한다?"

"그러면 성훈이한테 이를 거예요!"

"왕자님이구나?"

"윽?"

"그러면 나도 성훈이한테 말해야지. 너희 집에 무슨 방이 있는지."

"언니!!"

……뭔가 더 이상은 듣지 않는 게 좋겠다. 마침 더 이상 듣기 편한 상황도 아니고. 나는 귀를 떼고 내 등에 업힌 있는 랑

이의 엉덩이를 두 손을 받쳐서 영차, 힘을 줘 위로 올린 다음 뒤로 돌아섰다.

"어부바! 어부바이니라!"

신이 난 랑이와는 달리 나를 바라보는 치이와 페이의 시선은 경멸 그 자체였다.

"아우우, 그래도 오라버니는 심성은 착한 사람이라고 생각했던 거예요."

"저게 진짜 모습? 우리 방도 불안?"

"서, 설마 화장실에 있을 때도 그런 건 아니죠?!"

"그, 그럴 수도 있어!!"

사람을 변태도 모자라 범죄자로 만들고 있다. 일단 변명은 해 보자.

"이번이 처음이고 다른 뜻이 있는 게 아니라 나래가 하도 안 나오고 아까 안에서 들리는 말도 이상해서 걱정이……."

반달 같은 눈으로 나를 바라보는 까막까치에게 나는 무슨 말을 해야 할까.

"그냥 궁금해서 그랬다. 안에서 뭐하나. 다시는 안 할 테니까 봐줘."

"분명히 옷 벗는 소리라도 들으려고 했던 거예요."

"스르륵, 스르륵."

"그건 진짜 오해다."

오라버니로서 겉모습 연장자로서 권위를 되찾기 위한 노력을 하고 있을 때 문 너머에서 정미 누나의 목소리가 들렸다.

"성훈아. 거기 있지?"

솔직히 뜨끔했다.

"예!"

"나래는 준비하는 데 시간이 좀 걸릴 것 같으니까 먼저 가는 게 좋겠어."

준비? 무슨 준비? 학교 가는 데 무슨 준비가 그리 많이 필요해서 먼저 가라는 거지?

"기다려도 되는데요?"

"좀 시간이 오래 걸릴 것 같아. 얘가 가슴 사이즈가……."

"언니!!"

방 안에서 뭔가 일이 벌어지는 것 같다. 잠시 동안의 적막 후.

"일단 먼저 가!!"

나래의 불호령이 떨어졌다. 나는 당연히 거절하지 못했다.

"빨리빨리 가는 것이니라!"

일단 혼란을 틈타 내게 업혀 가려는 랑이는 내려놓고서.

오늘도 내 친구 세현은 회장에게 바로 잡혀간 것 같다. 덕분에 치이와 페이가 계속 같이 앉을 수 있어서 좋지만 친구 된 입장에서는 조금 걱정이 되는 게 사실이다. 그날 이후. 그 녀석은 거의 보이지 않았으니까. 가끔씩 얼굴을 비출 때도 군대에 가는 날이 얼마 안 남은 형들하고 비교할 정도로 인생을 다 산 몰골이라서 조금 걱정이 된다. 여기서 중요한 단어는 걱정이 아니라 조금이다. 지금은 그 녀석을 걱정하는 것보다 내 발등에 떨어진 불부터 끄는 게 급하다.

"강성훈."

즐겨 보던 만화가 정부의 규제로 잡지사에서 어쩔 수 없이 연재 중지를 했을 때와 비슷할 정도로 험악해진 정현 선생님이 내 이름을 씹어 먹을 원수의 이름처럼 불렀으니까.

"예?"

"넌 지금 당장 교장실로 내려가라."

그 한 마디에 반 안이 시끄러워졌다.

"저 녀석 결국 퇴학당하나 보네."

"오늘 나래가 학교에 안 온 것도 그거 때문 아니야?"

"저 변태. 결국은……."

"나래가 불쌍해."

"소꿉친구라고 잘해 줬던 은혜를 저런 식으로 갚다니 인간 쓰레기다, 진짜."

"감히 나래를 건드려?"

"뒤로 김치를 먹여 줄까 보다."

"아우우우, 결국 그럴 줄 안 거예요."

"인간 말종. 인간쓰레기."

……뭔가 익숙한 목소리가 들린 것 같은데 기분 탓이지? 응? 다른 애들은 몰라도 치이와 페이는 그런 말을 할 리가 없잖아. 나하고 같이 살고 있으니까 다 알고 있으면서 왜 그러냐고!

"저기, 선생님."

"닥쳐."

나를 향한 한 마디 말에 순식간에 반 안이 싸해졌다. 정현 선생님이 조금 이상한 사람이긴 해도 지금처럼 학생들 앞에서 욕설을 말한 적은 없기에 그 여파는 대단했다. 아무런 잘못이 없는 나조차 굳어 버릴 정도로.

"닥치고 가 보면 안다. 그러니까 잔말 말고 빨리 내려가. 네 얼굴을 조금이라도 더 보는 순간 교사가 아닌 한 명의 남자로서, 오덕으로서 너에게 교탁을 던져 버릴 것 같으니까. 빨리."

실제로 그럴 생각인지 선생님은 교탁을 잡은 두 손을 부들부들 떨고 있었다. 상황이 내가 생각한 것보다 안 좋다는 것을 깨달은 나는 잽싸게 가방을 들고 남겨질 치이와 페이에게 신경도 못 쓰고 반을 뛰쳐나갔다. 그런 내 뒤로 정현 선생님의, 아니, 한 마리 짐승의 울부짖음이 들려왔다.

"저 새끼가 무슨 에로게 주인공이냐고오오오오!!"

무슨 뜻인지는 잘 모르겠습니다만 내 두 다리에 힘을 보태 주는 걸 보니 좋은 뜻은 아닌가 보다. 일단 살기 위해 교장실까지 전력 질주로 달리기는 했지만 노크를 하는 것은 꺼려졌다. 교장실은 학교에서 가장 높은 선생님이 있는 곳이고 성적이 바닥을 기는 내게, 세희의 말투를 빌리면 끝판 보스가 있는 곳과 마찬가지다. 그런 곳에 노크를 하는 것조차도 내게는 심적 부담감으로 다가왔다. 무엇보다 아까 선생님의 무시무시한 반응도 그렇고. 하지만 이곳에 가만히 있어 봤자 상황은 나아지지 않는다. 나는 용기를 내서 교장실 문에 노크를 했다.

"들어와."

……우리 교장 선생님은 슬슬 모발이 나이를 이기지 못하고 하늘나라로 여행을 떠나고 있는 중년 남성이지 이런 목소리를 가진 젊은 여자가 아니다. 거기다 익숙해. 나는 이상하다는 것을 알면서도 슬그머니 문을 열고 고개부터 들이댔다.

"실례하겠습니다."

그리고 나는 천국을 보았다.

거짓말이 아니다. 교장실 안에 들어간 내가 본 것은 천국에나 있을 법한 아름다운 것이었으니까. 가장 먼저 내 시선을 잡아 끈 것은 가슴이었다. 이 자식, 또 가슴 타령이냐고 생각할 수도, 너는 여자를 볼 때 가슴부터 보는 변태라고 욕할 수도, 너는 가슴밖에 안 보이냐고 경멸할 수도 있다. 하지만 그럼에도 나는 부끄러워하지 않고 당당하게 말할 수 있다.

나는 가장 먼저 가슴을 보았다.

그렇다. 남자라면, 수컷이라면. 아니, 여자라도 나와 같은 상황이라면 가슴부터 눈에 들어왔을 것이다. 그만큼 내 앞에 있는 것은 압도적인 가슴이었다.

"각오는 했지만 조금 부끄럽네."

나도 부끄럽다. 지금 당장 엎드려서 이렇게 귀하고 귀한 것을 보여 줘서 감사하다고 절을 하지 않고 서 있는 내가 부끄럽다. 하지만 어쩔 수 없었다. 고개를 숙이면, 절을 하면, 정미 누나의 가슴을 보지 못하니까!

교장실에서 나를 기다리고 있는 사람은 정미 누나였다. 단, 평소의 정미 누나와는 다르다. 랑이가 어른이 된 것이나 치이가 팬티를 드러낸 것이나, 페이가 잠옷을 입는 것만큼이나 달랐다. 다르다? 그건 틀리다. 틀린 말이다.

숭고해졌다. 단지 옷을 바꿔 입은 것만으로 정미 누나는 신으로 숭상해야 할 정도로 위대해졌다. 지금 당장 4대 종교를 5대 종교로 바꿔야 할 정도다. 새롭게 전 세계에 교리를 전파할 새로운 종교의 지도자는 메이드복을 입은 정미 누나다.

정미 누나는 메이드복을 입고 있었다. 빅토리아 시대의 메이드복이 아닌, 여러 가지 매체를 통해 알려진, 요즘에 유행하는 성적 어필이 짙은 메이드복이었다. 기다란 다리에는 정결한 하얀색 오버 니 삭스를 신고 허벅지에는 아리따운 문양이 들어간 순백의 가터벨트 끈이 보인다. 그 위에는 엉덩이를 겨우 가릴 법한 짧은 검은색 스커트와 하얀 앞치마가 있다. 잘록하게 들어간 허리의 뒤에는 귀여운 리본까지. 그리고 그 위에가 문제의 가슴이다. 아니, 찬양받기에 합당한 가슴이다. 정미 누나의 가슴이 저렇게 컸었나? 아니, 아니다. 저 정도의 크기는 아니었다. 하지만 가슴의 중간에서 아랫부분만 가리고 윗부분은 훤히 드러내며 단순히 숨을 쉬는 것만으로 출렁이는 가슴은 평소와 그 크기 자체가 달랐다! 그 의문이 뇌가 아닌 몸에서 입으로 튀어나왔다.

"누나. 가슴이 커진 것 같은데요."

말했을 것이다. 내가 부끄러운 것은 단 하나. 정미 누나에게 절을 하지 못한다는 것, 그뿐이다. 정미 누나는 내 노골적인 질문에 얼굴을 붉히면서도 가슴 아래에 팔짱을 껴서 가슴을 들어 올리며 안 그래도 큰 가슴을 강조하면서 대답했다.

"브, 브래지어를 안 해서 그래. 평소에는 좀 작은 사이즈로 압박하곤 다니까."

그렇구나! 그래서 평소와는 다른 압도적인 크기를 자랑하고 있구나! 지금이라도 당장 가슴이 옷에서 튀어나올 것 같은 건 그런 이유가 있었다! 역시나 가슴 크기로 우두머리를 고른다는 바람직한 일족의 수장!

정미 누나의 가슴에 정신이 팔려서 듣지 못했다면 지금 다시 말해 주겠다. 옷의 구조상 정미 누나는 브래지어를 하지 못했다. 가슴의 윗부분이 완벽하게, 또한 너무나 깊게 파여 있었으니까. 얼마나 많이 드러났는지 가슴의 끝에 옷이 살짝 걸쳐 있는 수준이다. 잘못해서 옷이 조금만 흘러 내려가도 내 입에 차마 담을 수도 없는 성스러운 존재가 당신의 모습이 부끄럽다는 듯, 하지만 그러면서도 꼭 봐 달라는 듯 몸을 붉히며 나올 것 같은 수준이다. 지금 당장이라도 그런 상황이 일어날 것만 같다. 조금 전에 낀 팔짱에 가슴이 위로 올라가면서 아슬아슬해졌으니까! 정말이다! 한 번 제자리에서 뛰기라도 한다면 중력의 영향을 받아 출렁이면서 옷이 아래로 내려가고 정미 누나의 가슴은 실오라기 하나 걸치지 않은 채 세상에 드러나게 될 거라고!

나는 그것을 바란다.
그리고 그것을 바라지 않는다.

그건 신성 모독이다. 그런 일은 일어나서는 안 된다. 나 자
신의 기쁨과 저열한 욕망을 채우기 위해 그런 것을 바라서는
안 된다. 나는 교장실에 완전히 들어와서 문을 잠갔다. 찰칵,
하고 열쇠가 돌아가는 소리가 적막 가운데 울려 퍼졌다.

"저기…… 성훈아? 너, 너 왠지 눈이 조금 이상한데 괜찮아?"

"괜찮습니다."

나는 괜찮다. 어느 정도냐면 나래의 가슴을 만지고 랑이의
허벅지를 핥고 치이의 엉덩이를 때리고 페이의 발바닥을 핥
을 정도로 제정신이다. 그런 의미에서 나는 내가 제정신이라
는 것을 증명하기 위해 정미 누나의 가슴을 가려 주기로 했
다. 사실은 내 두 손으로 가려 주고 싶었지만 내 손은 너무나
더러웠다. 더러운 것을 지금까지 너무나 많이 만졌다. 그렇기
에 나는 와이셔츠의 단추를 풀었다.

"자, 잠깐만. 서, 성훈아. 왜 그래? 아, 아무리 그래도 그런
건……."

"괜찮아요, 누나. 나쁜 짓을 하려는 건 아니니까요."

나쁜 짓이 아니다. 나쁜 짓이 아니다! 오히려 칭찬받을 행동
이다. 혹시나 모를 일을 방지하기 위해 정미 누나에게 내 와

이셔츠를 주는 거니까.

잠깐만. 와이셔츠로 될까?

나는 와이셔츠를 팔뚝에 걸어 놓고 턱을 만지며 잠시 고민에 빠졌다. 누나의 가슴과 내 와이셔츠의 크기를 비교해 본다. 안 될 것 같은데. 평소에도 정미 누나는 와이셔츠를 입고 다녔지만 단추가 언제 튕겨 나갈지 모를 상황이었다. 실수로라도 와이셔츠의 단추가 튕겨져 나가면 정미 누나의 가슴이 벌려진 와이셔츠 사이로 태어날 때의 그대로 모습을 드러낼 것이다.

그렇다면 와이셔츠가 아닌 다른 것이 좋겠군. 뭐가 있을까 생각하자마자 정말 좋은 생각이 떠올랐다. 그래. 티셔츠를 벗어 주면 된다. 티셔츠는 웬만해서는 찢어지지 않을 테니까. 배꼽이 살짝 보일 수는 있겠지만 가슴을 보이는 것보다는 나을 것이다. 그래서 나는 티셔츠의 밑을 손을 교차하여…….

"강성훈."

핫! 그 서늘한 목소리에 진정으로 제정신을 차렸다.

자, 잠깐. 내가 지금 무슨 짓을 하려고 한 거지? 맞아 죽어도 할 말 없는 짓을 하려 했다는 것을 깨달은 나는 삼도천을 건너지 않기 위해 최대한 빨리 몸가짐을 바르게 하고 뒤를 돌아보았다. 그곳에는 나래가 있었다.

"어?"

나래를 보는 순간 나는 지금 목숨이 위험한 상황에 처했다는 것도 잊고 얼빠진 소리를 하며 눈을 의심해야만 했다. 그럴 것이 나래도 메이드복을 입고 있었으니까. 팔짱을 끼고 성난 표정을 짓고 있다고는 하나 메이드복에는 신기한 힘이 있는지 단순히 나래가 정미 누나를 질투하는 것으로밖에 보이지 않았다. 왜 자신에게는 눈길 한 번 주지 않냐고 따지는 것처럼 보인다. 그만큼 나래의 모습은 어여뻤다.

정미 누나의 메이드복은 사람의 시선을 확 끄는 힘이 있었다. 평소보다 그레이트한 몸매와 거기에 힘을 보태 주는 노출도가 있었으니까. 하지만 나래가 입은 메이드복은 그렇게 사람의 시선을 확 끄는 힘은 없다. 노출도 그리 심하지 않다. 치마가 좀 짧기는 하지만 무릎 위까지 내려오는 정도면 어느 정도 괜찮잖아? 그러나 그 대신에 사람의 눈을 떼지 못하게 만드는, 시선을 잡아 놓는 그런 매력이 있다. 하얀색 프릴이 가득 달려서 그런 걸까, 분홍빛 리본에 단 하트 브로치 때문일까, 그것도 아니라면 앙증맞은 구두 때문일까, 하얀색 스타킹 때문일까. 뭐라고 콕 집어서 말할 수는 없다. 그저 지금의 나래를 본 사람은 시선을 떼지 못하고 이렇게 말할 수밖에 없을 것이다.

"지, 진짜 예쁘다."

"읏?!"

얼굴을 붉히며 살짝 뒤로 물러서는 것도 입술을 깨무는 것도 너무너무 귀엽다. 나래에게 이런 모습이 있을 줄이야.

아, 오해하면 안 된다. 평소에는 나래가 내 심장 박동수를 256bpm으로 끌어 올릴 정도로 섹시해서 귀여운 면이 있음에도 잘 드러나지 않았다는 거니까.

"너, 너?! 나 화난 거 안 보여?"

보입니다. 그 증거로 등 뒤에서는 살짝 식은땀이 흘러내리고 있어요. 하지만.

"그래도 예쁜걸."

이제는 목까지 새빨개졌다. 뭐라고 말을 하고 싶어서 입을 벙긋거리며 주먹을 쥐고 시선을 이쪽저쪽 돌리기는 하지만 목소리는 결국 나오지 않았다.

그 대신이라고 할까.

"으냐아~."

집에 있어야 할 녀석의 목소리가 들려왔다. 지금까지 정미 누나의 나이스 바디와 나래의 색다른 매력에 정신이 나가서 교장 선생님의 가죽 의자에 앉아 있는 랑이를 지금까지 눈치 못 챈 것이다! 의자의 앞을 손으로 짚고 몸을 살짝 숙인 채 볼을 부풀리고 토라져서는 이쪽을 원망 섞인 눈초리로 보는 랑이에게 나는 할 말이 없었다. 눈치 못 챈 건 내 잘못이니까. 어? 그런데 랑이도 평소에 입고 있는 옷이 아니네?

"나는 완전히 무시당하고 있느니라."

미안. 진짜 몰랐다. 조금이라도 변명을 해 보자면 가뜩이나 작은 네가 의자에 앉아 있었고 교묘하게 정미 누나 때문에 시아가 가려서 처음부터 잘 안 보였다고.

랑이는 소매가 없는 와이셔츠에 검은색 조끼를 걸치고 나비 넥타이를 하고서 아래로는 검은색 짧은 정장 바지를 입고 종

아리까지 올라오는 흰 양말을 신고 있었다. 평소의 랑이와 분위기가 다르다. 마음속으로 그 색다른 귀여움에 감탄하고 있자니 랑이가 내게 다가와서는 한 바퀴 몸을 빙글 돌렸다.

"나는 어떠느냐?"

나는 아이들의 울음도 뚝 그치게 만드는 TV 프로그램이 방영되기를 기다리는 눈빛으로 나를 바라보는 랑이에게 내 마음을 있는 그대로 말했다.

"잘 어울려. 귀엽네."

"으히히힛. 나래야! 나도 칭찬받았느니라!"

아차. 나래가 있었지. 정신이 없어서 나래 님의 안전에서 위험한 말을 해 버렸구나! 나는 마음의 각오를 하고 고개를 돌렸다. 조금 뚱한 표정의 나래가 이쪽을 노려보고 있었다. 뭐라고 말해야 할지 몰라 랑이의 머리만 쓰다듬으며 생각을 정리하고 있을 때.

"흐~음? 역시 조금 질투나지?"

가만히 있던 정미 누나가 또각또각 소리를 내며 당당하게 나래에게 다가갔다.

"뭐, 뭐가 질투가 나요?"

"몰라서 그래?"

정미 누나는 에둘러 말하고는 나래의 뒤에서 허리를 확 끌어안았다.

"꺅?!"

"이건 여자의 자존심 문제니까 부끄러워할 필요 없어. 이렇게 예쁘게 차려 입었는데 호랑이님에게 잠시라도 성훈이의 시선을 빼앗긴 건 질투가 날 만도 하지. 응."

"이, 이상한 소리 하지 마요!"

"그래도 질투는 나잖아."

입술을 깨무는 나래에게 정미 누나는 다 안다는 듯이 슬쩍 손으로 뭔가 쓱쓱 하더니 옷을 위쪽으로 올렸다. 살짝 하고 나래의 배꼽이 드러난다.

"어, 언니?!"

평소에 자주 보는 나래의 배꼽이건만 위아래가 옷으로 가려져 있는 상황에서 살포시 드러난 지금은…… 뭔가 다르다. 제대로 설명할 수는 없지만 평소와 달라. 이것은 숨김의 미학인가, 절제의 미학인가?!

"뭘 그렇게 봐?!"

배꼽이요. 아니, 배요.

"그러니까 이럴 때는 조금 서비스를 해서 시선을 끌어야지. 안 그러면 아깝잖아?"

"하나도 안 아까워요! 그리고 넌 눈 안 돌려?!"

나는 안타까운 마음을 금치 못했지만 살기 위해서 시선과 함께 화제를 돌리기로 했다.

"그런데 랑이야. 학교에는 왜 왔어?"

내게 달라붙어서 머리를 쓰다듬기는 것만으로도 세상의 모든 행복을 얻었다는 듯 가만히 있던 랑이가 고개를 들었다.

"세희가 가 보라고 했느니라."

그럴 것 같았다.

"왜?"

"곰의 일족들만 있으면 네가 바람이 날지도 모른다고 나도 이 옷을 입고 가라고 하였느니라."

……바람이라니. 난 아직 결혼도 안 했고 여자 친구도 없다.

"그런데 진짜 와 보니까 네가 저 둘에게 헤롱헤롱해서 여기가 따끔하고 아팠느니라."

랑이가 자신의 자그마한 왼쪽 가슴에 손을 올리고 살짝 눈썹을 내리깔았다. 이, 이 녀석이. 나는 처음에 못 알아봐 준 것이 미안해서 꽉 끌어안고 등이라도 두드려 주려고 했지만 아직 랑이의 말은 끝나지 않았다. 감정 변화가 빠른 랑이라서 그럴까. 조금 전의 침울했던 표정은 어디로 갔는지 랑이는 해맑은 미소를 지으며 거드랑이가 보일 정도로 두 팔을 번쩍 들어 올렸다.

"하지만 성훈이가 이제 나에게도 헤롱헤롱하니 아픈 게 싸악 나았느니라. 역시 오기를 잘했느니라!"

"그러냐."

결국 나는 랑이를 귀여워해 줄 수밖에 없는 것 같다. 하지만 이건 이거고 그건 그거. 나는 지금도 왜 나래와 정미 누나가 메이드복을 입고 학교에 왔는지 이유를 듣지 못했다. 아무래도 상관없겠지~ 같은 생각을 하고 싶지만 세희에 의해 개조된 내 성격상 무리다.

"그래서 정미 누…… 푸웁?!"

"응? 왜 그러느냐?"

"넌 보면 안 돼!"

고개를 돌리려고 하는 랑이의 얼굴을 잡고 내 배에 묻었다. 랑이가 보기에는 너무 위험하다고! 그도 그럴 것이 정미 누나는 나래의 입을 한 손으로 막고 한쪽 다리를 허벅지 사이에 집어넣고는 가슴을 손으로 주무르고 있었으니까. 나래는 얼굴이 새빨갛게 돼서는 정미 누나에게서 도망치려고 했지만 역부족이었다. 아까까지만 해도 나를 죽일 듯이 보던 나래의 시선이 지금은 제발 나 좀 살려 달라고 해석된다. 그럼에도 그 광경이 너무나 아름다워서 나는 나래의 뜻을 아주 잠시만, 잠시 동안만 외면하기로 했다. 아니, 도와줄 거야. 도와주기는 할 건데! 어쩔 수 없잖아! 계속 보고 싶은 내 욕망을 어쩔 수가 없다고! 욕해도 상관없다. 변태라고 비난해도 상관없어. 조금이라도 더 보고 싶은 게 내 솔직한 마음인데 어쩌라는 거냐! ……하지만 그렇다고 죽고 싶다는 건 아니다. 그래서 난 소극적으로 나래를 도와주기로 했다.

"누나, 뭐하는 거예요?"

"나래가 너무 랑이 님에 비해 어필을 안 하니까 이런 식이라도 좀 도와주려고."

"도와주는 거라고요?"

도움받는 나래의 모습이 지금이라도 자살할 기색인데?

"성적 어필도 여자의 무기라는 거야. 거기다 나래의 가장 큰 장점은 이렇게 예쁜 몸이잖니?"

"아니거든요?"

나래의 장점은 내가 가장 잘 안다. 다른 사람들은 모르겠지만 나래의 가장 큰 장점은 그 성격이라고.

"그리고 동생의 성장을 확인하는 건 언니의 즐거움이란다."

"친언니도 아니잖아요. 그 정도면 충분히 어필했으니까 놔주셔도 됩니다."

조금은 성이 난 내 목소리에 정미 누나는 그제야 두 손을 놓았다. 나래는 거의 울상이 돼서 내 쪽으로 도망쳐 왔다. 나는 반사적으로 두 팔을 벌려 나래를 받아 주려다가 이 역시 반사적으로 주먹을 날린 소꿉친구에게 얻어맞았다.

"커헉!!"

"성훈아?!"

깜짝 놀란 랑이가 부축해 주지 않는다면 그대로 무릎을 꿇을 정도로 훌륭한 일격이다.

"너 일부러 시간 끌었지?!"

그, 그걸 어떻게 아셨습니까. 다 보이거든?!

"아, 아니요. 저도 모르게 시선을 뗄 수가 없는 데다가 조금이라도 더 보고 싶었습니다······."

"하여간! 너다운 생각만 해요!"

"죄송합니다."

꾸벅 고개를 숙여 사과를 하자 나래가 아직도 붉어진 얼굴로 무섭게 나를 노려보고는 내 등 뒤에 쏘옥 숨었다.

"너무 심했나?"

장난스럽게 혀를 내미는 정미 누나에게 좀 더 하셔도 됩니다, 라고 말하고 싶습니다만 나래가 붙잡고 있는 게 내 양쪽 옆구리다.

　"심했어요."

　"스킨십을 좋아해서 그래."

　그 말에 아주 약간 개념이 사라진 것 같다.

　"어, 어떤 걸요?"

　"변태!"

　"아악!!"

　그 대가는 등 뒤에 있던 나래가 내 양쪽 옆구리를 꼬집는 것이었다.

　정미 누나가 학교에 온 이유는 아침에 했던 말과 연관이 있었다. 웅녀에게 벌을 받는다. 그리고 내게 사과를 한다. 그 두 가지를 만족하는 방법으로 정미 누나는 메이드복을 입고 내게 봉사를 하는 것으로 정해서 웅녀에게 서류를 올렸고, 그 아줌마는 도저히 정신이 어떻게 된 건지 모르겠지만 그걸 통과시켰다는 것이다. 곰의 일족, 이래도 괜찮은 겁니까.

　"그런데 봉사라니, 뭔가요?"

　패왕의 눈빛이 된 나래가 무섭지만 나는 들어야 한다. 대답에 따라 교장실 창문을 뚫고 나가든가 해야 하니까. 그만큼 내게 있어서 정미 누나는 위험하다. 그동안 있었던 일들로 믿음이 안 가겠지만 나는 예전에 랑이를 설득해서 데려가야 한다는 생각에 전념하고 있었을 때도 가슴가슴거릴 정도로 성인 여성, 특히 가슴이 큰 누님 스타일의 여성을 좋아하니까. 정미 누나가 마음먹고 유혹하면 아무리 랑이에 대한 사랑이 가득한 나라도…….

나는 지금 무슨 생각을 하고 있는 걸까. 발정 난 원숭이처럼. 그래도 말이지. 나도 한창때의 남자라…….

"야한 게 좋아?"

"예."

……응? 뭔가 대답하고 말았는데?

"정직하네."

홍조가 든 정미 누나의 옆에 야차로 변한 나래를 보고서 나는 정신을 붙잡았다.

"나는 성훈이와 야한 짓 하는 게 좋으니라!"

넌 제발 가만히 있어 줘라. 나래가 수라로 변하니까.

"……그런데 야한 짓은 어떻게 하는 것이느냐?"

나는 순진한 랑이의 머리를 쓰다듬으며 그런 건 어른이 되면 알게 된다는 말로 달래고서 나래에게 급히 변명을 했다.

"어, 어디까지나 개인적으로 좋아한다는 거지 타인에게 제 취향을 강요할 생각은 없습니다."

필사적인 변명에 담긴 진정성은 나래의 마음에 닿은 것 같다.

"그래? 그러면 조금 아쉽네."

정미 누나는 날 죽이고 싶은 생각인 걸까.

"언니!"

"농담도 못 하겠다니까."

"성훈이한테만 안 하면 돼요."

"자기 남자 친구라고 챙기는 거니?"

"요즘에 모르는 척할까 고민하고 있는데요."

화를 내지 않고 싸늘하게 대꾸하는 걸 보니 나래가 정말 화가 났나 보다. 이대로라면 애꿏은 내가 섭씨 3만 도의 나래 불꽃에 타들어 갈 테니 뭔가 방법을 마련해야겠군. 무슨 방법이 없을까. 나래에게 점수를 딸 수 있으면서 이 상황을 지혜롭게 넘길 수 있는 방법이!

잠깐만. 점수? 아, 그거다!

"그, 그러지 말고 공부를 가르쳐 주는 건 어때요?"

놀란 토끼 눈이 된 나래와 정미 누나를 보자니 슬퍼진다. 내가 말해 놓고도 참 어울리지 않는 말이라는 건 알고 있으니까 그렇게 의아해하지 않으셔도 됩니다.

"고, 공부 말이느냐? 그, 그러면 난 집으로…… 그래도 성훈이하고 같이 있고 싶은데……. 으냐아~. 나는 어찌하면 좋겠느냐."

"공부? 네가?"

"나래야. 너 성훈이는 공부하면 치를 떤다고 했잖아? 웅녀님께 보낸 보고서 수정해야겠네."

"수정 안 해도 돼요."

진지하게 토론의 장을 열 분위기인 두 곰녀 분들과 울상이 되어서 이러지도 저러지도 못하고 엉덩이를 들썩들썩거리며 곤란해하는, 또한 나를 곤란하게 만드는 랑이를 위해서라도 보충 설명을 해야겠다. 그 전에 먼저 나는 랑이의 허리를 잡아서 더 이상 움직이지 못하게 만들었다.

"공부라는 게 꼭 학교에서만 배우는 게 다가 아니잖아요? 저는 누나한테 다른 걸 배우고 싶어요! 그러니까······"

뭔가 예를 들어야 한다는 생각이 들자마자 떠오르는 게 미인 여교사의 방과 후 교습이라니. 하, 하지만 그건 그 나름대로 좋지 않을까? 정미 누나와 단둘이서 저녁노을 지는 학교에서······ 으흐흐흐흐.

"······."

"······."

"······."

핫! 나는 서늘해지는 등골에 제정신을 차렸다. 나를 향한 여성 삼인방의 시선이 아프다! 머리를 굴려라! 잔머리를 굴려! 지금 이 시선을 무마시킬 수 있는 답을 찾아! 역시 나래는 무섭고 인간은 위기 상황에 믿을 수 없을 만큼 두뇌 회전이 빨라진다.

"그러니까 누나는 저보다 나이가 6살이나 많잖아요?! 사회생활이나 뭐, 그런 것도 저보다 많으실 테니까 제가 살아가는 데 꼭 필요한 그런 거! 학교에서는 잘 안 가르쳐 주는 그런 걸 배우고 싶습니다!! 그러면 저는 좋은 걸 배울 수 있고 누나는 봉사······가 아니라, 해야 할 일을 할 수 있으니까 서로에게 좋은 거죠!"

나래의 눈빛이 아직 매서운 걸 보면 의혹이 아직 안 풀린 것 같지만 심증은 있으나 물증이 없지!

"하여간, 그런 쪽으로는 머리가 잘 돌아가요."

"……내가 뭘 했다고?"

"너 아까 진~짜 음흉한 표정 지었거든?"

그럴 리가.

"웅! 그랬느니라! 정미를 보면서 콧김을 흥흥! 하고 내뿜었 느니라! 내 귀에 확실하게 닿았느니라."

나는 기억에 없지만 랑이가 거짓말을 하지는 않았을 거라고 생각한 나래는 손목을 풀었다. 먼저 한 대 맞고 시작하겠구 나. 마음의 준비를 하고 나래의 벌이 떨어지기를 기다리는데 다행히도 그런 일은 일어나지 않았다.

"자, 자. 나래야. 자꾸 그렇게 때리면 미움받는다?"

""그런 일은 없는데요.""

거짓말같이 나와 나래의 목소리가 겹쳤다. 나와 나래가 서 로 놀라고 있을 때 정미 누나는 살짝 벌어진 입을 손으로 가 렸다.

"어머. 그런 거였어? 일종의 플레이?"

도대체 무슨 오해를 하시는 걸까요.

"그런 거 아니에요."

나래가 딱 잘라 말해도 정미 누나는 짓궂은 미소로 응수했다.

"알았어. 그렇게 알아 둘게. 흐웅~. 그렇구나. ……성훈이는 그런 걸 좋아했네. 잠깐, 설마 세희도 대상으로 삼고 있는 걸까? 그러면 정말

대단한 건데. 어쩌면 나도?'

심각한 오해를 하시는 것 같습니다. 뭐라고 딴죽을 걸고 싶지만 혼잣말은 들어도 못 들은 척 넘어가 주는 게 예의라고 했던 세희의 말을 떠올리며 나는 다시 원래의 주제로 돌아갔다.

"저기, 누나."

얼굴을 붉히고 양 볼을 두 손으로 감싸며 몸을 비비 꼬면서 입을 살짝 벌려서 헤~ 하고 있던, 평소의 이지적인 분위기는 어디다 팔아먹었는지 모를 정미 누나가 고개를 흔들었다.

"응?"

무슨 생각을 하고 있었던 걸까. 왜 나래가 정미 누나를 위협적으로 노려보고 있을까에 대한 의문을 뒤로하고 나는 말했다.

"어때요?"

"어, 어떻긴? 나도 좋아. 아, 아니, 그게 아니라. 응. 괜찮네."

"언니."

나래의 새침한 목소리에 정미 누나는 화들짝 놀라고서는 손을 흔들었다.

"얘, 얘는? 나는 생각도 못 하니?"

"……불안한데요."

패왕의 눈빛이 번쩍였다! 정미 누나도 가늘어진 나래의 시선에는 할 말이 없었는지 고개를 돌려 나를 보며 말했다.

"그, 그런데 내가 뭘 가르쳐 줬으면 좋겠니?"

"아무거나 가르쳐 주셔도 되는데요."

"아무거나?"

"예."

"그러면 내가 좋은 거 가르쳐 줄게."

이상하게 미소 짓는 정미 누나가 장난치려고 마음먹은 세희처럼 보이는데 기분 탓이려나.

결론적으로 보면 기분 탓은 아니었다. 정미 누나의 지시에 따라 나는 어째서인지 교장 선생님이 앉는 푹신한 의자에 앉게 되었고 랑이는 의자를 가지고 와서 내 옆에, 곰의 일족으로서 정미 누나를 돕기로 한 나래는 반대쪽에 서게 되었다. 그리고 정미 누나 자신은 책상 건너편에 서서 이쪽을 보고 있다. 은근히 부담되는 시선이다.

"그래서 뭘 가르쳐 주시려고요?"

"너한테 꼭 필요한 거."

요술인가 격투술인가 생존술인가. 그런 생각은 정미 누나가 가슴골 사이에 손을 넣고 뭔가를 꺼내는 것으로 사라졌다. 그건 약국이나 편의점에서 살 수 있으며 얼핏 보면 비타민제로 착각할 수도 있는 가족계획에 없어서는 안 되는 어떤 물품이었다.

"헐."

"어, 언니?! 그게 뭐예요?!"

"응? 저게 무엇이느냐?"

당황해서 얼이 나간 나와 새빨개져서 고함치는 나래와 순진무구하게 궁금해하는 랑이를 무시하며 정미 누나는 포장을 찢었다. 그 내용물을 본 순간 나는 지금 내 눈앞에서 무슨 일이 벌어지고 있는지 이해하기를 포기했다.

"이런 걸……."

"잠깐, 잠깐만요! 이름은 누구나 다 알고 있을 테니까 직접 말하시지 않으셔도 됩니다!"

"호랑이님은 모르시잖아."

"아직 알아야 할 나이가 아니니까 넘어가요!!"

"우……. 나는 어리지 않으니라."

투정 부리는 랑이의 머리를 쓰다듬는 것으로 입을 막으며 간절한 시선으로 부탁하자 정미 누나는 한숨을 쉬며 말했다.

"알았어. 어쨌든 이건 너도 가지고 있으니까 알겠지?"

안색 하나 바꾸지 않고 이상한 말을 하는 정미 누나를 평소처럼 볼 자신이 있었지만 나는 일단 책상에 쾅! 하고 머리를 박았다. 그런 제 뒤통수에 나래의 손이 가 있다는 것을 밝혀 둡니다.

"성훈아?! 괜찮으냐?"

"아프다!"

"시끄러! 네가 저걸 왜 가지고 있어?!"

무슨 오해를 하시는 겁니까?!

"정미 누나가 농담한 거야! 난 저런 거 없다고!"

진심이 닿았는지 나래의 손에서 힘이 빠져나가서 나는 다시 고개를 들었다.

"어머, 그러면 호랑이님하고 나래가 가지고 있니?"

아주 잠깐 동안.

"으억!"

"정신 차리어라, 성훈아!"

"언니!"

"왜 그래? 이건 남자든 여자든 준비를 해 둬야 하는 거야."

"아직 어리다고요! 그런 걸 벌써부터 왜 가지고 다녀요?! 그리고 랑이는 아직 어리다고요!"

"어머. 요즘에는 초등학생이 성관계를 맺는 경우도 있는걸. 그리고 호랑이님도 나이는 우리보다 많아. 언제든지 성인으로 변해도 이상하지 않으니까 이런 건 미리미리 배워 둬야 하는 거야. 늦으면 소용없어."

정론입니다.

"그렇느니라!"

아무것도 모르고 있는 랑이는 기운차게 말했다.

"나는 언제 어른이 되어도 이상하지 않으니라! 전에도 갑자기 어른이 된 적이 있으니까 말이니라!"

"그, 그래도!"

"부끄러워할 일이 아닌데 왜 그러니? 이건 남자들이, 아니, 남녀가 사랑을 확인할 때 꼭 필요한 도구야. 쉽게 피임을 할 수 있고 성병도 예방할 수 있어. 그러니까 성훈이도, 랑이도 잘 봐 둬야 해."

보고 싶기는 한데 나래가 제 머리를 누르고 있는 힘이 좀 세서요. 이러다가 책상이 파이지나 않을까 걱정이다.

"나래야."

"으읏!"

논리적으로 반박할 수 없자 나래의 손에서 힘이 빠졌다. 나는 책상에 머리를 박은 채 고개를 돌려 나래의 눈치를 살폈다. 할 말이 없는 게 분한지 나래는 아랫입술을 깨물고는 살짝 물기 어린 눈으로 나를 노려보았다. 나는 다시 고개를 돌렸다. 이대로 있는 게 내 정신과 육체 건강에 좋을 테니까.

"성훈이도 고개 들어. 네가 가장 잘 알아 둬야 하는 일이니까."

언젠가는 배워야겠지. 하지만 그게 오늘은 아닐 것이다.

"그냥 나중에 혼자서 배우도록 하겠습니다."

요즘에는 세상이 좋아져서 동영상 강의라는 편리하고 효율적인 것이 있으니까.

정미 누나가 살짝 가라앉은 목소리로 말했다.

"……자꾸 그러면 다른 거 가르쳐 준다?"

"예?"

"여성의 소중한 곳의 구조와 임신 주기, 그리고 생……."

나는 번개 같은 속도로 머리를 들었다.

"지금 게 낫겠네요! 예! 꼭 배우고 싶었습니다!"

살고 싶어서 한 말에 정미 누나는 만족한 미소를 지었다.

"잘 생각했어."

아니요. 저는 지금 똥 묻은 개가 되느니 겨 묻은 개가 되겠다고 결정한 것뿐입니다. 주위에서는 나보고 변태, 로리콘, 페도필리아 등등 끔찍한 말을 하지만 나는 사실 부끄러움 많고 순수한…….

젠장. 내가 말하고도 어이가 없어서 웃음이 나온다. 불과 며칠 전에 그런 말을 했는데 이제 와서 부끄러움이 많고 순수한 청소년이라고 해도 말이 안 되지. 자기변명에도 실패한 눈물 나는 상황이건만 정미 누나는 오히려 그런 나를 보며 즐거워하는 것 같다. 분명히 내게 사과를 하고 봉사를 하겠다고 한 것 같은데 왜 일이 이렇게 된 걸까. 공부냐? 역시 공부가 문제구나! 이게 다 공부 때문입니다. 공부를 없앱시다. 세상의 모든 악은 공부야!

"그러면 다시 처음부터. 처음 봤는지 자주 보는지는 모르겠지만 일단 뭐라고 부르는지는 알고 있지?"

나는 허벅지를 꼬집었다. 부끄러워하지 말자. 내 취향의 정미 누나가 포장을 뜯고 착용할 시에 후랑크소시지의 껍질과 비슷해지는 것을 들고 있어도 이건 단순한 성교육이니까! 나래도 그런 생각을 하며 필사적으로 버티고 있는 것 같다.

"으냐앙~. 나는 모르겠느니라."

아무것도 모르는 랑이가 머리카락으로 물음표를 만들고 턱에 손가락을 대고 고개를 갸우뚱거리는 것으로 마음의 안식을 찾자.

하지만 그것도 잠시.

"그러면 사용하는 방법을 가르쳐 줄게."

정미 누나가 가슴골에서 뭔가를 꺼냈을 때. 나는 자의로 머리를 책상에 박았고 나래는 주저앉아서 얼굴을 가렸다.

"어머? 너희들 왜 그러니?"

왜 그럴까요. 왜 그런다고 생각하십니까?

"이게 그렇게 부끄러워? 꼭 야한 거 한 번 안 본 것같이 순진한 척하기는."

하고 싶은 말은 많았다. 하지만 입을 열 수가 없었다. 이 상황을 받아들이지 못한 내가 실없는 웃음을 터트릴 것 같아서 말이야. 허허허허허.

"응? 나 저거 본 적 있느니라! 그러니까 성훈이의 여기에 비슷한 게 달⋯⋯. 우으읍?!"

나는 잽싸게 엎어진 상태로 랑이의 입을 막았다. 위험한 말 하지 마!

"3초 안에 고개 안 들면 나도 생각 있어."

뭔가 좀 화가 난 듯한 정미 누나의 목소리에도 나는 고개를 들지 않았다. 그건 나래도 마찬가지였다.

"너한테 진짜로 해 본다?"

나는 고개를 들었고 나래는 일어섰다. 이것이야말로 맹인이 눈을 뜨고 앉은뱅이가 일어나는 기적은 바둑이 뿔!! 나는 누나가 들고 있는 평소 화장실에 가면 보게 되는 것을 빼닮은 나무로 만든 모형을 가리키며 소리쳤다.

"아니, 누나!! 꼭 그렇게 리얼한 걸 가지고 오지 않아도 되잖아요! 사람을 무슨 수치심으로 죽일 생각이에요?!"

메이드복을 입고, 남자라면 남 몰래 남들과 비교를 하게 되는 것의 인조 모형을 든 상대로 머리에 쓴 다음에 공기를 불어넣어도 잘 터지지 않을 정도의 내구성을 자랑하는 도구의 사용법을 배우는 이 상황은 오디오와 비디오의 첫 글자를 딴 영상에서나 나올 법한 상황이겠지. 차라리 평소에 입고 있는 정장이라면 이렇게까지는 당황하지 않았을 것이다. 하지만 정미 누나는 메이드복을 입고 있다. 그것도 아주 노출도 높은 메이드복을 말이야. 이래서야 다른 생각을 하지 말라고 하는 게 이상하다고!

"그래요, 언니! 그런 것 말고도 그냥 보, 봉 같은 거로도 괜찮잖아요!!"

한마음 한뜻이 되어 정미 누나에게 성토했지만 정미 누나는 얼굴색 하나 변하지 않고 진지하게 말했다.

"성훈아."

그래서 나는 정미 누나가 딱딱한 목소리로 내 이름을 불렀을 때 아차 싶었다.

"예?"

"이건 교육이야. 먼저 공부시켜 달라고 한 건 너잖아?"

"그, 그렇죠."

"부끄럽겠지만 이건 너희들한테 정말 중요한 일이야. 아직 어린 나이에 책임지지도 못할 짓을 하면 안 되잖아?"

메이드복 입고 그런 말을 하시니 설득력이 떨어져서 문제죠.

"그렇긴 한데……."

"나라고 이런 게 안 부끄럽겠니? 하지만 내가 생각해 보니까 네가 가장 먼저 알아야 하는 게 기본적인 피임 방법이라는 답이 나와서 나도 참고 있는 거야."

아니, 그건 조금 수긍하기 힘든 말입니다. 도대체 내가 뭐하는 놈이기에 가장 먼저 알아야 하는 게 피임 방법이냐고!!

하지만 정미 누나는 매서운 눈빛으로 내게 반론을 꺼내는 것조차 허락하지 않았다.

"그러니까 잘 보고 배워."

"……예."

"나래도."

"……저는 왜요."

정미 누나가 빙긋 웃었다.

"남자들은 여자가 씌워 주는 걸 좋아하거든."

격침! 나래는 그 자리에 주저앉아서 두 손으로 얼굴을 가렸고 나는 최대한 나래에게서 멀어졌다.

"그러면 나도 열심히 배워서 성훈에게 씌워 주겠느니라!"

나래의 주먹이 내 쪽으로 뻗었지만 아슬아슬하게 맞지 않았다. 하지만 두 번째 공격을 준비하시는 나래 님이 무서워 나는 재빨리 말했다.

"나, 나래하고 랑이는 상관없으니까 저한테만 가르쳐 주셔도 됩니다."

"……음. 그런가? 하긴, 네가 직접 가르쳐 줘도 되겠네."

"그런 뜻이 아니거든요?!"

"농담이야."

농담은 거기까지였는지 정미 누나는 진지하게 가족계획에 없어서는 안 되는 물품의 사용법을 가르쳐 주기 시작했다.

"일단 여기를 잡고서 비틀어서 공기가 들어가지 않도록 한 다음에 위에 걸치고 쭈욱 아래로 내리면 끝이야. 쉽지? 아, 맞다. 반드시 흥분한 상태여야 해."

"그, 그러네요."

"나도 할 수 있을 정도이니라."

넌 안 해도 된다!

"그렇죠, 호랑님? 저도 모형으로 몇 번 연습해 보니까 금방 잘할 수 있을 정도니까요. 아, 그리고 성훈아. 마지막의 마지막에 벗겨질 수도 있으니까 끝을 잡아 주는 게 좋다고 들었어."

누구한테? 누구한테 들었습니까?

"그리고 관계가 끝났을 때는 이렇게 매듭을 진 다음에 버리면 돼."

정말로 간단한 설명이었고 시간도 오래 걸리지 않았건만 나는 마치 4교시 수업이 끝나기 3분전과 같은 느낌이 들었다. 그 3분은 아직도 지나지 않았다.

"자, 그러면 다음은 실습."

"……예?

정미 누나는 갑자기 짓궂어진 미소를 지으며 내게 포장을 뜯지도 않은 위기 상황에서는 수통으로도 쓸 수 있다는 물품을 내밀었다.

"실제로 한 번 해 봐야지."

실제로? 해 봐? 뭘?

모든 상황이 이해되었을 때 내 입이 멋대로 움직였다.

"아니, 아니!! 그걸 왜 지금 여기서 합니까?! 하는 방법만 배우면 되는 거잖아요!"

"백문이 불여일견이라는 말도 있잖니?"

"한 번 봤습니다! 봤으니까!"

"백견이 불여일행이라는 말도 있어."

"맞는 말인 것 같지만 사자성어를 새로 만들지 마세요!!"

"나! 나 해 보고 싶으니라! 재미있을 것 같으니라!"

"넌 좀 가만히 있어라!"

들떠서 물 풍선의 대용품으로도 사용할 수 있는 고무로 만든 도구에 손을 뻗는 랑이를 필사적으로 말리는 나를 이해 못하겠다는 듯 정미 누나는 팔짱을 끼고 고개를 갸웃거렸다.

"왜 그렇게 하기 싫어해? 그렇게 어려운 것도……."

"어렵습니다! 정말 어렵거든요?! 제가 무슨 변태냐고요! 나래도 있고 랑이도 있고 누나도 있는데 제가 여기서 그런 짓을 어떻게 하냐고요!!"

"아~!"

뭔가를 알았다는 듯이 소리를 낸 정미 누나가 두 손으로 책상을 짚고 몸을 앞으로 숙여 내 쪽으로 가까이 다가오기에 나는 반사적으로 몸을 뒤로 젖혔다. 이 괴랄한 상황에서도 중력의 영향을 받아 아래로 살짝 처진 정미 누나의 가슴에서 떨어질 생각을 하지 않는 내가 참 한심하다.

"이 변태."

그래서 내심 찔렸다.

"이, 이건 남자로서 어쩔 수 없는 일이라고요!"

"그래도 보통 이런 상황에서 그런 생각을 하는 사람은 없을걸?"

"예?"

그게 무슨 말씀이십니까. 이성을 좋아하는 남자라면 이런 상황에서 백의 구십구는 가슴에서 시선이 안 떨어질 텐데.

"보통 실제로 해 본다고 말하면 모형에 씌워 본다고 생각하지 네 몸에 착용한다고는 생각 안 해."

순식간에 얼굴이 뜨거워진다.

"그, 아, 어, 그런 게, 아니, 전, 그러니까……."

생각하는 법도 말하는 법도 까먹었는지 입 밖으로 나오는 것은 인간의 언어가 아니었다.

"아, 그렇게 실제로 하고 싶으면……."

정미 누나는 책상 위에 엎드려 풍만한 가슴을 찌부러뜨리고 내 쪽으로 기어오면서 나를 곤란에 빠드린 물체를 입에 살짝 물었다.

"해.줄.까?"

내 이성을 위해. 내 미래를 위해. 내 랑이를 위해. 나는 자리에서 벌떡 일어나서 교장실 문을 여는 시간도 아까워서 어깨로 박살 내고 뛰쳐나갔다.

　"……아까워라. 나도 실제로 한 번 해 보고 싶었는데."

　"성훈아, 어디 가느냐?!"

　"……이젠 싫어. 진짜 싫어."

　뒤에서 들려오는 소리는 무시하자. 나는 그날. 처음으로 땡땡이라는 것을 쳐 보았다.

네 번째 이야기

기억을 하고 있을지 모르겠지만 페이는 우리 집에 왔을 때 그리 오래 있을 생각이 아니었다. 페이는 나와 그 뭐시기, 성인의 연애가 어느 정도 진척이 되어 간 후나 미래를 약속하고 나서, 혹은 결혼하고 나서 가지게 되는 남녀 간의 진실된 사랑의 확인 방법 중 한 가지를 하고 나서 돌아갈 생각이었지. 그래서 간단한 생필품과 갈아입을 옷 몇 벌만을 제외한 짐들은 거의 가지고 오지 않았다. 내가 이렇게 확언을 할 수 있는 건 토요일 아침. 오늘과 내일, 학교에 가지 않아도 되는 이 시간을 어떻게 하면 좀 더 인간쓰레기, 크흠, 이상한 게 입에 붙었군. 주말을 어떻게 하면 여유롭게 보낼 수 있을지 고민하고 있을 때 페이가 슬쩍 내 방에 들어와서 자기 입으로 이야기를 했기 때문이다. 그래. 바로 지금 말이야. 페이는 이 모든 이야기를 한 뒤 원래 잘 열지 않는 입에 지퍼까지 채워 놓고 조용

히 내가 뭔가 말하기를 기다렸다. 나 역시 페이가 하는 말을
이해 못 해서 아무 말도 못 하고 있었고 그런 어색한 시간이
잠시 동안 계속되었다. 시간이 길어지면 길어질수록 먼저 말
을 하는 사람이 지는 것 같은 분위기가 연출돼서 나와 페이는
무의미한 시간을 낭비하게 되었다. 당연히 피해를 보는 것은
나이기에 나는 이 녀석에게 져 주기로 했다.

"그래서?"

페이가 몸을 돌리며 나이스! 하고 글을 쓰며 주먹을 움켜쥐
는 건 못 본 척하자.

[이해 못 함?]

이 녀석은 내가 곱셈을 가르쳐 주면 인수 분해까지 해 버리
는 세희인 줄 아나 보다. 아니면 자기를 너무너무 잘 알고 있
는 치이라든가.

"육하원칙이라는 거 아냐?"

[언제. 어디서. 무엇을. 어떻게. 왜.]

"다섯 개다."

내 말에 페이는 손가락을 하나씩 굽혀 가며 세 보다가 주먹
이 쥐어지자 얼굴을 붉히고서는 양 갈래 머리를 빙빙 돌리며
내게 화를 냈다.

[너, 말해 봐!]

"누가 언제 어디서 무엇을 어떻게 왜."

내 말에 하나하나씩 손가락을 펴던 페이는 엄지가 접히는
동시에 볼을 부풀리고서는 발을 들어 올려 내 가슴을 계속해

서 툭툭 밀었다. 왜, 이래 이 자식.

[짜증.]

"뭐가? 여섯 개 맞잖아?!"

[그래서 그런 거.]

"뭐가 그래서 그런 거야?!"

[내가 모르는 걸 네가 아니까 화나.]

"네가 화나는 거하고 나를 발로 미는 것의 연관 관계에 대한 해석이 필요한 시점이다."

[화나게 만든 벌.]

그렇다고 여자애가 치마 입고 발로 밀지 마라. 팬티 또 보인다.

내가 넘어가지 않고 허리 힘으로 버티고 있자니 페이의 미는 힘이 점점 강해진다. 이대로 있으면 발라당 뒤로 넘어질 것 같기도 해서 나는 화이트데이 때 결심했던 일을 하기로 했다.

나는 페이의 발목을 잡은 다음 앞으로 밀었다.

[어.]

자세가 불안정해져서 비틀거리는 페이의 사정 따위는 신경 쓰지 않고 난 혀를 내밀어 발꿈치부터 시작해서 정성을 다해 조심스럽게 혀가 닿지 않는 부분이 없도록 발가락까지 핥아 올라갔다.

[?!]

이상한 것에 눈뜬 것이 아니다. 진심이다. 정말이야. 이런 말해도 오해하겠지. 이 자식이 드디어 인간으로서 가서는 안 되는 길을 가기로 결심했다고. 그렇게 보여도 어쩔 수 없겠지만 일단 내 말을 들어 봐라. 페이는 가끔씩 자기 마음에 들지 않은 일이 생기면 이렇게 발로 나를 밀거나 차는 경우가 있다. 사실 이런 건 상당히 안 좋은 버릇이다. 상대가 어른이건 아이건 누군가가 발로 밀거나 차는 건 거의 100% 기분이 상하는 일이라고. 그러니까 이번 기회에 페이에게 이런 짓은 나쁜 것이라는 개념을 그 몸에 새겨 놓아 주겠다는, 착하고 귀여운 여동생의 조금 건방지고 예의 없는 친구에게 예절 교육을 시키겠다는 대의를 이 한 몸 희생해서 이루겠다는 것이다. 아니면 내가 왜 이 녀석의 발바닥이나 핥고 있겠냐. 랑이 발도 아니고. 이런 생각을 하고 있는 동안에도 나는 무심으로 혀를 날름날름 움직이며 페이의 발을 핥았다.

[가, 간지러!]

페이는 한 발로 콩콩 뛰며 도망치려고 했지만 인간의 힘을 우습게 보지 마라! 그렇게 쉽게 놔줄 생각은 없다고. 물론 페이가 요괴의 힘을 쓰면 나 같은 건 방구석 직행이겠지만 그때 그 사건 때문인지 그럴 기색은 보이지 않는다. 그래서 나는 마음껏 페이의 발바닥을 핥을 수 있었다. 흠. 스타킹이 있다고 해도 그렇게 까끌까끌한 느낌은 들지 않는구나. 조금 짠맛이 나는 게 문제랄까.

[하, 하지 마, 놔줘.]

페이는 이제 한 발로 서 있지도 못하고 바닥에 주저앉아 두 손으로 얼굴을 가리고 엉덩이를 질질 뒤쪽으로 끌며 도망치려고 애썼다. 하지만 오히려 아까보다 힘이 많이 빠졌다. 기회다.

"싫은데."

나는 페이의 애원을 가뿐히 무시하고 오히려 손에 힘을 줘서 다리를 내 어깨 위쪽으로 한 번에 당겼다. 페이는 뭔가 반항을 하려다가 허리가 풀렸는지 그대로 뒤로 넘어져서는 내쪽으로 쭈욱 끌려왔다. 나는 그대로 페이의 다리를 굽히고 발바닥의 움푹 들어간 부분을 집중적으로 훑었다.

[거, 거긴 안 돼에에!!]

비명 같은 글을 쓰고 크게 몸을 튕긴 페이는, 바닥에 누운 상태로 치마가 올라가 팬티가 보이는 게 걱정이 되는지 두 손을 치마 **깊숙이 누르고** 한쪽 다리를 내게 잡힌 상태로 다른 한쪽은 발가락 사이사이를 쫙 벌린 채 부들부들 떨며 고개를 뒤로 젖혔다. 얼굴이 제대로 안 보이는 모습이라 자칫 잘못 보면 에로하게 보일 수도 있지만 단지 간질임을 못 참고 있는 거니까 큰 문제는 없다.

없을 것이다.

없을 것 같은데 뭔가 내가 몹쓸 짓을 하고 있다는 생각이 들어서 미안해진다. 내, 내가 좀 심했나? 지금 막 전기가 오른 듯 움찔움찔거리며 살짝 허리를 띄우고 혀를 내민 채 경련하는 페이의 모습을 보니 심하긴 심한 것 같다. 페이는 간질임을 잘 타는구나. 나는 페이의 발바닥을 훑는 걸 그만두고 내려주었다.

"너, 다음에도 사람을 멋대로 발로……. 저기, 페이야?"

"하아, 하아, 하아."

뭔가 사람 말을 들을 수 있는 상태가 아닌 것 같습니다. 허리를 펴서 좀 높은 곳에서 보니 페이는 양 볼을 붉게 물들이고서 반쯤 풀려 버린 눈동자에 살짝 눈물을 맺힌 상태로 입가에 침을 질질 흘리고 있었다.

"야, 괜찮아?"

"으……응."

아까부터 글이 아닌 말로 대답하는 것도 그렇고 목소리에 열이 가득한 걸 보니 괜찮은 게 아닌데? 나는 자리를 옮겨 페이의 옆에 앉아 입가에 흘러내린 침을 닦아 주며 어깨를 껴안고 내 몸에 기대게 만들었다. 목을 겨눌 힘을 내기도 힘든지 페이는 어렵사리 고개를 앞으로 숙이고서는 내 가슴팍을 한 손으로 잡았다. 티셔츠 구겨진다.

"너……."

페이의 목소리는 부들부들 떨렸다. 이러다가 느낌표로 한 대 맞을 것 같아서 뭐라고 변명을 꺼내려고 했는데 페이의 말이 더 빨랐다.

"더 해 줘."

"……예?"

만약 내가 랑이였다면 지금 머리카락으로 물음표를 수십 개는 만들고 있었겠지. 어리둥절해하는 내게 페이는 폭탄 발언을 내뱉었다.

"그거, 까마귀들에게는 사랑해서 어루만지는 거."

"네가 널 사랑하기는 하는데 만지는 건 다르잖냐? 그 전에 그게 뭔 소리야?

폐이는 티셔츠를 쥔 손에 힘을 꽉 쥐면서 불건전한 이유 때문에 나도 알고 있는 한자를 썼다.

愛撫

쩌저적. 이렇게 몸이 굳어 버리는 건 오랜만인 것 같다. 지금 이 녀석이 뭐라고 썼지? 분명히 아는 단어이긴 한데 내 뇌가 이해를 거부하고 있다. 내가 혼란에 빠져 아무 말도, 아무런 행동도 못하고 있을 때 폐이는 내게 머리를 기대고 나지막한, 하지만 똑똑히 들리는 달콤한 목소리로 속삭이듯 말했다.

"기분 좋았어."

그 때.

"꺄우우우우우우우우우!!"

너무나 익숙한 목소리와 함께 쾅! 하고 문이 열리고 야생의 치이가 나타났다!

"뭐, 뭐, 뭐, 뭐, 뭐하는 거예요!!"

얼굴이 새빨개져서는 나와 폐이를 향해 삿대질을 하는 치이를 보고 있자니 바람피우다가 걸린 유부남의 심정이 이런 것이 아닐까 하는 생각과, 함부로 남한테 삿대질하는 버릇을 고치려면 저 손가락도 핥아 줘야 하는 게 아닐까 하는 멍청한 생각이 동시에 들었지만 그런 것과는 전혀 상관없는 변명이 먼저 입에서 튀어나왔다.

"아, 아, 아, 아무것도 안 했어!"

왜 내 목소리도 치이만큼 떨리고 있는 걸까.

"변태! 치한! 인간쓰레기! 거짓말쟁이!!"

아악. 페이도 아닌데 왜 치이의 말 한 마디 한 마디가 내 마음을 쿡쿡 찌르는 걸까.

"오라버니가 페이한테 무슨 짓을 했는지 다 본 거예요! 거짓말하지 마세요!"

"보다니, 뭘?!"

"오라버니가 페이의 발을 혀, 혀로 하, 핥았잖아요! 꺄우우우!! 어떻게 그럴 수 있어요? 오라버니는 변태, 아니, 왕변태인 거예요!"

"오해다! 누가 변태라는 거야? 난 그냥 페이의 잘못된 버릇을 고쳐 주려고 그랬을 뿐이라고!"

치이의 귀 위 머리카락은 이제 정말로 파닥파닥 소리가 날 정도로 격하게 움직였다.

"거짓말인 거예요! 무슨 버릇을 그렇게 고친다는 건가요? 이상해요! 이상한 거예요!"

할 말이 없습니다.

내, 내가 왜 그랬지? 뭔가에 쓰였나? 악마 같은 창귀에게 쓰이기라도 한 거야?

"나, 나는 그냥 페이의 버릇을 고쳐 주려고 그랬던 건데……. 사람을 발로 차는 건 안 좋은 버릇이잖아. 그래서 이렇게 간질이면 다시는 안 할 것 같아서 그랬던 거야. 지, 진짜라고."

당연히 내 변명에는 힘이 없었다. 그에 비해 치이는 점점 기세등등해졌다.

"그러면 손가락으로 해도 되는 거예요."

그렇죠. 그런 방법이 있었네요. 입이 다물어진 나는 고개 숙인 남자가 되었다. 그 자리를 대신하듯 어느 정도 안정을 되찾은 페이가 눈을 반달같이 뜨며 치이에게 글을 썼다.

[방해.]

"방해가 아닌 거예요!"

[방해 맞아. 보고 있다가 진도 나가려니까 딱 들어옴.]

"꺄우우우?!"

그 글에 순식간에 형세가 역전되었다. 치이는 두 손으로 얼굴을 가렸고 페이는 미소를 지으며 글을 썼다.

[치이, 야해. 변태. 도촬범.]

"누, 누가 도촬범인 건가요? 전 그냥 페이가 오라버니한테 말하러 갔는데 하도 안 오는 게 이상해서……."

[문 살짝 열고 처음부터 빼꼼. 아까 봤어.]

"꺄우우우!!"

[그러니까 치이는 변태. 성훈한테 당하는 나 보면서…….]

들켜서는 안 되는 비밀을 남에게 들킨 것처럼 치이는 당황하며 내 쪽, 정확히는 페이에게 손을 허둥대며 달려들었다.

"그, 글 쓰면 안 되는 거예요!!"

[?!]

아기 새들의 싸움에 피터지기 전에 나는 잽싸게 몸을 피했다. 치이와 페이는 한데 뒤엉켜져서 방 안을 이리저리 데굴데굴 구르기 시작했다. 그런 둘을 보면서 나는 안 되는 걸 알면서도 안도의 한숨을 내쉬었다. 휴우…… 잘못했으면 큰일 날 뻔했는데 어떻게 잘 넘어갔다. 정말로.

치이와 페이의 투닥질은 서로에게 얕은 상처를 남겨 주고 끝났다. 그러니까 치이는 저고리의 어깨 부분이 찢어지는 바람에 제대로 걸쳐지지가 않고 내려가서 분홍색 줄무늬 브래지어를 보이고 페이는 치마가 말려 올라가 올이 나간 팬티스타킹과 그 사이로 검은색 팬티를 보이는 정도로 말이지. 그런 건 내가 못 본 척하고 있는 사이에 어떻게든 수습을 했지만 헝클어진 두 녀석의 머리는 시간이 모자랐나 보다. 머리라도 빗겨 줄까. ……아니, 관두자. 전에 나래 머리를 쓰다듬어 줄 때 들었잖아. 여자애들은 머리 정돈하는 데 신경을 많이 쓴다고. 나는 뚱해져서 마주 앉아 있는 치이와 페이에게 말을 걸었다.

"그래서 무슨 말을 하고 싶었던 거야?"

"이젠 저도 모르는 거예요. 흥!"

치이가 귀엽게 콧김을 내쉬며 입술을 삐죽 내밀고 토라진 듯 고개를 돌리자 급해진 건 페이였다.

[치이, 화난 거?]

"화 안 난 거예요. 그냥 페이가 잠깐, 아주 잠깐 싫어진 것

뿐이에요."

그게 화난 거다. 살짝 삐친 것 같아서 나는 별 걱정은 안 되지만 페이는 달랐다. 양 갈래 머리를 빙글빙글 돌리며 손을 어디다 둬야 할지 모를 정도로 허둥대면서 치이의 화를 풀기 위해 애쓰는 모습은 정말 귀여워 보였다.

[화내지 마. 잠깐, 아주 잠깐도 싫어하지 마. 나 치이 좋아. 사랑해. 계속계속 사랑해. 그러니까 치이도 나 사랑해 줘.]

저, 정열적인 고백이구만. 다만 평소에는 그 고백을 받아 주는 녀석이 갑자기 황소고집이 된 게 문제지.

"저도 페이를 많이 좋아하는 거예요. 하지만 오라버니한테 이상한 말 하려고 한 페이는 나쁜 짓 한걸요. 그러니까 지금은 안 봐주는 거예요."

더운 날에 투닥질을 해서 그럴까. 페이가 땀을 뻘뻘 흘린다.

[그, 그래도 그거 사사⋯⋯.]

페이가 쓰던 글은 금세 자신의 손에 연기로 돌아갔다. 이야, 치이의 노려보는 눈빛은 나래만큼은 아니어도 무섭긴 무섭네.

[아니, 아니야. 내 잘못. 나 잘못. 나, 나쁜 애.]

"흥!"

치이가 다시 고개를 돌리자 페이는 어찌할 바를 모르다가 시선을 내 쪽으로 돌렸다. 절박하다, 절박해. 이대로 가만히 놔두다가는 엉엉 우는 페이의 모습을 볼 수 있을지도 모른다.

[Help, help, help!]

SOS 요청을 거절하기에는 페이의 모습이 너무 안쓰럽다.

무엇보다 나 때문에 일어난 일이기도 하니까 슬슬 중재해 주자. 나는 잠시 간단한 계획을 세우고 나서 치이에게 말했다.

"치이야."

"모르는 거예요."

"치이야."

"오라버니 말도 안 들리는 거예요."

이제는 손으로 땅을 짚고는 엉덩이를 움직이더니 아예 뒤로 돌아앉았다. 거기다 팔짱까지 끼네. 허, 요놈 봐라? 나도 모르게 입꼬리가 쓰윽 올라갔다.

"연리야."

"아우우우우?!"

천하의 삐친 치이도 하늘에 점지여 받은 이름까지는 무시하지 못했다. 깜짝 놀라고서는 귀까지 붉어진 채 고개를 돌리는 치이에게 나는 보란 듯이 팔을 열었다.

"뭐, 뭐하는 거예요?"

"보면 모르냐."

"아우우우. 그, 그런다고 제가……."

"팔 아프다. 빨리 와라. 약속했잖아."

"까우우우우!! 오라버니는 파렴치한 거예요!"

그래도 어쩔 수 없는지 조심스럽게 내 쪽으로 다가온다. 나는 언제 어떻게 내 위에 앉을까 고민하는 치이의 골반이 있는 부분을 잡고서 있는 힘껏 끌어당겨 내 위에 앉혔다.

"아우우우?"

어리둥절해하는 사이 이미 내 품에 안겨 버린 치이는 자신의 상황을 이해하고 다시 일어나려고 했지만, 이미 늦었다! 나는 치이의 배 위에 깍지를 낀 지 오래고 바둥대던 새끼 까치는 그 반동에 엉덩이를 더 깊숙이 들이미는 꼴이 되었다.

"아우, 아우우우! 일단 놓아주는 거예요!"

"싫은데."

"오라버니!"

요놈이 안달이 심하네. 치이니까 그런 거고 그게 싫지만은 않지만 그렇다고 가만히 놔둘 내가 아니다. 나는 양반 다리를 풀고 문어처럼 치이의 다리를 옭매었다.

"이러면 도망도 못 치겠지?"

"까우우우! 폐, 페이는 뭘 보기만 하는 거예요? 용서해 줄 테니까 도와주는 거예요!"

계획 성공. 부끄러움이 많은 치이가 이런 상황이 되면 도와줄 사람을 찾을 거라는 내 예상은 멋들어지기 맞아떨어졌다.

하지만.

[……부러워.]

페이의 반응이 이럴 거라고는 상상도 못 했다.

"무, 무, 무슨 말을 하는 건가요?!"

[성훈한테 꼬옥. 치이, 부러워. 나, 안 해 주는데.]

"아우우우!"

페이의 글에 어떻게든 자력으로 탈출하기로 마음먹었는지 치이가 몸을 앞으로 숙였다. 야, 그러지 마라. 네 가슴은 작지

않다고. 엄지가 뿌리째 파고들어 가 느껴지는 뭉클한 감촉은
아주 잠시 동안 치이가 헛된 몸부림을 치는 걸 놔두는 게 좋을
것 같다는 생각을 하도록 만들었지만 나는 철벽같은 이성으로
그 제안을 거절했다. 너무 심하게 놀리면 울지도 모른다고.

"아우! 아우우우!!"

다만 조금 늦게.

"그러지 마라. 가슴 눌린다."

조금 다른 방법으로 거절했다.

"꺄우우우!"

치이가 깜짝 놀라서 허리를 뒤로 젖히는 순간! **인간답지
않은 반사 신경**으로 턱을 들지 않았으면 큰일이 날 뻔했다.
퍽! 치이의 뒤통수가 가슴을 박았는데 이게 억 소리 나게 아
팠거든.

"억……."

"오, 오라버니?"

[괜찮아?]

안 괜찮다. 아야야야, 이거 아프네. 나는 깍지 낀 손과 옭아
맨 다리를 풀어 주었고 치이는 그제야 몸의 자유를 되찾은
뒤, 불안한 안색으로 내 가슴을 어루만지며 말했다.

"괜찮은 거에요?"

"좀 아프긴 한데 괜찮아."

요즘 들어 맷집이 많이 늘었거든. 소꿉친구 만세다. 나는 이
런 사정을 모르지는 않지만 천성이 착해서 안절부절못하는

치이의 머리에 손을 올렸다. 치이는 멍한 표정으로 가만히 있다가, "핫!" 하고는 귀 위 머리카락으로 내 손을 쳐 냈다. 당연히 안 아프다.

"자, 자업자득인 거예요!"

그렇죠. 부정은 못 하겠습니다.

"어쨌든 이제 화 풀렸지?"

"아우우……."

치이는 반달같이 눈을 뜨고서는 입을 삐죽 내밀었다.

"오라버니는 페이의 응석을 너무 많이 받아 주는 거예요."

조금 놀랐다. 그 짧은 사이에 내가 무슨 계획을 짰는지 모두 눈치챈 것 같았으니까. 그렇지 않으면 저런 말은 못 하지.

"너도 잘 받아 주잖아."

"페이는 제 친구인걸요. ……아우우. 이상하게 웃지 마세요."

웃고 있었나? 나도 모르게 웃고 있었나 보다. 치이는 기분 나쁘다는 듯 내게 혀를 보이고서는 지금껏 자기 눈치만 살피고 있던 페이에게 손을 내밀었다.

"손 잡아 주는 거예요."

[응!]

손을 잡아 달라고 했는데 아예 꼭 달라붙는다. 보는 내가 가슴이 따뜻해지는 우정이다.

"이번에는 봐주는 거예요. 집에 돌아가서도 페이가 제 눈치만 살피면 싫으니까요."

[치이, 착한 아이. 좋은 아이.]

잠깐. 지금 가만히 듣고 넘길 수 없는 이야기가 들린 것 같은데?

"잠깐만. 지금 뭐라고 했어? 집에 가다니 무슨 말이야?"

"아우우?"

폐이의 적극적인 애정 공세에 곤란해하면서도 기분 좋아 보이던 치이가 반대쪽에 폐이가 있어서 그런지 한쪽 귀 위 머리카락만 파닥이며 말했다.

"폐이가 말 안 한 건가요?"

뭔가 이상한 이야기는 썼지만 집에 간다는 건 읽어 보지 못했다. 내가 고개를 끄덕이자 치이는 폐이 쪽으로 고개를 돌렸고 몸을 움찔 떤 폐이는 한쪽 머리카락을 빙빙 돌리며 내게 느낌표를 들이댔다.

[말한 거.]

"말한 적 없다."

[글로 썼으니까.]

"글 장난 하지 말고. 집에 간다는 말은 한 적 없잖아? 그리고, 너. 우리 집에 둥지 튼다고 한 지가 며칠이나 지났다고 집에 간다는 거야? 치이, 너도 그래. 내가 시키는 거 다 한다고 약속한지 얼마나 됐다고 집에 가려고 하냐? 아직 못 시킨 게 얼마나 많은데 가긴 어딜 가?"

벌써 떠난다는 말에 든 섭섭한 기분을 숨기려고 쉴 새 없이 말한 뒤, 나는 뭔가 이상하다는 것을 깨달았다. 치이도 폐이도 얼굴을 붉히고 내 쪽을 제대로 보지 못하고 있었으니까.

"아, 아우우……."

[그, 그런 게 아니야.]

이 녀석들은 사람을 갑갑하게 만드는 데 천재인 것 같다.

"뭐가 아닌데? 그러면 설명이라도 제대로 해 봐. 그래야 좀 알아듣지."

조금은 날카로워진 내 말투에도 치이와 페이는 쉽사리 입을 열지 못했다. 아니, 오히려 그래서일까? 치이하고 페이가 떠난다는 말에 나도 모르게 감정이 격해졌나 보다. 나는 숨을 깊게 들이마시고 내쉬며 마음을 가라앉히고 좀 더 나긋나긋하게 물어보려고 했다. 쓸모없어졌지만.

"그, 그게 아닌 거예요, 오라버니."

치이는 두 손을 꼼지락꼼지락거리며 말문을 열었다.

"잠깐 집에 갔다 오는 거예요. 페이가 가지고 올 게 있어서 그런 거니까 그런 말씀하지 마세요. 저는 **평생** 오라버니 곁에서 오라버니께서 말씀하시는 걸 모두 듣고 그대로 할 거란 말이에요. 그게 제가 하늘에 점지여 받은 이름을 걸고 한 약속인걸요."

말을 마친 치이는 더 이상 나를 보기가 힘든지 고개를 푸욱 숙였다. 쉴 새 없이 파닥이는 귀 위 머리카락만이 치이의 못다 한 말을 대신해 주고 있다.

[나도. 둥지 튼다는 거 거짓말 아니야. 나, 이미 너한테 둥지 틀었어. 다른 곳 안 가. 여기 내 집. 네 옆이 내 둥지. 그러니까 옛날 집에 짐 가지러 가는 거야. 오해하면 안 돼. 그런 말

하면 안 돼.]

페이는 글을 모두 쓴 다음 바로 연기로 만들어 자신의 얼굴을 가렸다. 그래 봤자 빙글빙글 돌아가는 머리카락에 금방 사라져서 새빨개진 얼굴이 다시 드러났지만.

치이의 말과 글을 듣고 읽은 다음에야 나는 내가 오해를 했다는 걸 깨달았다.

"아, 그러니까 잠깐 집에 가서 가지고 올 게 있다는 거였어?"

까막까치가 한마음 한뜻이 되어 고개를 끄덕였다. 뭐야, 그런 거였냐. 나는 후우~ 하고 한숨을 쉬었다.

"그런 거면 제대로 이야기를 해 줘라. 난 너희들이 떠나는 줄 알고 깜짝 놀랐잖아."

"페이가 나쁜 거예요."

치이의 선공에 페이가 반격했다.

[치이, 나쁜 아이. 책임 떠넘겨.]

"페이가 오라버니한테 말한다고 했던 거예요."

[⋯⋯우.]

페이는 쓸 글이 없는지 입을 내밀고는 두 손을 스쳐서 어디서 많이 본 스케치북을 꺼냈다. 그걸 본 치이가 순식간에 홍당무가 되었다.

"그, 그건 갑자기 왜 꺼내는 거예요?"

[쓸 글 없으니까 시선 돌리기.]

"그래도 그건⋯⋯."

[에잇!]

페이는 치이가 말리기 전에 과감하게 스케치북을 펼쳐서 내게 보여 주었고 거기에 그려진 것은…….

"꺄우우우우! 보면 안 되는 거예요!!"

펼쳐진 스케치북과 함께 달려드는 치이였다. 그런데 참 이런 이야기 하기가 곤란한데 말이야. 스케치북에 그려져 있는 건 어떤 여자아이의 1:1 비율의 상체 누드거든? 거기 바로 위에 치이의 얼굴이 이어진 상태로 내게 달려드니까 아주 잠시 동안이나마, 치이가 알몸으로 안겨 오는 착각이 들었다. 아주 잠깐. 눈의 착시다. 그것도 치이가 나를 깔아뭉갠 것으로 끝이었지만. 치이 폭탄에 제정신을 못 차리고 있는 사이 치이는 스케치북을 접으며 내 위에서 나왔다.

"아우우! 이상한 거는 오라버니한테 안 보여 주기로 약속한 거잖아요!"

[안 이상해. 치이 예뻐. 예술 작품.]

"그, 그런 문제가 아닌 거예요! 이제는 모델 해 달라고 졸라도 안 해 줄 거예요!"

[콰쾅! 이거 내가 가장 좋아하는 거. 안 돼? 안 해 줄 거야?]

"……아우우. 다시는 이런 짓 안 한다고 약속하면 해 주는 거예요."

[치이, 사랑해.]

저도 좀 신경 써 주시죠. 나는 허리 힘을 이용해 귀신같이 스르륵 일어나 앉아서 턱을 괴며 자신들만의 세계로 빠진 치이와 페이에게 말을 걸었다.

"그런데 집에는 언제 갈 거야?"

폐이의 머리를 쓰다듬어 주고 있던 치이가 대답했다.

"지금인 거예요."

예전에도 그렇고 지금도 그렇고 치이는 행동력이 넘친다.

"그러면 언제 오는데?"

[오늘.]

"가깝냐?"

"저~기 강원도인 거예요."

강원도라. 그렇게 멀지는 않지만……. 아. 이 녀석들은 요괴지. 새로 변해서 직선으로 날아가면 그다지 오래 걸리지 않을 것 같다. 짐이야 요술로 4차원 주머니 같은 곳에 집어넣고 오면 그만인 거고.

"그래? 그러면 잘 갔다 와. 비행기나 헬기 조심하고."

그러면 슬슬 식곤증에서 벗어났을 바둑이와 산책이나 하러 갈까. 저번에 약속한 다음에 지금까지 못 지켰으니까 말이야. 생각만 해도 태평해지는 바둑이의 힘에 빠져 있을 때 조심스러운 치이의 목소리가 들려왔다.

"아우우우, 그래서 말인데요, 오라버니."

"응?"

[같이 가.]

폐이는 단도직입적이었다.

"어딜?"

[옛날 우리 집.]

"내가? 나는 요괴들 사이에서 평판이 안 좋아서 그런 데 가면 큰일 날 것 같은데."

"괜찮은 거예요. 힘이 약한 요괴들만 있어서 다들 랑이 님의 명을 어길 수 없는걸요. 그리고 페이네 집으로 바로 갔다가 올 거니까 아무도 모를 거예요."

[무슨 일 있으면 내가 지켜 줌. 그러니까 같이 가 줘.]

두 녀석이 부탁을 해 오니 거절할 생각도 들지 않았다. 대신 궁금한 점은 생겼다.

"그러면 가긴 가겠는데 내가 가야 하는 이유가 꼭 있어?"

"가, 가 보면 아는 거예요."

[응. 가면 플래그 회수하면서 엔딩나옴.]

대답이 이상하군. 그렇다고 이 녀석들이 날 함정에 빠뜨릴 일도 없으니까 갔다 오기로 하자. 문제가 하나 있지만.

"그런데 어떻게? 내가 같이 가면 차로 가야 하는데 시간이 괜찮을까?"

"오라버니가 축지법을 못 쓰는 건 알고 있는 거예요."

[워프도 못 써.]

잘난 척하는 이 녀석들을 옆구리에 하나씩 끼고 허벅지를 쓰다듬으며 퇴폐적인 왕 놀이가 하고 싶어졌지만 참자.

"그래서?"

허리를 꼿꼿이 세우며 검지를 펴고 잘난 듯 말해도 욱해서 하지 말자.

"다 방법이 있는 거예요."

[포탈 태워 줌.]

무슨 방법이 있는 것 같으니 오가는 방법은 걱정은 하지 않아도 될 것 같다. 오히려 내가 걱정할 건 페이다.

"잘 알겠는데, 페이야. 넌 게임 좀 그만해라. 너 자꾸 그러면 셧 다운제 실행한다?"

[나, 패키지 게임. 그런 거 뿌우~.]

연기로 나팔을 만들어 부는 페이에게 나는 어깨를 으쓱해 줄 수밖에 없었다.

아무 이야기도 안 하고 집을 나갈 수는 없는 일이기에 나는 먼저 나래에게 치이하고 페이와 같이 나갔다 온다는 말을 했다. 나래는 바둑이와 같은 길, 다시 말해 꿈나라로 여행을 떠난 랑이의 꼬리를 만지작거리며 물었다.

"어디?"

"강원도."

"강원도? 거긴 또 왜? 이번에는 사자라도 데려오게?"

나래의 뼈 있는 농담에 나는 실없는 웃음밖에 안 나왔다. 하지만 그것도 나래가 패왕의 눈빛으로 노려보자 싹 들어갔다.

"나 농담한 거 아니거든?"

그러면 그게 농담이 아니면 뭡니까?

"너라면 진짜로 그럴 것 같단 말이야."

"그런 일 없어."

"호오. 그렇게 장담할 수 있는 근거가 있다면 저도 듣고 싶군요."

나왔다, 귀신.

"깜짝이야!"

"으냐앗?!"

세희의 갑작스러운 등장에 아직 익숙해지지 못한 나래가 힘을 주는 바람에 골골골 잘 잠들어 있던 랑이가 깜짝 놀라 전기가 오른 것같이 손발을 쭈욱 펴며 잠에서 깨 버렸다.

"아……. 미안해, 랑이야."

나래는 벌어진 입을 손으로 가리면서 다른 한 손으로는 살짝 눈물이 맺힌 눈가를 닦아 주었다. 일단 랑이는 나래에게 맡기자. 방금 세희가 끔찍한 말을 했으니까.

"야."

이 한 마디에 들어가 있는 속뜻을 일부러 말하지 않아도 될 정도로 세희는 속이 깊다. 너무 깊어서 새까맣다는 게 문제지.

"왜 그러십니까, 도련님. 호랑이, 곰, 까치, 까마귀, 개, 늑대, 구렁이까지 나왔는데 사자라고 나오지 말라는 법이 있습니까?"

"있다."

"그렇다면 용으로 타협하지요."

"그게 어디가 타협이야? 더 심해졌는데!"

환상 속의 동물로 한 단계 업그레이드된 걸 무슨 생각으로 말하면 타협을 봤다는 식으로 말할 수 있는지 모르겠다.

"이미 한 번 나오신 데다가 용호상박이라는 말이 백수의 왕보다 주인님과 더 잘 맞아떨어지지 않습니까?"

그 말이 또 우리 귀엽고 사랑스러운 랑이의 동그란 귀에 들어갔나 보다.

"백수는 뭔지 모르겠지만 왕은 나 혼자뿐이니라!"

"그래, 그래, 랑이야."

그 왕님께서는 나래의 허벅지를 왕좌로 삼고 계신다. 과연 나래는 왕좌다운 품격을 가지고 있다. 나도 언젠가 나래의 무릎 위에 앉고 싶다. 헤, 헤헤헤헤.

"음란한 생각만으로 수억의 자손을 휴지통에 버리실 것 같은 도련님은 무시하는 게 좋겠군요."

"……저질."

"말한 건 세희라고! 왜 날 보면서 말하는데?"

"왜일 것 같아?"

대답하지 못하겠습니다. 집 천장만 바라보고 있자니 랑이가 날 살려 줬다.

"그런데 세희야. 백수가 무엇이느냐?"

"백수란 미래의 도련님같이 하는 일도 없고 할 생각도 없이 집 안에서 방바닥을 친구 삼아 굴러다니는 한심한 놈을 뜻합니다."

"으냐아……. 그런 것의 왕은 하기 싫으니라."

랑이의 귀와 꼬리가 축 처지는 걸 보니 세희의 말을 진짜로 믿은 것 같다. 물론 백수에 그런 뜻이 있는 건 사실이다. 하지만 랑이가 백수라는 단어를 궁금해한 건 백수의 왕이라는 숙어 때문이니까 세희가 일부러 잘못 가르쳐 준 것도 사실이다. 제대로 가르쳐 주자. 그런 생각을 나 혼자 했을 리가 없다.

"너는 왜 애한테 잘못 가르쳐 줘?"

"국어사전 가지고 옵니까?"

"백수에 그런 뜻도 있긴 있지만 지금 랑이가 물어본 건 그게 아니잖아."

"그렇지요. 백수에는 맑은 물, 쌀뜨물, 맑은 마음을 비유하는 뜻으로도 쓰이며 하얀색 머리, 노인, 99세, 허옇게 센 수염이라는 뜻도 있습니다."

국어대백과사전에 있는 내용을 그대로 읽은 듯한 세희에게 랑이는 랑이다운 반응을 보였다.

"너, 너무 어렵느니라. 나 왕 안 하겠느니라."

요괴들은 이런 왕으로 괜찮은 걸까. 냥이가 계속 섭정 노릇하는 게 괜찮을 것 같은데.

"괜찮아, 랑이야. 나도 세희가 말한 거는 다 모르는걸. 그러니까 랑이도 내가 말하는 거만 기억하면 돼."

"이제 머리만 금발로 물들이시면 남자들의 성적 판타지를 충족시키기 충분하시겠군요."

나래는 세희를 째려보는 것으로 대답한 뒤, 자신을 초롱초롱한 눈으로 바라보는 랑이에게 하던 말을 이어 했다.

"아까 말한 백수의 왕이라는 말에서 백수는 많은 동물들, 숫자 백보다 많은 동물들을 뜻하는 거야. 그래서 백수의 왕이라고 하면 많은 동물들 중에서 왕이라는 뜻이고. 그리고……."

랑이가 두 손을 꼬옥 쥐며 들뜬 목소리로 나래의 말을 중간에 잘랐다.

"오! 그렇구나! 그렇다면 그것이야말로 나를 위한 말이 아니겠느냐?!"

나래는 어색한 미소를 지었다. 백수의 왕이라는 건 사자를 뜻하는 다른 말이니까. 하지만 그건 천천히 알아 가도 된다고 생각하는 것 같다. 나도 그렇고 말이야. 다만 세희만은 낮게 혀를 찼다. 저 녀석은 또 왜 저런데? 자기 창귀가 그러든지 말든지 랑이는 완전히 눈 오는 날의 강아지처럼 들떠서 만세를 부르며 기운차게 외쳤다.

"그렇느니라! 나한테 딱 맞는 말이니라! 나는 요괴들의 왕이니까 말이니라!"

그 왕이라는 요괴가 일종의 라이벌이라고 할 수 있는 곰의 일족 예비생에게 머리를 쓰다듬기고 있습니다.

"쓸모없는 짓을 하셨습니다."

약간 가시 돋친 세희의 말에 나래 역시 그대로 응수했다.

"뭐가?"

세희는 대답을 피했다.

"그보다 도련님. 무슨 일로 강원도에 가신다는 겁니까?"

이 녀석이 오늘 뭘 잘못 먹었나 보다.

"그걸 네가 왜 묻냐?"

세희는 슬쩍 입꼬리를 올렸다.

"저야 도련님께서 방 안에서 무슨 짓을 하셨는지까지 모두 알고 있지만 주인님과 나래 님은 아무것도 모르시지 않습니까?"

윽! 순간적으로 나를 보는 나래의 눈빛이 살벌해졌다. 이, 이 귀신 자식! 누굴 죽이려고?!

"아니면 제가 상세하게 말씀을 올립니까?"

"아니! 그럴 필요 없어! 내가 말하면 되니까!"

"너, 또 무슨 짓 했어?"

겉으로는 따사로운 봄날의 햇살 같은 나래의 질문에 내 등 뒤에는 여름의 폭우가 내렸다.

"아, 아무 짓도 안 했습니다!"

"아, 이건 나도 알겠느니라. 지금 성훈이는 거짓말을 하고 있느니라."

"응. 잘 맞췄어, 랑이야."

곰과 호랑이의 연합 전선에 나는 도망칠 곳을 잃은 한 마리의 사슴이 되어 버렸다. 그래도 포기하지 말자. 호랑이 굴에 들어가도 호랑이를 화나게 만들면 산다는 랑이 전용 속담도 있잖아! 사슴에게 날카로운 이빨과 발톱은 없어도 튼튼하고 날쌘 두 다리가 있는 것처럼 나에게도 이 위기에서 탈출할 수 있는 방법이 있을 거다. 그러니까……

"오라버니. 이야기 다 끝난 건가요?"

그렇다! 치이 배리어다! 나는 이쪽으로 다가오는 치이의 어깨를 잡아 급하게 나와 나래 사이에 세워 놓았다. 갑작스레 일을 당한 치이는 귀여운 비명을 질렀다.

"꺄우웅?!"

나래가 치이에게 정신이 팔린 지금이 기회다!

"사정은 치이가 설명해 줄 거니까 난 나갈 준비 좀 하고 올게!"

"잠깐만, 너 어딜 가?"

"무, 무슨 일인 거예요? 나래 언니?"

"윽……. 그러니까……."

역시 상냥한 나래. 당혹스러워하는 치이를 내버려 두고 나를 쫓아오지 못하고 있다. 우하하하! 이것이 약자의 살아가는 방식이다!

"너 좀 있다가 두고 봐!"

……기간 한정인 것 같지만.

"요괴들의 마을에 간다고 들었느니라!"

나는 반쯤 내려간 반바지를 다시 위로 올리고 성큼성큼 걸어가 고개를 이쪽저쪽 기웃거리는 랑이의 귀를 살짝 잡으며 말했다.

"안에 사람이 있으면 노크라도 하고 들어와라."

"으, 으냐아. 누, 누르지 말거라. 꼬집으면 아프느니라."

공포 분위기 형성에 이것만큼 좋은 게 없지. 언제 손에 힘을 줄까 모르는 공포심에 두 손을 꼬옥 쥐고 바들바들 떠는 모습이 불쌍해서 놓아주자 랑이가 안도의 한숨을 내쉬었다.

"휴우~. 아픈 꼴을 당하는 줄 알았느니라."

"네가 들어온다고 말만 하고 들어왔어도 이런 일은 없었다.

다음부터는 확실하게 노크하고 들어와."

"그거보다, 성훈아."

이 녀석, 말 돌렸다. 그걸 알면서도 넘어가 주는 나도 나지만.

"왜?"

"마을에는 왜 가는 것이느냐?"

"치이가 말 안 해 줬냐?"

"네가 간다는 말만 듣고 바로 온 것이니라."

성격 급한 호랑이일세.

"페이가 집에서 가지고 올 게 있다고 해서 나도 같이 가 주는 거야."

"금방 올 것이느냐?"

"오늘 안에 온다."

"휴~."

랑이가 조금은 부푼 가슴을 쓸어 담았다.

"난 또 며칠은 있다가 오는 줄 알았느니라."

나도 며칠이나 너하고 떨어져 있으라면 힘들다.

"그러면 같이 가면 되잖아?"

나름 본심을 숨기며 한 말에 랑이가 고개를 흔들었다. 의외의 반응이라 조금 당황했다.

"그러면 안 되느니라."

"응? 왜?"

"요괴들은 원래 따로따로 살아가느니라."

랑이의 말에 떠오른 것은 아라였다. 아라 같은 사고방식을 가지고 있는 게 보통의 요괴라면 이상할 게 없는 이야기다.

"하지만 너무너무 약해서 혼자 살아갈 수 없는 아해들은 끼리끼리 뭉쳐 작은 마을을 만들어 자신들을 지키며 살고 있기도 하느니라. 그런 곳이 네가 지금 가려는 곳이니라."

"오, 웬일로 네가 똑똑하게 보인다."

"우……."

랑이가 입을 삐죽 내밀며 불만을 말하는 걸 손가락으로 눌러서 제자리로 돌려보냈다.

"그래서?"

"그래서 나같이 똑똑하고 강한 요괴가 가면 다들 겁에 질려서 막 도망치고 난리가 날 것이니라. 그러니까 그런 마을에는 가면 안 된다고 세희에게 배웠느니라."

랑이는 겉으로 보기에는 어리고 귀엽기만 한 여자아이지만 실제 모습은 무시무시한 호랑이 요괴다. 랑이가 그런 마을에 가면 오늘 호랑이님이 점심 식사를 우리로 하려고 했구나~ 같은 반응이 나오겠지.

"그러니까 내가 못 가는 대신 뽀뽀, 뽀뽀해 주거라."

말의 앞뒤가 맞지 않지만 두 팔을 들어 올린 상태로 방방 뛰며 입술을 모아서 쭈욱 내미는 랑이를 보자니 그런 것이 신경을 쓸 생각이 들지 않았다. 나는 랑이의 허리를 안아 들어 랑이의 통통한 볼에 쪽 하고 입을 맞췄다. 그게 랑이에게는 불만인 것 같다.

"응? 볼이 아니니라! 전처럼 이, 입술에다 해 주거라!"

내가 그 후에 얼마나 많은 후회를 했는데 해 주겠냐. 나는 랑이의 입을 다물게 만들기 위해 반대쪽 뺨에도 한 번 더 뽀뽀를 해 준 뒤 말했다.

"왜, 볼에 해 주는 건 싫어?"

"싫은 건 아니지만 입에 쪽 해 주는 게 더 기분 좋으니라."

네가 그 말을 나래 앞에서 하지 않았으면 하는 게 내 소망이다.

랑이와의 간단한 애정 행각을 벌인 뒤 나는 옷을 마저 갈아입고 마루로 나갔다. 나가자마자 느껴지는 나래의 시선이 내 심장을 들었다 놨지만 아마도 그건 내가 지금까지 지은 죄가 많아서 그런 거겠지. 만약 나래가 아까 일을 알고 있었다면 내가 나오자마자 나래의 주먹이 불을 뿜었을 테니까 상황을 봐서는 치이가 잘 이야기해 준 것 같다. 역시 착한 내 동생답다.

"역시 뭔가 있는 것 같은데……."

눈치 빠르기로는 둘째가라면 서러운 나래다. 이 자리에 오래 있어 봤자 내게 좋을 건 하나도 없을 거라는 잔머리가 재빠르게 돌아갔다. 일이 이렇게 된 거 조금이라도 빨리 이 자리를 뜨자. 그게 내 미약한 육체의 안전을 도모하는 길이다. 나는 나래의 혼잣말을 애써 못 들은 척하며 페이와 이야기 중인 치이에게 말을 걸었다.

"준비 다 끝났으면 빨리 가자."

치이의 시선이 그리 곱지 않은 건 치이 배리어의 후유증인가.

"옷 갈아입는 데 시간이 너무 걸린 거예요."

그 이야기는 랑이한테 해 줘라.

[남자, 준비하는 데 시간 오래 걸려.]

"그럴 리가 없는 거예요."

[파일 숨기느라 그래.]

"아우우? 파일이 뭔가요?"

[간단하게 말해서 야한 책. 컴퓨터에 야한 거 있어서 남들한테 안 보여 주려고 비밀번호 건다는 이야기.]

"아우우……. 그러면 오래 걸릴 수 있는 거예요."

나를 죽일 생각인가 보다. 치이와 페이는 고개를 끄덕이며 이상한 공감대를 형성했고 세희는 입꼬리를 올렸으며 랑이는 물음표를 띄우며 세희에게 물어보았고 나래는 이를 갈았다.

"너, 컴퓨터에 이상한 거 있어?"

이상한 거라면 얼마 전 읽은 책에서 나온 야옹이 동영상이라고 일컬어지는 그것을 말하는 건가. 나는 한창때의 청소년. 그런 영상물을 본 적이 없다면 거짓말이겠지만 그건 언제까지나 옛말이다. 랑이가 온 후, 정확히 말하면 나래가 온 이후 꿈과 희망의 동영상이 저장되어 있는 폴더를 깡그리 지워 버렸다고. 혹시라도 설마 그런 일은 없겠지만 나래가 나 몰래 하드를 뒤지다가 그런 것들을 발견하게 되면,

"더러워."

"너 이런 거 봐?"

"변태."

"죽어."

같은 말을 진심으로 할 거라는 생각에 미리 예방책을 쳐 둔 것이다. 그리고 그것은 옳은 판단이었다. 지금 거짓말을 하지 않아도 되니까.

"없는데?"

나래의 눈이 가늘어졌다.

"진짜?"

"응. 궁금하면 찾아봐도 돼."

"흐음……."

당당한 내 반응에 조금은 의심이 풀린 것 같다.

그 때. 나래에게 정신이 팔린 사이에 랑이에게 뭔가 그릇된 지식을 가르쳐 준 듯한 세희가 갑자기 대화에 끼어들었다.

"나래 님. 그거 아십니까? 요즘 세상에는 삭제된 파일을 복구시킬 수 있는 프로그램이 있습니다."

내 삶에 도움이 안 되는 귀신이다.

"그래? 너, 컴퓨터 비번 뭐야?"

방금까지 당당했던 나는 180도 돌변해 순식간에 방충제 맞기 전의 파리처럼 비굴해졌다.

"프, 프라이버시입니다, 나래 님."

"제가 풀어 드리지요. 비밀번호 정도야 눈 깜빡하는 순간에 풀 수 있습니다."

"야!!"

내 영혼의 외침에도 세희는 꿈쩍하지 않고 먼저 내 방으로 들어갔다.

"앗? 나도 궁금하느니라!"

세희를 뒤따라 랑이도 내 방으로 쪼르르 달려갔다. 나는 급히 그 둘을 잡아 내 방에서 끌고 나오려고 움직였지만 그런 내 목덜미를 잡는 사람이 있었다.

"노, 놓아주시죠."

"치이하고 페이가 기다리잖아. 난 찾아보고 있을 테니까 갔다 와."

"어버버버버."

잠깐 나갔다 온 뒤에 일어날 일이 걱정되어서 말도 제대로 못 하는 내게 나래는 상냥한 엄마 미소를 지으며 말했다.

"걱정 마, 성훈아. 남자애들이 그런 거에 관심이 많은 건 알고 있으니까 **몇 개** 정도는 있어도 화 안 낼게."

그건 엄마가 화 안 낼 테니까 사실대로 말하라는 것과 동급의 거짓말로 들리는데. 그렇다고 해서 나래에게 뭔가 반론을 할 수는 없……

"내 기준으로 이상한 거만 없으면 말이야."

반론을 해야겠군.

"이상한 게 뭔데?"

"으, 응?"

나래는 내 말에 살짝 입술을 벌렸다가 다시 다물고는 양 볼을 새빨갛게 물들이며 언성을 높였다.

"그걸 나보고 말하라는 거야?! 이, 이상한 거면 이상한 거지 무슨 말이 그렇게 많아?!"

 내가 뭐라 할 사이도 없이 나래는 성큼성큼 큰 걸음으로 내 방으로 들어갔고 나는 제발 삭제된 영상을 복구시키는 프로그램이 버그에 걸리거나 하드 디스크가 폭발하거나 지구가 멸망하기를 바라기로 했다. 나래가 보기에는 뭐든지 다 이상하게 보일 테니까!

 "아우우우, 안 가는 건가요?"

 [기다리다 하품.]

 "……미안하다."

 이 녀석들은 내가 죽을 위험에 빠진 게 눈에 보이지도 않는지 마이페이스다. 그렇다면 나도 다시 돌아올 때까지 그 일은 잊어버리자.

 "그런데 강원도에는 어떻게 갈 거야?"

 [다 방법이 있음.]

 '후후후, 이 우민 같으니라고' 같은 미소를 짓는 페이를 보자니 뭔가 알 것 같았다. 아니, 사실 그 방법 말고는 없겠지.

 "요술이냐?"

 [어떻게 안 거?!]

 어떻게 알긴.

 "요술이 아니면 뭐겠냐. 그런데 너도 세희가 쓴 요술 같은 거 쓸 수 있냐?"

 남태평양의 무인도나 알 수 없는 산까지 순식간에 날아갈 수 있었던 요술 말이다. 내 질문에 치이는 고개를 끄덕였다.

"오라버니가 보기에는 그거하고 똑같은 거예요."

[하지만 세희 언니처럼 많이는 못 가.]

"그래도 그런 요술을 쓸 수 있는 게 신기하다."

힘이 약해서 어른도 못 되는 이 녀석들이 그런 제대로 된 요술을 쓴다는 건 조금 의외였으니까. 하지만 내 칭찬 같지 않은 칭찬이 치이가 듣기에는 그다지 기분 좋지 않았나 보다. 치이는 입술을 살짝 내밀고 귀 위 머리카락을 파닥이며 말했다.

"대단한 게 아닌 거예요. 까치 요괴하고 까마귀 요괴가 같이 있으면 당연히 쓸 수 있는 건걸요."

"응?"

[종족 특성. 까마귀하고 까치는 이거로 옛날부터 칠석날에 대활약.]

칠석이라는 말에 나는 떠오르는 게 있었다. 견우와 직녀. 그 둘이 일 년에 한 번 만날 때 오작교를 만들어서 도와주는 것이 까치와 까마귀였지?

"오작교하고 관련 있는 거야?"

"아우우? 어떻게 알고 있는 거예요?"

치이는 짐짓 놀랐다는 듯 눈을 동그랗게 뜨고 입을 손으로 가렸지만 귀 위 머리카락이 파닥이지 않는 것을 보아 놀라는 척 날 놀리는 게 틀림없다.

"야, 나도 전래 동화 정도는 읽어 봤다."

[예상 밖.]

페이의 사람 무시하는 시선은 내 가슴 깊은 곳에 잠들어 있는 가학 충동을 가끔씩 일깨우곤 한다. 이 자식도 엉덩이 좀 맞으면 정신을 차릴까.

"그래서, 나도 오작교를 통해서 가는 거야?"

"약간 다른 거예요."

[그건 인간들 이야기. 요술을 그런 식으로 받아들인 거. 유래 설명해 줘?]

"조금 긴 이야기가 될 것 같아서 귀찮지만 말해 주는 게 좋을 것 같아요."

나는 전혀 그렇게 생각하지 않는다. 이대로 가만히 있으면 자신들이 쓸 요술에 대한 긴 해설이 계속될 것 같기에 나는 말을 돌리기로 했다. 난 지금 급하다고. 빨리 안 가면 언제 나래가 방에서 튀어나올지 몰라.

"그건 나중에 하고 지금은 일단 출발하자."

"아우우?! 감동적인 이야기인 거예요!"

"관심 없다."

[관심 없어?!]

나도 시간만 있으면 듣고 싶지만 지금 도화선에 불붙었거든?

"어차피 요술 쓰는데 상관없잖아? 그보다 빨리 가자."

내 절박한 말 한 마디에 까막까치의 표정이 순식간에 뚱해졌다.

[무개념.]

"그러니까 인기 없는 거예요."

[무관심.]

"아우우, 어쩌다가 저런 사람을 오라버니라고 부르게 됐는지 모르겠어요."

야, 솔직히 그건 네가 날 죽이려고 달려들어서 그렇게 된 거잖아.

[지금이라도 안 늦었어.]

"늦은 거예요. 그러니까 페이만이라도 오라버니에게서 도망치는 거예요."

[나, 치이 포기 못 해.]

"잘들 논다."

나는 신파극을 찍을 기세인 두 녀석의 머리에 아프지 않게 꿀밤을 먹였다.

[폭력 반대.]

"알았으니까, 좀 가자고."

"아우우, 가면 되는 거예요."

도대체 누가 먼저 같이 가자고 했는지 모르겠다. 치이와 페이는 뿌루퉁해져서 이쪽으로 다가오더니 내 양옆에 딱 달라붙었다. 어리지만 어리지만은 않은 녀석들이라 느껴지는 감촉에 나는 조금 당황할 수밖에 없었다.

"가, 갑자기 무슨 짓이야?"

"아우우우! 요술을 쓰려면 붙어야 한단 말이에요! 이상한 생각 하면 안 되는 거예요."

[매뉴얼 안 읽고 게임이 어렵다고 하는 바보.]

그건 뭔가 좀 다른 것 같은데.

"그럼 가는 거예요."

[응.]

치이와 페이를 말을 주고받으며 서로의 손을 맞잡았다. 그 순간, 나는 묵직한 현기증을 느끼며 말로 이룰 수 없는 낙하감과 함께 의식을 잃었다.

"오라버니? 오라버니?"

치이의 익숙한 목소리에 정신이 들었다. 아, 잠깐 정신을 잃었구나. 눈만 살짝 떠 보니 뭔가 연기로 써진 글자가 둥둥 떠다니고 있었다.

[기절. 지금이 기회.]

그 글에 치이의 고개가 획 돌아갔다. 내 하반신 쪽으로.

"꺄우우우?! 페, 페이! 뭐하는 거예요?!]

[확인.]

"뭐, 뭘 확인하겠다는 건가요?"

[치이도 관심 있는 거.]

"저, 전……."

[관심 없어?]

"어, 없는 건 아니지만 그래도 이건 아닌 거예요!"

[보기만 하면 됨. 내가 다 할게.]

"꺄우우우!!"

뭔가 가만히 누워 있으면 큰일이 일어날 것 같은 분위기다. 나는 누워 있던 몸을 일으켜 앉았다. 가장 먼저 보인 것은 내 혁대를 잡고 눈을 빛내고 있는 페이와 그 뒤에서 자신의 소중한 친구의 옆에서 두 손으로 얼굴을 가리며, 그럼에도 두 눈은 반짝반짝 빛나고 있는 치이였다.

[어?]

"아우우우우!!"

정신이 든 걸 이제야 눈치챘는지 페이는 혁대를 풀고 있던 상태로 굳어 버렸고 치이는 안절부절못하며 나를 제대로 보지 못했다.

저 지금 무슨 꼴을 당할 뻔했던 겁니까?

나는 일단 아무 말 없이 페이의 손을 내 혁대에서 떼어 놓은 다음 일어나서 뒤돌아선 옷차림을 바르게 했다. 그 모든 것이 끝나고 나서야 나는 가슴 깊은 곳에서 올라오는 한숨을 내쉴 수 있었다.

"하아……."

이런 쪽에 관심이 있을 나이지만 이건 너무하지 않냐. 너희들은 이미 알 것 모를 것 다 알고 있잖아. 차라리 랑이가 낫지. 그 녀석은 아무것도 모르고 있으니까. 그런데 이 녀석들은……. 나는 마음의 안정을 되찾으려 애쓰면서 내게서 거리를 벌리고 아무 일도 없었다는 듯 딴청을 피우고 있는 둘의 귀를 한쪽씩 잡고 잡아당겼다.

[아파!!]

"꺄우우우!!"

"사람이 정신을 잃은 상황에서 무슨 짓을 하려고 했냐, 이

발랑 까진 꼬맹이들아!"

[미안, 아파, 안 할게, 페이 살려!]

"까우우우! 말린 거예요! 전 말린 거예요!!"

머리카락과 함께 양팔을 파닥이는 두 녀석이 불쌍해져서 이 정도로 봐주기로 했다. 내참. 이거 남녀 입장이 바뀌었으면 그대로 구속감이었다고.

"그래서 여긴 어디야?"

페이가 빨개진 귀를 만지작거리며 글을 썼다.

[우리 집.]

"여기가?"

[응.]

나는 잠시 할 말을 잃었다. 조금 전의 그냥 넘어갈 수 없는 소동 때문에 몰랐는데 눈앞에 있는 저택은 그만큼 거대했거든.

"우와……."

페이의 집은 영화 속에서나 있을 법한 거대 저택이었다. 이 녀석이 돈이 많다고 말은 했지만 실감은 안 갔는데 정말 많기는 많은가 보다.

[엣헴.]

옆에서 자기가 저지른 짓은 까맣게 잊고 거만하게 콧대를 세우는 페이가 그럴 만하다는 생각이 들 정도로. 우리 학교 운동장만 한 터에 4층은 돼 보이는 저택이 세워져 있으니까. 이게 도대체 얼마야?

[들어가.]

폐이가 먼저 발을 뗀 후에야 나는 뒤를 따라갈 수 있었다. 몸에 새겨진 가난뱅이 근성 때문일까. 조금 주눅이 드는걸? 그, 그것보다 지금까지 생각도 못 하고 있던 문제가 생각났다. 여기가 폐이의 집이라면 당연히 계실 부모님에 대한 생각이 든 거다. 내가 왜 그걸 지금까지 생각 못 했지? 나는 나와 나란히 걷고 있는 치에게 슬쩍 물어보았다.

"야, 폐이 부모님은 어떤 분이시냐?"

"아우우? 아저씨 아줌마요? 왜요?"

"여기까지 왔는데 인사라도 드려야지."

"여기 안 사시는 거예요."

"……응?"

"진짜로 어른이 된 까마귀 요괴는 힘이 강해져서 이 마을에는 못 사는 거예요."

"그러면 폐이는 왜 여기 사는데? 부모님하고 같이 사는 게 좋잖아? 아니, 그전에 너희 둘은 어떻게 알게 됐냐?"

그 대답은 폐이가 했다.

[아빠가 사업 투자하러 여기 왔다가 만났어. 치이, 좋은 아이. 그래서 나 혼자 남았어.]

폐이는 치이의 손을 꼬옥 잡았다. 치이는 폐이에게 감정이 그대로 드러나는 미소를 지으며 말했다.

"지금도 고마운 거예요. 폐이가 없었으면 정말 힘들었을 거예요."

[괜찮아. 나, 치이 보고 첫눈에 반했는걸.]

"꺄우우우."

또다시 시작한 페이의 무한 치이 사랑에 감정 표현이 익숙하지 못한 치이의 얼굴이 붉게 달아올랐다. 그 모습을 보며 페이는 남 몰래 웃으며 글을 썼다.

[치이는 나 안 사랑해?]

"저, 저도 사랑하는 거예요."

치이의 고백에 페이의 양 볼에도 홍조가 든다. 이야, 지켜보는 내가 부끄러울 지경이군. 저 핑크빛 오오라에는 내가 끼어들 자리가 없어 보인다. 나 혼자만 뚝 떨어진 것 같아서 조금 섭섭할지도 모르겠군. 그런데 그걸 또 페이에게 들킨 것 같다. 페이는 세희 같은 미소를 지으며 내 옆구리를 쿡 찔렀다.

[부러워?]

"안 부럽다. 들어가기나 해."

[부러운 눈치.]

"아니라니까."

뭐라고 더 말하려고 했지만 그것보다 페이가 치이의 손을 놓고 정면에서 안겨 오는 게 빨랐다.

"너도 사랑해."

페이의 진심 어린 목소리를 듣고도 어깨를 잡아 떼어 놓는 건 할 수 없는 일이었다. 그 대신 나는 페이의 머리를 쓰다듬을 수밖에 없었다.

"부끄럽지도 않냐."

[나, 후발 주자. 어필 필요해.]

……이런 어필은 좀 삼가 줘라. 내 이성이 언제까지 버틸지도 모르는 일이니까.

집 안은 상당히 깨끗했다. 전에 폐이가 처음 왔을 때 했던 이야기 때문에 어느 정도 더러울 걸 각오했는데 꽤나 관리가 잘 되어 있는 느낌이다. 나는 신발을 벗어 신발장에 놓고 슬리퍼로 갈아 신으며 그 생각을 그대로 입에 담았다.

"집이 꽤 깨끗하네?"

[치이한테 혼나고 청소부 고용. 하루에 한 번씩 청소해.]

문득 궁금해졌다.

"그 전에는?"

[치이 혼자서 청소.]

나는 아무 말 없이 폐이의 볼을 꼬집어서 쭈욱 늘렸다.

[아파?!]

양 갈래 머리를 빙빙 돌리며 내 손을 쳐 내지만 나는 그만두지 않았다.

"너 인마, 치이한테 너무한 거 아니야?"

"아우우우, 괜찮은 거예요. 대신 품삯을 받은 거예요."

치이가 말리지 않으면 계속 할 생각이었다. 폐이는 평소보다 퉁퉁 부어오른 뺨을 두 손으로 문지르며 글을 썼다.

[좋은 대우. 4대 보험 적용. 혼날 이유 없어.]

"그냥 도와주면 안 되는 거였냐."

[요괴들은 함부로 남 도와주면 안 돼. 자기 몸 하나 못 챙긴

다고 소문나면 소리 없이 꿀꺽.]

무, 무섭구면. 요괴들은 원래 그런 건가? 나는 새삼 내 주위
에 있는 아이들이 정말 착한 아이들이라는 걸 다시 한번 깨달
을 수 있었다.

페이는 나를 자신의 방으로 안내했다. 방 하나가 우리 집 마
루만 한 데다가 보는 눈이 없는 내게도 고급스러워 보이는 옷
장이나 도자기, 침대, 책상, 의자 때문에 기가 눌리는 느낌이
들었다. 큭. 서민이라 서럽다. 나는 탁자 근처에 앉았고 페이
는 그런 내 옆에 앉았지만 치이는 역시 뭔가 달랐다.

"저는 마실 것 좀 가지고 오는 거예요."

[나, 딸기 우유 부탁.]

"있으면 가지고 오는 거예요."

"나는 아무거나 괜찮아."

"오라버니는 주는 대로 먹는 거예요."

기특한 말을 하며 치이가 방을 나서자마자 페이가 내가 보
기에는 뭔가 불안해지는 미소를 지으며 글을 썼다.

[여기 여자 방.]

정확히 말해라. 여자 방이 아니라 여자아이 방이다.

"그래서?"

[처음?]

"아닌데?"

[콰광!]

페이는 연기로 글자를 크게 써서 머리 위에 띄우고는 놀라

워했다. 그게 그렇게 놀랄 일이냐.

[언제?!]

"나래 집에 놀러 갔을 때 들어간 적 있어."

서민적인 감정으로는 도저히 이해 못 할 방이었지. 그래. 이 방처럼. 화장실이나 욕실이 따로 달려 있는 건 지금도 이해를 못 하겠다고. 옛날 생각을 하고 있다 보니 페이의 머리 위에 검은색 연기로 세로줄이 그려져 있는 걸 이제야 알았다.

"왜 그래?"

[……득점 실패.]

"무슨 점순데?"

[호감도.]

너무 침울해진 페이를 가만히 보고 있기도 마음이 불편하다. 어린아이들이 친해지고 싶은 사람이 있을 때는 누구보다 먼저 이것저것 해 주고 싶은 것도 많고 받고 싶은 것도 많다는 건 다 아는 사실. 지금 페이가 느끼는 감정도 그런 비슷한 거일 테니 이해를 못 하는 건 아니다. ……조금 삐뚤어진 것 같기는 하지만 이해해 주자. 그런 의미에서 나는 페이의 볼을 쓰다듬어 주며 말했다.

"그런 게 있으면 이미 100점일 테니까 걱정 마라."

[진짜?!]

400점 만점에. 왜 그래. 내가 그런 게임을 잘 몰라도 호감도라는 게 **어떤 용도**로 쓰이는 것 정도는 알고 있다고.

"내가 거짓말해서 뭐하냐?"

반쯤은 진심인 내 말에 페이는 살짝 얼굴을 붉히고서는 엣헴, 하고 헛기침을 하며 글을 썼다.

[그러면 특별히 구경시켜 줌.]

"뭘?"

[내 방.]

"구경은 지금도 하고 있다."

이야, 도자기가 비싸 보이는군. 장롱은 원목을 쓴 것 같군.

[볼 거 더 많아.]

자신의 말을 증명하듯 페이는 먼저 벽 쪽에 붙어 있는 옷장으로 다가가 문을 벌컥 열었다.

[어때?]

어때고 뭐고. 옷장 안에 들어 있는 건 페이의 옷이었다. 특이한 것은 옷장에 걸려 있는 것이 모두 지금 페이가 입고 있는 옷과 똑같다는 점이다. 이 녀석은 패션 외길 인생인가. 아니면…….

"이편이 애니화되기 편합니다."

왜 지금 그 귀신 놈의 농담이 떠올랐는지 모르겠다. 그런데 난 뭘 이렇게 혼자서 고민하고 있는 거지? 직접 물어보면 될 것 가지고.

"넌 왜 똑같은 옷밖에 없냐?"

내 질문에 페이는 어깨를 움찔거리고서는 시선을 옷장에 못

박아 둔 채 뒤도 안 돌아보고 글을 썼다.

[이거, 좋은 옷. 격식 있는 옷. 비싼 거. 거기다 예뻐.]

옷이 예쁘다는 건 부정 안 하겠는데 내가 보기에는 다 변명 같이 보이는걸? 나는 탁자에 팔을 대고 턱을 괴며 최대한 능글맞은 목소리로 말했다.

"혜~에~."

[지, 진짜!]

다 알겠으니까 맹렬히 돌아가는 머리카락이나 어떻게 해 봐라. 나는 다시 한번 물었다.

"그래서 진짜 이유는 뭐야?"

페이는 뭐라고 글을 쓰려다가 연기를 지우고 고개만 돌려 눈을 내리깔고 다시 글을 썼다.

[……옷 고르기 귀찮아.]

"으이구, 이 녀석아."

[뭐. 불만 있어?]

"그런 걸 뭘 숨기려고 그러냐."

저 옷은 페이에게 정말 잘 어울리니까. 치이한테 한복이 어울리듯이 페이에게는 저 드레스가 어울린다. 아, 그러고 보니 한 가지 궁금한 점이 생겼다.

"그런데 치이도 옷이 한복밖에 없어?"

[응?]

"치이도 만날 그 한복만 입잖아."

어깨가 드러나서 잘못하면 아래로 확 내려갈 것 같은, 내 두 손으로 아래로 확 내려 버리고 싶은 그 한복 말이다.

[치이는 세희 언니가 그거만 입으라고 시켰어.]

"진짜?"

페이는 말없이 고개를 끄덕였다.

[그래서 다른 옷도 있는데 안 입어.]

"……설마 그 이야기 진짜는 아니겠지."

나도 모르게 나온 혼잣말에 페이는 연기로 물음표를 만들며 물었다.

[무슨 말?]

"아니, 아무것도 아니다."

세희의 농담이니까. 나는 페이의 주의를 돌리기로 했다.

"그런데 옆에 있는 옷장도 그 옷만 가득 있는 거야?"

내 말에 페이는 고개를 가로젓고는 글을 썼다.

[여기는 더 대단한 거.]

"뭐기에?"

[짜잔!]

페이는 말 대신 행동으로 보여 줬다. 열려진 옷장 안에 보인 것은 휘황찬란하고 화려한 디자인을 자랑하는…… 속옷이었다. 붉은색, 검은색, 보라색 등 전문 속옷 매장에서나 볼 만한 디자인들이 가득 차 있는 옷장에 나는 한손으로 이마를 짚으며 고개를 숙였다. 무슨 애가 저런 어른들이나 입을 속옷들로 옷장을 가득 채우냐. 얼핏 봤는데 끈으로만 된 것도 있고 구멍이 뚫려 있는 것도 있었다고.

[내 속옷 컬렉션.]

이 황당한 상황에서 나는 있는 힘을 다해 겨우 입을 열었다.

"안 부끄럽냐?"

페이는 당당하게 글을 썼다.

[너, 이미 볼 거 다 본 거.]

그 당당한 모습을 보자니 속에서 다시 한번 가학심이 솟구쳐 올라왔고 나는 그 유혹에 이길 수 없었다.

"알몸은 못 봤다."

[?!]

아이고. 말이라는 건 생각 안 하고 내뱉으라고 있는 게 아닌데 나 지금 뭐라고 말한 거니. 내 성희롱에 가까운, 경찰 아저씨가 있었다면 그대로 감옥행인 변태적 언어 사용에 페이는 귀까지 붉어져서는 글을 썼다.

[그러면 지금 보여 줌.]

신이시여. 제가 잘못했나이다. 페이의 말은 당혹스러웠지만 그렇다고 당황했다는 걸 티 낼 수도 없다. 페이는 그러면 신나서 자기 말을 그대로 실천할 테니까. 나는 안간힘을 써서 시크하게 말했다.

"관둬라."

[왜?]

"다 벗는다고 꼭 야한 게 아니야."

나는 지금 시크하게 무슨 개소리를 지껄이고 있는 걸까. 내 입은 지퍼로 잠그고 바느질을 한 다음 재봉기로 마무리까지 해야 할 것 같다. 내가 자기 비하의 끝에 다다르고 있을 때 페이는 얼굴을 퐁! 붉히고 있었다.

[내 속옷 모습, 불끈불끈해?]

"하, 하겠냐?!"

아무리 그래도 어린애한테 그런 짓을 할 정도로 타락하지는 않았어! 내가 그렇게 되는 날이 인간 강성훈의 마지막 날이 될 거라고!

[진짜?]

"당연하지!"

나는 자신의 이성과 자아를 지키기 위해서 단 한 치의 망설임 없이 소리 질렀다. 그것이 지옥으로 가는 급행 열차였다.

페이는 내 말을 듣고는 너무나 진지한 표정을 지으며 글을 썼다.

[그러면 안 돼.]

뭐가 안 되냐는 말은 목구멍으로 쏙 들어갔다. 그도 그럴 것이 페이가 갑자기 옷을 홀러덩 벗기 시작했으니까! 드, 드레스가 저렇게 쉽게 벗을 수 있는 옷이었나? 아니, 아니다. 잘 보니까 안개로 손을 만들어서 옷을 쉽게 벗……. 난 지금 뭘 유심히 보고 있는 거야?

"야? 너 뭐하냐?!"

하지만 이미 때는 늦어 페이는 검은색 브래지어와 팬티, 그리고 팬티스타킹만을 입고 있었다.

[지금은?]

냉정하게 생각을 해 보자. 지금 내가 불끈불끈거린다고 말하면 그건 내 인간성이 나락으로 떨어지는 대신 페이가 더 이상 이상한 짓을 하지 않을 가능성이 많아진다. 그 반대의 경우는 내 인간성은 지켜지겠지만 페이가 무슨 짓을 저지를지는 모르게 된다. 그렇다면 나는 뭐라고 대답해야 할 것인가? 물어볼 것도 없잖아? 당연히 내 인간성을 지킨 다음에 페이의 외설적 논란이 일어나는 행동을 막으면 되는 거다! 두 마리의 토끼를 동시에 잡는 거야!

"물론 하나도 그런 생각이……."

하지만 페이는 내 말이 끝나기를 기다려 주지도 않았다. 페이의 손에 어디선가 많이 본 부적이 들려 있는 것을 보고 나는 페이를 우습게 보고 있었다는 사실을 깨달았다.

"자, 잠깐!!"

내 말을 들어주는 착한 아이는 랑이밖에 없겠지. 페이는 내 말을 무시하고는 부적을 사용해 그대로 어른의 모습으로 변했다.

"윽!!"

위험해. 위험하다고. 가뜩이나 페이가 성장한 모습은 여러모로 위험한데 지금은 입고 있는 게 속옷밖에 없어서 더 위험하다고! 나는 당황해서 얼굴도 제대로 들지 못한 채 힐끗힐끗 훔쳐보기만 했고 페이는 뭔가 이긴 것 같은, 의기양양한 미소를 지으며 말했다.

"이제는 불끈불끈?"

너무 불끈불끈해서 문제입니다. 하지만 내 입은 거짓을 말했다.

"하, 하나도 안 그러니까 옷을 입든가, 다시 아이로 돌아오든가 해! 빨리!"

결국은 그게 내 무덤을 파게 되는 마지막 한 수라는 것을 나는 왜 몰랐을까.

"……그래?"

페이는 퉁명스러워진 목소리로 말하고서는 몸을 낮췄다. 나는 또 옷이라도 다시 입으려고 하는 줄 알았지만 그건 내 착각이었다. 페이는 그대로 바닥에 네 발로 엎드려서 고개를 들어 요염한 미소를 지으며 매혹적인 눈으로 나를 바라본 것이다! 그 자태가 한 마리의 암표범 같아서 나는 입을 다물 수도 시선을 돌릴 수도 없었다. 이, 이 녀석이 이렇게 매력적이었나? 손발을 번갈아 가며 이쪽으로 한 걸음 한 걸음 다가올 때마다 왼쪽 오른쪽 씰룩이는 엉덩이와 그에 따라 움직이는 얇은 허리. 그리고 무엇보다 브래지어에 감싸져 있다고는 하나 만유인력의 법칙과 작용 반작용의 법칙에 의해, 공부를 못하니 이게 맞는 건지 모르겠지만, 어쨌든 앞뒤로 출렁이는 가슴이! 검은색 브래지어로 가려져 있지만 뭔가 색이 유난히 달라 보이는 곳이 눈에 띄는 그 가슴이!! 내 시선을 놓아주지 않는다! 아악!! 나는 왜 남자로 태어난 건가요?!

페이는 미소를 지었다.

"몸은 정직."

"오, 옷 입어! 아니, 옷 입어 주세요!! 이러다가 누가 보면 어쩌려고 그래? 그래, 랑이! 너 그러다가 랑이한테 들키면 큰 일 난다?!"

"여기 내 구역."

그렇다. 여기에는 나래도 랑이도 세희도 없다.

"그리고 랑이보다 먼저 안 해. 난 그냥……."

말을 하다 말고 폐이가 붉은 혀로 입술을 핥는다. 난 그냥, 그리고 뭔가요. 왜 거기서 입술을 핥으며 입맛을 다시나요. 난 지금 무슨 위험에 봉착되어 있는 걸까요. 누가 날 도와줄 사람은 없는 겁니까?!

"……뭐하는 거예요?"

지성이면 감천이라고 했다! 쟁반을 들고 문을 열고 들어온 황당해하는 치이의 모습이 내게는 하늘에서 굵은 동아줄을 내려 주시는 선녀님처럼 보였다.

"치이야!!"

나는 재빨리 일어나 치이의 뒤로 가서 그 허리를 와락 껴안 았다.

"까우우우?! 오, 오라버니?!"

"동생아! 오빠 좀 살려 줘라! 폐이한테 잡아먹히겠다!"

실제로 그런 일은 없겠지만 치이를 껴안은 내 두 팔은 부들 부들 떨리고 있었다. 폐이가 반 장난으로 저런 짓을 한다는 것은 알고 있다. 내가 건드리지 않으면 아무런 문제가 일어나 지 않는다는 것도. 하지만 그건 어디까지나 이성의 문제고 그

동안의 금욕 생활로 인해 위태로워진 내 본능은 그렇지가 않다고!

"도, 도대체 무슨 일인 거예요?!"

페이는 입을 삐죽 내밀고 그대로 일어나서 아리따운 반나체를 드러내는 것을 부끄러워하지 않으며 말했다.

"잠깐 장난쳤어."

"……어떻게 장난으로 옷을 벗고 장난으로 어른이 되면 오라버니가 이 모양 이 꼴이 되는 건가요?"

치이의 목소리에는 노기가 가득 차 있었다. 페이가 살짝 당황한 눈치다. 치이가 이렇게까지 화낼 거라고는 예상 못 한 눈치다.

"그, 그냥 성훈이 너무 나한테 관심이 없는 것 같아서……."

"그럴 리가 없는 거예요."

치이는 딱 잘라 말했다.

"오라버니는 여자라면 가슴이 크든 작든 나이가 어리든 많든 다 좋아하는 인간쓰레기, 인간 말종, 발정한 수캐, 말 그대로 변태인 거예요."

치이의 악담도 웃으면서 넘길 수 있게 된 내 자신이 슬프다.

"그러니까 걱정 말고 빨리 원래대로 돌아오는 거예요."

"응."

페이가 다시 아이의 모습으로 돌아와서 주섬주섬 옷을 입자 치이가 고개를 돌려 지금까지도 엉겨 붙어 있는 내게 말했다.

"아우우우, 이제 오라버니도 그만 놓아주시는 거예요."

그러고 보니 나 지금 치이에게 완전히 딱 달라붙은 상황이었구나. 이성을 파괴하는 페이의 매혹적인 모습에 내 몸뚱이가 어떻게 움직일지 모른다는 사실에 겁을 먹어서 신경을 쓸 틈이 없었다. 내가 이렇게 껴안았는데 가만히 있는 경우가 드문 치이라 지금 이 순간을 조금 더 즐기고 싶었지만……. 나는 보았다.

순식간에 옷을 입은 페이가 부적을 들고 조심스레 치이에게 다가오는 모습을. 치이는 나에게 온 신경을 집중하고 있는지 페이가 오고 있는 것을 눈치 못 챈 것 같다.

"잠깐, 치이야! 앞!"

"꺄우우? 왜 그런 건가요?"

치이가 의아해하면서 고개를 돌렸지만 너무 늦었다! 페이가 든 부적이 치이에게 닿는 순간! 치이는 찬란한 빛에 휩싸여 몸이 성장했다!

"아우우우?"

그와 동시에 치이의 치마가 뜯겨져 아래로 흘러내린다. 내 눈앞에 보인 것은 분홍과 흰색이 조화를 이루는 줄무늬 팬티였다. 그것뿐이라면 좋았을 것을. 말했지? 내가 지금 치이에게 딱 달라붙어 있다는 거. 아까까지만 해도 난 치이의 허리에 얼굴을 묻고 있었지만 지금은 치이의 몸이 커진 관계로 엉덩이가 허리의 위치로 왔다. 그리고 난 치이의 몸이 순간적으로 변한 이 상황을 제대로 이해하지 못하고 얼굴에 느껴지는 그 감촉에 깜짝 놀라 나도 모르게 볼을 비비고 말았다.

"까우우우우우우우우우우!!"

치이의 엉덩이는 탄력적이었습니다. 눈물이 맺힌 치이에게 뺨을 얻어맞으며 나는 마지막 유언을 이따위로 남겨도 되는 가에 대한 고민을 했다.

잠시 후. 다행히 목뼈가 돌아가지 않은 나는 페이와 함께 무릎을 꿇고 손을 들게 되었다. 뭔가 억울한 느낌이 들었지만 내가 한 짓이 있기에 입 다물고 벌 받기로 했다. 성장한 치이는 조금 무섭거든. 페이가 다시 어린아이의 모습으로 돌아온 것과 다르게 치이는 지금도 몸이 성장한 상태였다. 페이 왈, 부적을 너무 강하게 대서 힘을 모두 흡수했다나, 뭐라나. 그 글을 읽고 나서 엄지를 추켜올렸다가 치이의 발차기에 엄지가 꺾일 뻔했던 건 꽤나 아팠다.

치이는 뜯어진 치마를 어찌어찌 수선해서 다시 입었지만 옷이 작아서 배꼽이 그대로 보이고 치마는 허벅지를 겨우 가리는, 내가 제대로 보기 힘든…….

"무슨 생각 하는 거예요, 오라버니."

날카로운 치이의 목소리에 잡념이 깨끗하게 사라졌다.

"아무것도 아니야."

"조금 전까지만 해도 음흉한 눈빛으로 저를 보고 있던 거예요."

그렇습니다. 죄송합니다.

"어떻게 하면 벌 받는 상황에서도 그럴 수 있는 건가요."

입이 열 개라도 할 말이 없다. 그래서 나는 페이를 발로 툭 건드렸다. 페이가 나를 돌아본 뒤 내 간절한 표정을 보고는 대신 글을 써 줬다.

[치이, 화났어?]

"화난 거예요."

의자에 앉아 팔짱을 끼고 다리를 꼰 치이의 모습은 매력적이긴 했지만 이왕이면 저 모습일 때 제대로 웃는 모습이 보고 싶다. 그때는 그런 모습밖에 못 봤으니까. 그래서 나는 용기를 냈다.

"화났냐?"

내 용기는 세 음절이 한계였다.

"화났다니까요!!"

나와 페이는 치이의 성난 목소리에 깜짝 놀라서 벌을 서고 있다는 것도 잊고 서로를 껴안고 벌벌 떨었다. 뭔가 평소와 상황이 역전된 것 같지만 그만큼 치이는 패기가 넘쳤다.

왜 지금 나는 까치가 새 중에서 꽤나 성격이 험한 새라는 토막 상식이 떠오른 거지.

[치이, 무서워.]

"나도 무섭다."

"아우우우!!"

"히이이익!!"

[히이이익!!]

호랑이와 곰과 귀신이 없는 곳에서는 이제부터 까치가 왕입니다. 치이는 평소와는 다른 아우우우를 말하고는 두려움에 떨고 있는 나와 페이를 보고는 깊은 한숨을 내쉬었다.

"후우……. 된 거예요. 이번에는 봐주는 거예요."

"진짜?"

[정말?]

"그러니까 그만 좀 떨어지는 거예요!!"

나와 페이는 순식간에 좌우로 멀리 떨어졌다.

"페이는 이제 저하고 짐 싸는 거예요. 아까 오작술을 썼으니까 빨리 끝내고 좀 자둬야 하니까요."

[응!]

페이가 슬쩍 일어나자 나도 슬쩍 치이에게 말을 걸었다.

"오작술이라는 게 뭐야?"

"아까 쓴 요술 이름인 거예요."

오작. 까마귀와 까치를 뜻하는 거니까 까막까치 요술이라고 생각하면 되려나.

"그 요술을 쓰면 자야 하냐?"

"오작술을 쓰면 피곤해져서 집에 돌아갈 때도 쓰려면 자둬야 하는 거예요. 아우우우, 그러니까 이야기를 들었으면 됐던 거잖아요."

그것 참 미안하다.

"그러면 먼저 잠 한 숨 자고 짐 싸지?"

내 말에 페이가 관심이 있다는 듯이 눈을 반짝이며 치이를 봤지만 내 여동생이 어떤 여동생인가.

"할 일부터 하는 거예요."

치이의 양 갈래 머리카락이 추욱 늘어졌다. 겉으로는 안 그래도 좀 피곤한가 보구나. 나도 치이와 페이를 좀 도와줘야 할 것 같다.

"내가 뭐 도와줄 일 없어?"

"오라버니는 쓸모없으니까 그냥 쉬고 있는 거예요."

분명히 나를 생각해 줘서 한 말인데 왜 이렇게 슬플까. 그래도 허락이 떨어졌겠다, 나는 바닥에서 일어나서 침대에 앉았다. 의자에 앉지 않은 건 페이가 책상에서 공책이나 필기도구 같은 걸 챙기고 있어서 그런 거지 다른 뜻이 있는 건 아니다. 그런데 침대가 꽤나 푹신한걸?

"침대가 은근히 좋네. 푹신푹신하고."

[하나 사.]

짐을 꾸리던 페이가 상당히 부르주아적인 반응을 보였다.

"돈 없다."

[내가 사?]

"집에 안 들어가."

[집을 사.]

"페이."

그 때. 말로는 표현 못 할 치이의 시선과 스산한 목소리에 페이가 전기가 온 듯 몸을 부르르 떤 다음에 다시 자기 일에 집중했다.

[열심열심.]

어느 정도 농담을 건넬 여유를 되찾은 나는 치이에게 말을 걸었다.

"군기 반장 같아."

"오라버니는 할 일 없으면 잠이나 자는 거예요."

본전도 못 찾았다. 그렇게 아까 일이 마음에 남은 건가. ……하긴. 치이 입장에서는 그럴 만하지. 자기 엉덩이에 얼굴을 문지른 놈을 살려 둔 것만으로도 감사해야 할 일인 것이다. 그런 생각이 들자 미안한 마음이 다시 한번 고개를 들었다.

"그래도 좀 도와주고 싶은데."

"지금은 가만히 있는 게 도와주는 거예요."

……나 여기 왜 왔을까. 나는 치이의 말을 따르기로 했다. 나는 침대에 누워서 이것저것 챙기는 두 녀석을 지켜보다가, 살랑살랑 보이는 치이의 허벅지는 참으로 예쁘다는 생각을 하다가 잠에 빠져들고 말았다.

뭔가 양옆에 따뜻한 게 엉겨 붙는 느낌에 잠에서 깨 버렸다. 눈을 떠 보니 창문으로 비치는 햇빛이 주황빛이었다. 석양이 지고 있네. 아고, 너무 많이 잤나. 왠지 모르게 둔한 머리를 흔들며 몸을 일으키다, 나는 내 잠을 깨운 게 무엇인지 알 수 있었다. 치이와 폐이. 부적의 약효가 다 됐는지 아이가 된 치이는 내 오른쪽을, 폐이는 내 왼쪽을 각각 차지하고 쿨~ 하고 잠들어 있다. 어디까지나 내 예상이지만 가지고 갈 짐을 다 챙기고 조금 피곤해서 쉬려고 하다가 그대로 곯아떨어진

게 아닐까. 그대로 좀 더 재우고는 싶지만 이미 시간이 시간
이고 배도 고프다. 슬슬 집에 돌아가야지. 나는 치이의 어깨
를 흔들어 깨우며 말했다.

"치이야. 야. 그만 일어나."

"아우우……."

잠에 덜 깬 목소리로 잠꼬대 같은 말을 하고서는 더 이상 아
무런 반응도 보이지 않는다.

"야, 일어나. 늦었다."

한 번 더 흔들자 이제야 조금 잠에서 깬 듯 졸린 눈을 깜빡
이며 나를 올려다보고는 다시 눈을 감았다.

"……졸린 거예요. 오라버니 품에서 더 자는 거예요."

입가에 배시시 미소를 지으며 내 허리가 껴안고 자는 베개
라도 되는 줄 알고 꽈악 끌어안는다. 치이의 포근한 느낌에
이대로 놔두고 싶은 마음이 굴뚝같았지만 그것도 안 될 일이
다. 이러다가 늦으면 나래하고 랑이가 걱정할 게 뻔하다.

"치이야. 집에 가서 자자. 늦었어."

"……오라버니?"

이제야 잠에서 좀 깼는지 날 올려다보는 치이의 눈동자에
생기가 돌아왔다. 나는 치이의 볼을 쓰다듬어 주며 말했다.

"그래. 잘 잤어?"

그 말이 잠에서 완전히 깨는 열쇠라도 되는지 치이는 몸을
붕 띄우고서는 잽싸게 뒤로 샤샤삭 물러나며 귀 위 머리카락
을 파닥였다.

"꺄우우우?! 자 버린 거예요!"

말 안 해도 알고 있다. 널 깨운 게 누구라고 생각하는 거야.

"집에 갈 준비해. 애들 기다린다."

"아우, 아우우우우!!"

지금 내 말을 들을 상황이 아닌 것 같다. 뭐가 그렇게 당혹스러운지 얼굴을 새빨갛게 물들이고 머리를 이리저리 흔들며 패닉 상태에 빠진 치이는 자기 혼자서 안정을 되찾을 때까지 내버려 두자. 페이도 깨워야 하니까.

"페이야, 너도……."

나는 말을 하다 말고 입을 다물었다. 페이가 갑자기 팔을 들어 내 목을 끌어안고 볼을 비볐거든.

[더 잘래.]

자기는 졸린 척한다고 한 것 같지만 평소와 다를 게 없는 또렷한 글씨를 보니 이 녀석, 이미 깨어 있었던 것 같다.

"깼으면 일어나, 인마."

페이가 눈을 번쩍 떴다.

[안 통해?]

랑이로 단련된 나를 너무 우습게 보지 마라.

"안 통한다. 일어나."

[우…….]

뭔가 불만스러워하는 페이를 놔두고 먼저 욕실로 들어가 세수를 마치고 나오자 연이어 치이와 페이가 내 뒤를 이어 들어갔다 나왔다. 자고 일어났으니 세수는 해야지.

"그럼 가자."

"아우우우. 그전에 오라버니하고 가고 싶은 곳이 있는 거예요."

치이의 말에 나는 잊고 있던 사실을 기억해 냈다. 분명히 이 녀석들이 여기에 올 때 나를 데려온 이유가 있었다고 했지. 이게 그거인가 보다. 시간은 좀 늦었지만 이제 와서 안 된다고 하는 것도 좀 그래서 나는 고개를 끄덕였다.

"어딘데?"

그렇게 나는 페이의 집 뒤쪽에 있는 작은 동산에 올라가게 되었다. 그리 높은 곳도 아니고 날씨도 선선해져서 쉽사리 오를 수 있었다. 한 10분 정도 산을 타자 앞서 가던 치이와 페이가 걸음을 멈췄다.

"여기인 거예요."

그곳은 어디서 본 적 있는 기억이 있는 작은 공터였다. 나무에 둘러싸인 놀기 좋아 보이는 작은 공터. 그 구석에는 이런 곳에 있을 것 같지 않은 돌로 만든 세월의 흔적이 느껴지는 작은 비밀 기지가 있었다. 요괴들은 노는 스케일이 다르군. 우리는 나무판자나 박스로 만들었는데.

"여긴 뭐야?"

내 질문에 치이가 대답했다.

"그 일이 있기 전에 저하고 페이하고 친구들이 모여 놀던 비밀 기지인 거예요."

아……. 그렇구나. 기억났다. 페이가 그림으로 그려 줬던 곳이구나. 여기가 아이들과 같이 놀던 곳이었나. 나도 어렸을 때 사촌 동생하고 같이 놀 때 이런 곳이 있었지. 하지만 나와 이 아이들은 다를 것이다. 나에게 그건 즐거운 추억으로 남아 있지만 치이와 페이에게는, 특히 페이에게 이곳은 가슴 아픈 기억을 떠올리게 만드는 곳이니까. 그래서 페이의 표정이 조금 안 좋아 보이는 것 같았다. 나는 아무 말 없이 페이의 어깨에 손을 올리고 내 쪽으로 끌어안았다. 내 마음이 전해져서였을까?

"괜찮아."

페이는 **말했다.**

"이제는 괜찮아. 아픈 일도 있었지만 여기서 놀던 때는 즐거웠어. 그건 사실."

먼 옛날을 그리워하는 목소리에 나는 아주 약간 걱정이 되었지만 페이는 그런 내 우려를 말끔히 씻어 주었다.

"그렇다고 지금이 싫다는 건 아니야. 난 지금도 좋아. 네가 있고 치이가 있고 랑이가 있고 나래 언니가 곁에 있어 주는 지금도 좋아. ……세희 언니는 무서워."

페이는 혀를 살짝 내밀었다.

"하지만 옛날에 놀았던 것도 즐거웠어. 응. 좋았어. 그러니까 여기서 다시 시작하고 싶어서 널 불렀어."

페이는 내 품에서 벗어나서 나를 똑바로 바라보며 말했다.

"네 이야기 들었어. 그래서 나도 일어나서 걷고 싶어졌어. 너하고 같이 걷고 싶어졌어."

그때. 페이가 세희와 나누었던 이야기는 그거였나. 그 자식, 그게 뭘 남한테 알려 줄 일이라고 말한 거야?

"너하고 치이가 가장 친한 내 친구. 너희들하고 같이 나아가고 싶어. 조금씩이라도 앞으로 가고 싶어."

"너……."

페이는 고개를 흔들었다.

"그런 거 아니야. 걱정 뚝."

왜 내가 어린애 취급을 받아야 하는 걸까. 그럼에도 기분이 나쁘지 않은 건 또 왜일까.

"이건 내 선택. 랑이가 널 사랑하는 게 랑이의 선택인 것같이, 네가 랑이를 사랑하는 게 네 선택인 것같이, 치이가 널 사랑하는 게 치이의 마음인 것같이, 너희들하고 같이 걷고 싶은 게 내 마음. 그러니까 말리면 화낼 거야."

페이는 지금까지 본 적 없는 환한 미소를, 그 어느 때보다 빛나는 미소를 지으며 글을 썼다. 말했다.

[하늘에 점지여 받은 이름 현아.]

"받아줘, 성훈아."

"응."

나는 생각할 것도 없이 대답했다. 페이는 볼을 붉혔고 나는 그런 페이가 기특하고 예뻐서 꼬옥 끌어안아 주었다.

"계속, 계속 옆에 있어 줄게."

페이는 아무 말도 하지 않았다. 그 대신이라고 할까.

"아우우우. 오라버니는 정말 바람둥이인 거예요."

옆에서 치이가 퉁명스러운 목소리로 말도 안 되는 음해를 했다. 이 녀석 보소. 나는 이왕 오해를 산 김에 조금 더 오해를 사기로 했다.

"너도 이리 와."

"까우우우?!"

"치이, 빨리. 나, 치이도 필요해."

나와 페이가 손을 흔들자 치이는 얼굴을 붉히고 귀 위 머리카락을 파닥이며 발을 동동 굴린 후, 어쩔 수 없다는 듯 나와 페이에게 다가왔다. 그 마지막 한 걸음을 딛기 전에 나와 페이는 치이를 끌어당겨 꼬옥 안아 주었다.

"아우우우……."

부끄러워하면서도 치이는 도망치지 않았다.

"음? 치이와 페이에게서 성훈의 냄새가 나느니라! 특히 페이에게 짙게 나는데 무슨 일이 있었던 것이느냐?!"

여담으로 집에 온 다음에 내가 제일 먼저 한 것은 위험한 말을 한 랑이의 입을 틀어막는 일이었다.

"읍! 우웁?!"

랑이는 진실을 알리고자 하는 저널리스트처럼 바둥댔지만 언론 탄압이 판을 치는 세상에 호랑이 입 하나 막는 일은 쉬운 일이다.

"성훈아."

사람 입 막는 건 더 쉬운 일이지.

"복구된 동영상 파일이 350GB, 사진이 29GB, 소설이 50MB라니. 도련님. 도대체 무슨 생활을 하셨던 겁니까."

다, 다들 그 정도는 있지 않습니까아아악!!

끝마치는 이야기

나는 주말을 맞이하여 평소보다 늦게 일어나 평소보다 늦은 아침을 먹고 평소에는 할 수 없는 말을 했다.

"바둑아, 산책 가자."

냥이의 요술에 인해 바둑이가 약해졌을 때 한 약속을 이제야 지키기로 한 것이다. 강아지 모습으로 내게 달려들어 볼을 핥던 바둑이는 얼마나 기쁜지, 펑! 하고 인간의 모습으로 변했다.

"정말이에요, 도련님?"

그래. 그러니까 혀 집어넣어라. 인간의 모습으로 변해서 사람의 볼을 핥지 마. 그런데 개목걸이는 왜 지금도 하고 있냐?! 그 모든 말을 난 한 단어로 압축했다.

"응."

어쩔 수 없습니다. 상대가 바둑이니까. 바둑이가 꼬리를 흔들며 기뻐하는 모습은 내가 다른 말을 할 수 있게 만들지 않았다.

"언제요? 언제 가요?"

지금이라도 목줄을 내게 건네줄 기세인 바둑이의 머리를 쓰다듬어 주자니 이대로 나가도 될 것 같다는 생각이 들었지만 나는 생각을 바로잡았다. 안 돼. 이대로 나가면 전에 있었던 일의 반복이다. 왜, 바둑이를 데리고 마을에 책을 사러 갔던 일 있잖아. ……응? 잠깐만. 내가 그런 적이 있었나? 바둑이하고 같이 마을에 간 기억은 없는데? 꿈이라도 꾼 건가?

"왜 그러세요, 도련님?"

뭔가 이상한 기분에 휩싸여 있던 것도 잠시. 바둑이의 순박한 눈망울과 쉴 새 없이 흔들리는 꼬리에 그런 건 아무 상관도 없다는 생각이 들었다. 그래. 꿈이라도 꾼 거겠지.

"아니, 아무것도 아니야."

그렇지만 그 꿈은 내게 아주 중요한 정보를 준 것 같다.

"그런데 바둑아."

"예, 도련님!"

기운 찬 녀석이라 나도 모르게 꼬리를 만지고 말았다.

"헤헤헤헤."

아차, 이게 아니지. 이러다가는 산책을 나가기도 전에 하루가 끝나겠다. 정신 차리자.

"너, 혹시 꼬리나 귀를 숨기는 요술, 쓸 줄 알아?"

"그런 거 몰라요!"

너무나 당연하다는 듯 해맑게 웃으며 대답하는 바둑이를 보며 나는 실망하지 않았다. 왠지 그럴 것 같았거든.

"그러면 잠깐만 기다리고 있어."

"예! 바둑이는 여기서 꼼짝 않고 기다리고 있을게요!"

그 모습이 기특해서 머리를 쓰다듬어 주고 말았다. 그 부드러움에 비할 것이 랑이의 뱃살밖에 없을 것 같은 감촉에 잠시 정신을 놓고 말았더니 10분이라는 시간이 이미 흘러가 있었다. 무섭다, 바둑이.

집 안으로 들어온 나는 가장 먼저 세희를 찾았다. 아니, 찾을 것도 없지. 마루에서 커다란 헤드셋을 끼고 게임을 하고 있었으니까. 그 옆에서 신기한 듯 페이가 지켜보고 있는 것도 이제는 일상 풍경이다. 내 일상이 많이 망가졌군.

[무슨 일?]

"세희한테 할 말 있어서."

그 말과 동시에 세희가 헤드셋을 벗어 목에 걸었다. 한복에 헤드셋이라니. 안 어울린다.

"거울은 화장실에 있습니다. 자기 모습부터 보시죠."

"내 옷차림이 뭐가 어때서."

[구림.]

"드레스 입고 다니는 너보다는 날 거다."

페이가 느낌표를 양손에 드는 동시에 나는 두 손을 들었다.

[나 사랑하면 이거 안 맞아.]

"난 모험을 하고 싶지는 않다."

[일주일 시간 줌.]

"무리야."

그건 나만이 아니라 너도 마음의 준비가 필요하다고.

잠깐 페이와 농담을 주고받는 사이에 세희가 헤드셋을 다시 끼려고 하기에 나는 잽싸게 말했다.

"그런데 말이다, 세희야."

"용건은 짧고 간단히 하는 것이 좋습니다."

아쉬운 건 나니까 이번에는 세희의 말에 따르자.

"바둑이하고 산책 나가려는데 귀하고 꼬리를 안 보이게 하는 요술 좀 써 주면 안 되냐? 너라면 그런 요술도 알 것 같은데."

세희는 뭔가 마음에 안 드는지 안색을 찌푸렸다.

"귀와 꼬리가 없는 개라니. 그 편이 사람의 이목을 더욱 끌 거라는 것도 생각 못 하십니까?"

이번에는 내가 쓸 차례군.

"누가 개 모습으로 나간다고 했냐? 당연히 인간 모습으로 나가야지."

"어린 소녀에게 목걸이를 채우고 대낮부터 길거리를 활보하겠다는 도련님의 말씀을 들으니, 제가 모실 주인님은 역시 이곳에 계시다는 것을 다시 한번 깨달았습니다. 시가라도 한 대 피우시겠습니까?"

이 자식 보소.

[그런 거 좋아해? 해 줘?]

"하지 마!"

눈을 반짝이는 페이의 머리에 가볍게 손을 얹으며 세희에게 말했다.

"개목걸이 같은 건 당연히 안 할 거다."

"배……."

"배변 봉투 같은 것도 안 가지고 간다."

세희는 살짝 입을 벌리며 놀라는 척을 했다.

"꿈에서라도 보셨습니까? 어떻게 제가 할 말을 아셨습니까?"

"내가 알 게 뭐야. 그것보다 말 돌리지 마."

"단물만 빨아먹는 인간쓰레기가 되어 가시는 걸 보니 제가 참 기쁩니다."

[나도 쪽쪽 빨리고 있어.]

"페이 님. 그건 첩으로서 어쩔 수 없는 겁니다."

[하지만 나도 빨아먹는 거.]

"비릿해서 그리 먹을 것은 못 된다고 합니다."

이런 게 시너지 효과라는 건가. 원래 그런 쪽에 정통해 있는 세희와 자기 입으로 말한 후발 주자라는 명목을 통해 거침없는 질주를 하고 있는 페이가 동시에 있으니 머리가 아프다. 제발. 부디 랑이가 이 녀석들에게 안 좋은 영향을 받지 않기를 빈다.

"이상한 소리 하지 말고. 게임 계속 하고 싶으면 빨리 대답해 주는 게 낫지 않아?"

세희는 대답 대신 발가락으로 컴퓨터의 전원 버튼을 눌러 버렸다. 자동 종료되는 컴퓨터를 보고 놀라고 있는 나를 세희는 비웃었다.

"제가 게임 중독자라는 생각이라도 하고 계십니까? 사고방식이 특정 정부 부처와 다를 게 없군요. 제 성격이 이런 것도 게임 탓이라고 한 번 해 보시죠."

"그런 생각은 안 했는데."

머쓱해진 내게 세희는 입꼬리를 올리며 말했다.

"그래서 바둑이와 산책을 가고 싶은데 강아지 모습으로 나가기는 싫고 인간의 모습으로 자신은 이런 귀여운 여자아이와 같이 다닐 수 있는 인생의 승리자라는 것을 세상의 모든 이들에게 자랑하고 싶어 하시는 도련님."

도련님이라는 말 앞에 붙어 있는 건 전부 무시해도 좋다.

"왜."

"물론 척척박사 같은 저는 바둑이의 귀와 꼬리를 감출 수 있는 요술을 쓸 수 있습니다."

역시나 세희. 못 하는 게 없구나.

"하지만."

난 세희가 저 말을 할 때가 가장 무섭다. 자매품으로 그러나도 있지.

"문제가 있습니다."

"무슨 문제?"

"비록 반쪽이라 하지만 바둑이는 풍산개의 피를 이어받았습니다."

예전에 들어서 알고 있다. 나머지 반쪽은 동네 똥개라는 것도.

"그래서?"

"풍산개는 호랑이를 잡는 개라고도 널리 알려져 있지요. 그리고 저는 귀신이라 하지만 주인님께 속해 있습니다. ……도련님. 제가 지금 하는 말을 이해하시기에는 도련님의 지적 수준이 많이 떨어지시겠지만 그래도 주인님의 지아비 되실 분으로서 그런 얼빠진 표정은 그만둬 주시죠."

"내가 뭐?"

[이런 표정.]

페이가 잽싸게 연기로 허공에 내 얼굴을 그렸다. 멍청해 보이는, 그야말로 얼빠진 얼굴의 표본이라고 할 수 있는 내가 있었다. 나는 손으로 그림을 연기로 만들고 페이의 목에 팔을 둘러 다시는 그런 짓을 하지 못하게 사전 예비를 했다. 페이는 그런 내 손목을 자신의 손으로 잡았다.

"그래서 그게 무슨 상관인데?"

"일종의 상극이란 말입니다. 불과 물이라 할 수 있죠. 평범한 요괴라면 그리 힘들지 않겠지만 바둑이는 요괴 중에서 힘이 강한 편입니다."

"아, 대충 알겠다. 그러니까 그런 요술은 못 쓴다는 거잖아."

자신만만하게 내놓은 결론에 세희는 한숨을 쉬었다.

"불과 몇 십 초 전에 할 수 있다고 한 제 말을 잊어버리시는 도련님께서는 붕어와 좋은 친구가 되실 수 있을 겁니다."

죄송합니다.

"그러면 뭔데?"

"요술을 걸 수는 있지만 일정 시간이 지나면 풀려 버린다는 말입니다."

간단한 결론이었다.

"그 말 한 마디 하려고 설명을 그렇게 많이 한 거야?"

"도련님께 바둑이에 대한 기본적인 상식이 없는 것 같아 이 기회에 말씀드린 겁니다."

바둑이가 바둑이면 됐지 무슨 설명이 더 필요하냐.

"그러면 네 요술이 얼마나 계속되는데?"

간단한 산책이니까 대충 두 시간 정도만 계속돼도 충분할 거라는 생각에 한 질문에 세희는 주먹을 쥔 상태로 검지를 드는 것으로 대답했다.

"하루?"

"바둑이를 너무 얕보시는군요."

"1분?"

"제 손에 바둑이가 복날의 개 신세가 되는 꼴을 진정 보고 싶으십니까?"

하지 마! 이 악마 같은 자식! 바둑이에게 무슨 짓을 하려는 거냐? 너는 피도 눈물도 없냐?!

"그러면 한 시간?"

"도련님. 나중에 시험을 보실 때 모르는 문제가 있더라도 절대로 답을……. 아니, 아닙니다. 모두 모르는 문제일 텐데 제가 무슨 소리를. 죄송합니다, 도련님. 답을 찍으실 때는 모두 3번을 찍으시지요. 그 편이 점수가 높게 나올 겁니다."

내가 공부를 못하는 것도 사실이고 모르는 문제를 찍어서 잘 맞는 경우도 드물지만 그 정도는 아니다.

"그러면 10분이냐?"

"예."

10분이라. 너무 짧은 시간이다. 이렇게 된 거 꼬리와 귀를 숨기지 않고 다녀 볼까. 하지만 그런 생각은 순식간에 사라졌다. 랑이와 같이 장 보러 갔을 때 주위의 시선은 정말 대단했었다. 그런데 바둑이가 귀와 꼬리를 내놓고 길거리를 돌아다니면 어떤 꼴이 일어날지 무섭다. 사람들의 시선이 집중되는 것도 모자라 자기도 모르게 머리를 쓰다듬어 주려다가 난장판이 벌어지지 않을까? 그러면 어쩔 수 없지.

"그래서 제가 도와드리겠습니다."

나는 깜짝 놀랐다. 깜짝 놀라는 바람에 페이의 목에 두른 팔에 힘을 꽉 줄 정도로. 거기서 나는 두 번째로 놀랐다.

"아앙!"

도대체 왜인지는 몰라도 내 손바닥을 타고 뭉클한 감촉이 타고 올라왔으니까! 나는 재빨리 손을 펴고 도대체 일이 왜 이렇게 됐나 알아보기 위해 고개를 숙여 봤다. 페이가 잡고 있는 팔만 이상하게 아래로 내려가 있었다. ……내가 모르는 사이에 조금씩 팔을 아래로 내린 거냐?! 어쩐지 아까부터 너무 조용히 있다 했더니 이런 함정을 준비하고 있었구나!

"뭘 하는 거야?!"

[너 몰래 위치 변경.]

"하지 마!"

[기분 좋았어?]

아, 물론 손 안에 들어온 페이의 가슴은 그 감촉이 아니라!

"이상한 장난 치지 말라고."

나는 페이의 관자놀이에 주먹을 대고 일정한 리듬감을 살려 꾸욱꾸욱 힘을 주며 눌렀다.

[아, 아파!]

양 갈래 머리를 빙빙 돌리며 페이가 아파하는 사이에도 세희는 이 정도의 소동은 신경 쓰지 않는다는 듯 이야기를 진행해 나갔다.

"그러니 나갈 준비를 하시지요."

페이의 장난 같지 않은 장난에 잠시 정신이 팔렸지만 세희의 제안은 놀랄 만한 일이었다. 집에 틀어박혀서 게임, 만화 영화, 만화 책, 인터넷에 전념하기가 페이보다 심한 녀석이 자기 발로 밖에 나간다고 하다니! 이만큼 놀라운 일이 어디 있겠냐?!

"그 표정만으로 도련님께서 저를 어떻게 생각하시는지 알겠습니다. 하지만 도련님. 제가 집안의 모든 일을 도맡아 하는 것을 알고 계시지 않습니까?"

"아, 미안."

"그리고 페이 님이 울겠습니다."

어? 신경을 못 쓰고 있었는데 페이는 아까부터 계속 아프다는 글자를 쓰고 있었다. 아차. 나는 급히 주먹을 떼고 페이를 놓아주었다. 페이는 후다닥 내게서 멀어지더니 눈물이 글썽한 눈으로 나를 노려보며 글을 썼다.

[나쁜 놈! 악마! 아프다고 했는데 안 그만뒀어!]

"……미안."

[벌! 벌 받아야 해!]

페이는 치마를 살짝 손으로 누르고서는 발을 들어 올렸다……가 얼굴이 새빨개져서는 다시 내렸다.

[다, 다른 벌.]

어떻게 되었건 그때 내가 한 행동은 그 효과가 있었던 것 같다.

"어떤 거?"

[나가서 들어올 때 딸기 우유 1.5L 사 와.]

……그런 우유는 팔지 않는다.

페이와 딸기 우유에 슈크림 빵과 초코 소라 빵을 사다 주는 것으로 합의를 하고 나갈 준비를 끝냈다. 거기에는 나래와 랑이에게 바둑이와 산책을 나간다는 말을 전하는 것도 있었다. 랑이는 내 말에 귀를 쫑긋거리고는 같이 가자고 말했지만, 우리 집에는 호랑이를 너무도 쉽게 잡는 분이 계셨다.

"어딜 가려고 그래? 오늘 공부할 거 아직 안 끝났잖아?"

유치원생용 교재를 든 나래에게 제지당하고 말았습니다.

"으냐아~ 그, 그러면 조금이라도 기다려 주거라아아~."

호박색 눈동자에 눈물이 맺힌 랑이가 불쌍해 보여서 기다려
주고 싶었지만 나는 결국 재빨리 도망치는 것을 선택했다. 나
래의 칼끝이 내 쪽으로 향하게 되면 기다리는 동안에 나도 꼼
짝없이 공부를 하게 될 것 같았으니까.

"미안."

"성훈아아아아아~!"

그런 눈물 없이 볼 수 없는 이별 극 끝에 나는 세희와 함께
마당으로 나왔다.

"세희도 같이 가나요?"

바둑이는 나와 같이 나온 세희를 보고는 격하게 꼬리로 원
을 그리며 기뻐했다.

"오랜만에 같이 나가게 되었습니다."

"와아!"

바둑이는 두 팔로 세희에게 와락 껴안았다. 그때. 나는 보았
다. 세희가 상당히 곤혹스러워하는 표정을 지으면서 바둑이를
내려 보다가 이내 상냥한 미소를 지으며 바둑이의 귀를……
꼬집는 것을.

"아웅?!"

바둑이는 깜짝 놀라 꼬리를 바짝 세우고는 발끝으로 서며
몸을 바들바들 떨었다. 얼마나 아픈지 비명도 못 지르는 것
같다. 그야말로 천인공노한 짓을 저지른 세희는 여전히 상냥
한 미소를 지은 채 손톱까지 세워 바둑이의 귀를 꼬집으며 말
했다.

"이 음란한 암캐가. 기분 좋습니까?"

세희의 말과 그에 대한 바둑이의 말이 가관이었다.

"흐에엥~. 기분 좋아요."

기억 속 어딘가 깊게 박아 놓았던 세희가 해 준 말이 의식의 바다 위로 떠올랐다. 그건 치이가 오기도 전, 랑이와 바둑이가 놀 때 세희가 해 준 말이었다.

"바둑이는 기본적으로 마조……."

"그렇다면 더욱 기분 좋게 해 드리지요."

세희의 오른손이 바둑이의 엉덩이를 목표로 크게 휘둘러지려는 것을 보고 나는 겨우 정신을 차리고 세희의 손목을 잡을 수 있었다.

"뭐, 뭐하는 거야?"

세희는 정말 아무것도 모르겠다는 듯 어울리지 않게 눈을 깜빡이며 대답했다.

"왜 그러십니까, 도련님? 바둑이를 마음껏 귀여워해 주고 있지 않습니까?"

"네가 귀여워해 주는 방식에는 문제가 있다고 생각한다."

"아, 그렇군요. 도련님께서도 바둑이를 귀여워해 주시고 싶다는 말씀이십니까?"

"내 말 안 듣고 있지?!"

내 마음의 소리가 그대로 담겨진 말은 이곳에 있는 그 누구에도 닿지 않았다.

"도, 도련님께서, 하아, 때려 주시면, 으으응, 더 기분 좋을
것 같아요."

양 볼을 붉히고 정말로 기쁜 듯이 꼬리를 흔드는 바둑이에
게 나는 아무 말도 할 수 없었다.

"……그러지 말고 산책 가자."

나는 몸을 돌려 먼저 대문을 열고 나섰다.

"그 전에 좀 더 귀여워해 드리겠습니다. 오늘 제대로 한 번
짖어 보시지요."

"하지 마!!"

출발하기 전부터 살짝 삐그덕거리긴 했지만 일단 집 밖으로
나오자 별다른 일은 일어나지 않았다. 이 더운 날에 검은색
한복을 쫙 빼입고 땀 한 방울 흘리지 않는 세희나 호박 바지
에 저고리, 짚신을 신고 있는 바둑이에게 지나가는 사람들의
시선이 집중되는 건 별다른 일에 들어가지 않는다. 그건 당연
한 일이다. 몇 번이나 계속된 이런 상황에 내 얼굴 가죽도 많
이 두꺼워진 것 같다. 이제는 아무렇지도 않거든. 하, 하하하.
어차피 모르는 사람이다, 이거야. 주위에서 지나가며 수군거
리는 목소리는 이제 들리지도 않는다고.

"공개 수치 플레이에 한 걸음 나아가셨습니다."

옆에서 세희의 빈정거림만 들리지 않았어도 참 좋겠군.

"시끄러."

"옷을 갈아입히고 나온다는 생각은 못 하셨군요."

"내가 갈아입으라고 갈아입을 녀석이냐?"

"제가 언제 갈아입는다 했습니까?"

세희의 시선은 자신의 손을 잡고 앞뒤로 흔들며 활기차게 걸어가고 있는 바둑이에게 향했다. 지금 알았겠지만 놀랍게도 세희는 집에서 나온 이후로 계속해서 바둑이의 손을 잡아주고 있었다. 조금 의외의 모습이긴 하다. 바둑이에게는 천하의 세희도 어쩔 수 없다는 건가?

"듣고 계십니까?"

세희의 핀잔에 나는 정신을 차렸다. 이 녀석을 옆에 두고 다른 생각을 하다니 내가 미쳤지.

"듣고 있다. 네가 이상한 소리를 해서 그렇잖아."

"도련님께서 성인 여성을 좋아한다는 것 같은 말이라도 했습니까?"

"그게 뭐가 이상한지는 나중에 열띤 토론의 장을 마련해 줄 테니까 그 때 가서 이야기하고. 바둑이가 옷을 갈아입어도 네가 그런 차림이라 지금하고 달라지는 게 없다는 말이었다."

"지금 한복을 무시하는 말씀을 하신 겁니까?"

여름이건만 나는 왜 살얼음판을 걷고 있는가.

"한복이 문제가 아니라 위아래로 검은색인 게 문제지."

"상복이라 그렇습니다."

세희의 진지한 답변에 나는 실수했다는 생각이 들었다. 이런 설마 그런 슬픈 이유가…… 있을 리가 없지.

"누가 죽었는데?"

세희는 비어 있는 오른손으로 눈물 한 방울 나지 않은 눈가를 훔치며 침울한 목소리로 말했다.

"불쌍한 도련님. 설마 그렇게 젊은 나이에 동정으로 죽으실 줄이야."

내가 죽었구나.

"도, 도련님 죽는 거예요?"

정신없이 주위를 둘러보며 걷던 바둑이가 갑자기 걸음을 멈추고 나를 올려다보았다. 우는 척을 하는 세희와는 다르게 바둑이의 커다란 눈망울에는 주렁주렁 눈물 열매가 가득 맺혀 있다. 나는 세희를 한 번 노려보고 난 뒤 손수건을 꺼내 몸을 숙여 바둑이의 눈물을 닦아 주었다.

"안 죽어. 세희가 농담한 거야."

"그것이 도련님의 마지막 유언이 될 줄이야……."

"후에에에엥."

"그만해! 바둑이가 울잖아!"

울기 시작한 바둑이를 안아 올려서 등을 툭툭 쳐 주며 한 소리 하자 세희는 소매로 입가를 가리며 말했다.

"진장한 마조키스트라면 정신적인 고통에도 쾌락을 느껴야 하지 않겠습니까?"

실수했다. 그냥 바둑이와 단둘이서 강아지 모습으로 나가든가, 귀와 꼬리를 내놓은 채 나갔어야 했다. 나는 왜 이 미친 귀신과 같이 나가기로 했던 걸까. 그런 건 일단 나중이다. 나는 어깨에 턱을 올리고 내 목을 끌어안은 채 훌쩍이는 바둑이를 달래는 데 전념하기로 했다.

"세희가 농담한 거니까, 뚝. 바둑이 착하지? 응?"

바둑이가 살짝 몸을 젖혀 얼굴을 바로 코앞에 두고 말했다.

"세희의 농담이에요?"

"그래. 그러니까 뚜욱."

"도련님 안 죽어요?"

내가 죽는 일이 있다면 아마 세희 때문에 스트레스성 질병으로 죽을 거니까 좀 나중의 이야기다.

"그래. 안 죽어."

"다행잉요, 도련님!"

바둑이는 순박한 미소를 지으며 내 볼을 날름날름 핥았다. 방금 막 운 바둑이를 말리기가 그래서 곤란해하며 헛웃음만 터트리고 있을 때.

"예. 여기 여자아이에게 자신의 볼을 핥게 만드는 변태가 있습니다."

세희가 나를 경찰에 신고한 것 같다.

"야, 인마! 경찰서에 장난 전화 걸지 마!"

"경찰서라니요?"

"그럼 어딘데?"

"직접 받아 보시지요."

세희는 사람을 오싹하게 만드는 눈웃음을 지으며 내게 휴대폰을 건넸다. 나는 뭔지 모르게 불안한 기분이 들면서도 일단 한 손으로 휴대폰을 받고 바둑이의 혀를 피하며 전화를 받았다.

"저기, 죄송……."

[성훈아.]

차라리 경찰서에 전화하지 그랬냐.

"옙?!"

[보나마나 세희가 장난쳐서 그랬을 테니까 넘어갈게. [성훈이느냐?! 지금, 지금이라도 돌아와서 나 좀 데려 가거라! 나도 놀고 싶으니라!] 얘는? 지금 전화 중이잖아. [우웅! 그래도! 그래도!] 일단 끊어. 그리고 다음에 또 이상한 전화 오면 그 때는 안 봐줄 거야.]

"옙, 알겠습니다!"

전화는 끊겼다. 휴……. 역시나 상냥하신 나래 님. 한 번은 용서해 주시는구나.

"웅? 도련님, 왜 울어요?"

"아니, 우는 거 아니니까 걱정 마라."

그저 집에서 혼자 공부를 하고 있는 랑이를 생각하니 감정이 격해졌을 뿐이다. 내 신세가 한탄스러워서 우는 거 아니야.

바둑이는 그저 같이 걸어 다니는 것만으로도 즐거워 보였다. 천성이 산책을 좋아하는 개여서 그럴까. 꼬리가 보였다면 살랑살랑거리고 있을 법한 행복한 표정으로 나와 세희의 손을 잡고 걸어가는 모습은 안 그래도 귀여운 바둑이가 더욱 귀엽게 보이도록 만들었다. 지나가는 사람들 중에서 용기 있는 사람들은 바둑이에게 뭐라 말을 걸어 보려고 다가오다가 세희의 싸늘한 표정에 곧바로 진로를 바꿔야 했지만. 그것만 빼면 나도 꽤나 만족하고 있다.

"도련님! 저, 저거 보고 싶어요!"

길을 걷다 바둑이가 관심을 보인 것은 요새는 잘 보이지 않는 오락실에 있는 두더지 잡기 기계였다. 커플로 보이는 남녀가 덥지도 않은지 서로 달라붙어서 두더지 잡기를 하고 있는 모습이 바둑이의 관심을 끈 것 같다.

"아얏, 아파, 그만해."

정겨운 소리군. 문제는 그게 세희의 입에서 나왔다는 거지만.

"성대모사로 개그맨이 될 생각 없냐?"

"신주쿠의 종마라면 모를까 개그맨은 취향이 아닙니다."

"그게 뭐야?"

"8, 90년대를 풍미한 만화 주인공의 별명도 모르시다니. 그런 분이 제 주인님이라는 사실이 한심합니다."

서브 컬처 쪽의 이야기인 것 같다. 무시하자.

마침 앞에서 게임을 하던 커플이 어디론가 사라졌기에 나는 바둑이와 함께 기계 앞으로 갔다.

"이건 뭐하는 거예요?"

반짝반짝 빛나는 바둑이를 보자니 랑이가 한 녀석 더 있는 느낌이 들었다. 바둑이가 조금만 잠을 덜 잤어도 랑이와 함께 많이 놀아 줬을 텐데.

"여기에 돈을 넣으면 두더지들이 제멋대로 튀어나오거든? 그걸 이 망치로 때려서 다시 집어넣는 놀이야."

고개를 갸웃거리는 걸 보니 제대로 이해를 못 한 것 같다. 백문이 불여일견이라고 했으니 직접 보여 줘야겠군.

"하는 거 보여 줄게."

"예!"

나는 주머니에서 동전을 집어넣었다. 흥겨운 리듬의 전자음이 나온 후 두더지들이 튀어나왔다. 나는 망치를 내려쳤다.

"지금까지 땅속에서 살아온 두더지는 어느덧 나이가 들어 죽을 날만 기다리게 되었습니다. 늙고 쇠약한 두더지는 죽기 전에 단 한 번이라도 이야기로만 들어 알고 있는 아름다운 하늘을 보고 싶었습니다. 가족들은 모두 그를 말렸지만 두더지는 듣지 않았습니다. 두더지에게는 꿈이 있었기 때문입니다. 비록 두더지로 태어나 어두운 흙 속에서 살아가야만 했지만 땅 위에 있다는 아름다운 하늘을 단 한 번이라도 바라보고 싶다는 꿈이 말이죠. 마침내 두더지는 결심을 하게 됩니다. 자신에게 어떠한 위협이 기다리고 있을지라도 저 넓고 아름다운 푸른 하늘을 바라보겠다는 굳은 결심을요. 그리고 마침내 두더지는 죽을 각오를 하고 땅을 파고 올라갔습니다. 마침내 두더지는 보았습니다. 저것이 하늘이구나. 저것이 태양이구나. 이렇게 아름다운 세상이 있었구나. 그때. 그 감동도 아주 잠시였습니다. 아름다운 하늘을 가득 담고 있던 두더지의 머리에 둔탁한 충격이 가해진 것입니다. 그렇습니다. 지나가던 잔인한 인간이 땅을 뚫고 나온 두더지의 머리를 망치로 내려친 것입니다. 두더지는 머리가 깨지고 피를 흘리면서도 땅속으로 돌아가지 않았습니다. 이미 자신의 삶이 이곳에서 끝날 거라는 것을 알았기 때문입니다. 그저 두더지는 조금이라도 저 하늘을, 푸른 하늘을 간직하고서 눈을 감고 싶었습니다. 하지만 그런 두더지에게 보인 것은 자신을 향해 내려쳐지는 망치와 잔혹한 미소를 짓고 있는 추악한 인간의 얼굴이었습니다. 그것으로 불쌍한 두더지는 목숨을 잃었고 무자비한 인간은 자신의 경험을 살려 두더지 잡기라는 잔인한 게임을 만들었습니다. 때리지 말라는 두더지의 외침을 잔인하게 무시하며 망치로 내리치는 극악무도한 게임을 말이죠. 지금도 어디선가 두더지는 아픔 속에서 죽어 가고 있을 것입니다."

[아파! 하지 마! 그만해! 아얏!]

나는 아직 시간이 많이 남아 있었음에도 불구하고 망치를 내려놓고 기계 앞에 무릎을 꿇었다. 아니야. 아니라고. 그런 게 아니다. 난 단지. 난 그냥……. 난 그냥 두더지 잡기 게임을 어떻게 하는지 바둑이에게 알려 주고 싶었을 뿐이야아아아아아!!

"뭘 하십니까, 도련님. 돈이 아깝지 않으십니까?"

"왜 그러세요, 도련님?"

나를 비난하는 세희와 걱정하는 바둑이의 목소리 후, 이용해 주셔서 감사하다는 말이 들려 왔다. 하지만 나는 일어날 수 없었다. 무섭다. 정말 무섭다. 세희, 이 자식은 사람의 마음에 상처를 주는 방법을 너무 잘 알고 있어.

"설마 제 말을 그대로 믿고 있는 겁니까? 애초에 두더지는 눈이 퇴화하여 하늘을 볼 수 없습니다."

그게 중요한 게 아니다, 이 자식아. 그게 중요한 게 아니라고. 내 정서가 산산조각이 났다고. 나는 정신 안정을 위해서 옆에서 몸을 숙여 나를 들여다보고 있는 바둑이를 와락 껴안은 다음에 격하게 머리를 쓰다듬었다.

"후에에~."

바둑이는 기분 좋은 소리를 내며 두 팔로 나를 안아 주었다. 모른다. 이제 두더지의 슬픈 이야기 같은 건 몰라. 바둑이로 다 잊어버리는 거다.

잠시 후. 이성을 되찾은 나는 바둑이에게 망치를 건네주며 말했다.

"너도 해 볼래?"

"예!"

바로 대답하는 걸 보아 해 보고 싶었나 보다. 나는 기계에 돈을 넣었고 익숙한 기계음이 다시 흘러나왔다. 키가 작은 바둑이는 까치발을 하고 기계에 손을 대서 자세를 잡았다. 그리고 두더지가 튀어나오자마자 놀랄 만한 반사 신경으로 망치를 내려쳤다.

"오."

나도 모르게 감탄이 나왔다. 놓치는 게 하나도 없다. 이대로 가면 신기록이 나오겠는걸?

"도련님의 처참한 기록과는 다르게 말이죠."

"너 때문이잖아!"

"무슨 말씀이십니까?"

"네가 이상한 이야기만 안 했어도 제대로 했을 거라고!"

"그런 지어낸 이야기에 죄책감을 느끼시다니. 성자 나셨군요."

내가 문제가 아니라 그 이야기를 하는 네 녀석이 감정을 너무 살렸다는 생각은 못 하는 거냐? 아니, 하고 있겠지. 노리고 한 거니까. 나는 나를 괴롭히는 세희에게서 신경을 끄고 요리조리 두더지를 잘 잡고 있는 바둑이에게 시선을 돌렸다. 그런데 이 녀석이 갑자기 하다 말고 그대로 몸을 웅크려서 머리를 부여잡았다. 왜 그러지? 내가 궁금해하고 있을 때 시간이 다 하는 소리가 들렸고 바둑이가 벌떡 일어나서 환한 미소를 지으며 말했다.

"재미있어요, 도련님!"

"그래?"

그건 다행이다.

"그런데 마지막에는 왜 그런 거야?"

바둑이는 고개를 갸웃하며 내게 되물었다.

"그렇게 하는 거 아니에요? 도련님은 그렇게 하셨잖아요."

……아. 그렇지. 순진한 바둑이는 내가 세희의 정신 공격에 당해 쓰러진 걸 보고 두더지 잡기는 원래 그렇게 하는 거라고 생각한 것 같다. 그 사실이 너무 귀여워서 나는 바둑이의 머리를 쓰다듬어 줄 수밖에 없었다.

"헤헤헤헤."

바둑이도 나름대로 즐겼고 만족해하는데 그런 사소한 문제

따위는 아무래도 상관없겠지. 응. 다음에 다시 가르쳐 주면 되는 거다.

"오늘 할 일을 내일로 미루는 전형적인 도련님의 모습이로 군요."

세희의 독설도 아무래도 상관없다. 바둑이가 있으니까.

"……이래서 바둑이는 곤란한 겁니다."

"왜 그래요?"

"아닙니다. 그보다 다른 곳으로 장소를 옮기죠."

바둑이의 머리는 정말 쓰다듬는 맛이 있다.

"도련님이 안 가시는데요?"

"바둑이가 가면 알아서 따라오실 겁니다."

"예!"

"……요술이냐?"

"무슨 말씀이십니까?"

"아니, 여기까지 걸어온 기억이 없어서."

정신이 들고 보니 나는 놀이터에 도착해 있었다. 분명히 내 마지막 기억은 두더지 잡기 기계 앞에서 바둑이의 머리를 쓰다듬는 거였는데 정신이 들고 보니 놀이터에 있는 벤치에 앉아 있었단 말이야. 바둑이는 또 어느새 요술이 풀렸는지 꼬리와 귀를 내놓고서 땅에 묻혀 있는 타이어의 위에서 양손을 수평으로 들고 깡충깡충 뛰어다니고 있고.

"바둑이에게 잠시 홀리신 겁니다."

"진짜?"

"제가 이런 것에 거짓을 아뢰어 무엇을 하겠습니까?"

무섭다, 바둑이. 사실은 요괴 중 최강이 아닐까. 단순히 머리를 쓰다듬는 것만으로 사람의 정신을 빼놓을 수 있다니.

"저도 그래서 바둑이는 조금 어렵습니다."

세희의 말도 안 되는 고백에 나는 깜짝 놀랐다.

"네가? 세상에 두려운 것이 랑이밖에 없는 네가 바둑이를 어려워한다고?"

"상당히 거슬리는 말과 시선이로군요. 집에 돌아가면 도련님께서 바둑이의 머리를 쓰다듬으며 헤실거리는 모습이 찍혀 있는 사진을 나래 님께 드리겠습니다."

"미안. 너무 의외여서 그랬다."

내 사과에 세희는 고개를 돌려 바둑이를 바라보며 말했다.

"그만큼 바둑이는 귀여운 아이 않습니까? 주인님께서 가까이하실 만도 하시죠."

문득 궁금해졌다.

"그런데 바둑이는 어떻게 랑이하고 알게 된 거야?"

"별것 아닙니다."

세희는 대수롭지 않게 말했다.

"멋도 모르고 풍산개 요괴들이 주인님께 이를 드러냈다가 제게 모두 살해당한 뒤, 수컷을 한 마리 잡아 동네 똥개 요괴와 교배를 시켜서 태어난 바둑이를 애완동물로 삼은 것이니까요. 물론 아비는 그 후에 죽었습니다."

"그게 별거 아닌 일이냐?!"

열이 오른 나와는 달리 세희는 입꼬리를 슬쩍 올렸다. 아차. 당했구나.

"농담이냐."

"당연하지 않습니까?"

"농담이라도 그런 농담은 하지 마."

"자중하도록 하겠습니다."

세희는 얄미운 미소를 지으며 말을 이었다.

"바둑이는 풍산개들 중에서 잡종이라는 이유로 버림받아 죽어 가는 아이였습니다. 그것을 300여 년 전, 주인님께서 세상 나들이를 하실 때 거두어 키운 것입니다."

도대체 어떻게 하면 그런 훈훈한 이야기를 가지고 그런 끔찍한 농담을 할 수 있는지가 궁금하다. 이 녀석의 머릿속에는 세상의 모든 악의가 가득 차 있나?

"덕분에 바둑이를 키우는 일은 제가 전념해야 했지요."

이것 또한 의외였다.

"왜?"

"반쪽이라 해도 풍산개의 피를 이어 받았습니다. 주인님께 이를 드러내는 일이 없도록 교육을 해야 했습니다. 정말. 똥오줌을 가리게 하는 것부터가 큰일이었죠."

세희는 뭔가 이상한 말을 아련한 추억에 잠긴 듯 그리운 미소를 지으며 말해서 나를 혼란스럽게 만들었다.

"그래서 조금 대하기가 힘듭니다. 어찌 보면 제 자식 같은 아이니까요."

혼란은 극에 달했다.

"그런 것 치고는 대하는 방법이 조금 문제가 있던데."

지금까지 세희가 바둑이를 대하는 모습을 본 사람들은 내 말에 동의할 것이다.

"제가 새침데기라서 그렇습니다."

점순이가 울게 생겼다.

"이쪽 말로는 츤 99.999999999%라고 할 수 있겠죠."

알 수 없는 소리에는 반응을 하지 않는 게 가장 좋은 방법이라는 걸 알고 있다. 나는 얼굴에 혈색이 돌아온 세희를 내버려 두고 혼자서 잘 놀고 있는 바둑이에게 다가갔다.

"정신 차리셨어요, 도련님?"

악의가 없다고는 하나 그 한 마디가 내 가슴에 비수를 꽂는구나.

"같이 놀래?"

"예!"

"뭐 하면서 놀고 싶어?"

"저거요!"

바둑이가 가리킨 것은 정글짐이었다.

"신기하게 생겼는데 저거 가지고 어떻게 노는 거예요?"

그, 글쎄. 정글짐으로 어떻게 노냐고 물어봐도 말이지.

"저 안에 들어가서 이리저리 왔다 갔다 하면서 노는 거야."

바둑이는 내 설명 같지 않은 설명에 고개를 끄덕이며 내 손을 잡고 안으로 끌고 들어갔다. 고등학생이나 돼서 정글짐에 들어가 노는 꼴이라니. 요즘은 아이들이 학원이다 공부다 다들 바빠서 놀이터에 놀지 못해서 다행이라는 생각이 들었다.

"도련님! 이거 재미있어요!"

잠시 딴생각을 하는 동안 바둑이는 정글짐의 철봉을 침대 삼아 드러누워서 고개를 뒤로 젖히고 나를 보고 있었다.

"그렇게 놀면 위험해."

"알겠어요!"

내 말에 바둑이는 머리 위쪽에 있는 철봉을 두 손으로 잡고 몸을 일으킨 다음 솜씨 좋게 정글짐 안을 오가다가 꼭대기까지 순식간에 올라갔다. 정말 운동 신경이 좋구나. 난 어렸을 때 저기 한 번 가려면 있는 힘을 다 썼어야 했는데.

"우와~! 도련님, 도련님! 여기 한 번 와 보세요! 주위가 정말 예뻐요!"

오랜만에 있는 힘을 다 써야 할 것 같다.

정글짐에서 실컷 놀다가 내려온 바둑이는 이번에는 나를 그네로 끌고 갔다. ……냥이와 있었던 안 좋은 일들이 되살아날 뻔했다.

"그래. 그네 타자."

나는 바둑이를 그네에 앉게 한 다음 옆에서 등을 밀었다.

"등이 아름다운 소녀였다."

어느새 옆에 나타나 이상한 소리를 하고 있는 세희는 무시하자. 내가 등을 밀수록 바둑이는 높이높이 하늘로 날았다.

"재미있어요, 도련님! 더 밀어 주세요!"

바둑이는 두 다리를 휘저으며 즐거워했다.

"부드러운 느낌이 손바닥에 닿았다. 소녀는 천천히 밀려 나갔다. 그리고 무한히 펼쳐진 어둠을 향해 추락해 갔다."

세희는 나를 정신적으로 궁지에 몰려고 했다. 제발 그만해 줘라. 심란해지니까. 나는 다시 한번 힘껏 바둑이의 등을 밀었다. 그네는 하늘 높이 올라갔고 그 정점에 이르렀을 때 바둑이는 두 손을 놓았다.

……응?

"바둑아!"

내 걱정과 달리 바둑이는 그대로 공중에서 휘리릭 제비를 돌고 10점 만점에 10점을 받을 수 있는 완벽한 자세로 모래밭에 착지했다. 나는 놀란 가슴을 쓸어내렸다.

"바둑이의 추천이로군요."

넌 지옥행을 추천하마.

"이번에는 도련님 차례에요!"

눈을 반짝이며 말하는 바둑이 때문에 뭐라 화를 낼 수도 없었다. 나는 속으로 크게 한숨을 쉬고 그네에 앉아 바둑이의 뜻을 따라 주었다.

"그럼 밀게요, 도련님."

"응."

바둑이는 힘껏 내 등을 밀었다. 그런 내 귓가에 세희의 목소리가 들려왔다.

"아, 죄송합니다. 소녀가 아니라 소년이었군요."

그게 무슨 소리냐는 말은 나오지 않았다. 나는 그대로 포탄처럼 하늘을 향해 날아가야 했으니까. 나는 휴대폰 게임으로 유명한 새가 된 기분으로 내가 왜 지금 하늘을 날고 있나 생각해 보았다. 답은 간단했다. 바둑이는 그 외모와 달리 힘이 강한 요괴니까! 단순히 나를 즐겁게 해 주겠다는 순진한 생각에 온 힘을 다해 민 것이다!

"우아아아아아아악!!"

"도련님?!"

세희가 받아 주지 않았다면 몸 한 곳 부러지는 것으로 끝나지 않았을 그네타기 후에도 같이 시소를 타거나 철봉에 매달리거나 모래밭에서 두꺼비 집을 짓거나 하며 신 나게 논 뒤, 우리는 집으로 돌아가기로 했다. 하지만 출발했을 때와 달리 걷는 사람은 두 명이었다. 세희가 귀신이라는 자기 정체성의 확립을 위해 공중에 붕붕 떠다니고 있는 게 아니다.

"코오오~."

평소와 달리 신 나게 돌아다니다가 낮잠 잘 시간을 지나쳤는지 바둑이가 잠들어 버렸거든. 아무리 나라고 해도 집에 돌아가 전에 벤치에 앉아 운동화에 들어간 모래를 빼내는 그 짧은 시간에 바둑이가 잠들었을 때는 조금 당황하고 말았다. 그리고 세희가 바둑이를 엎고 가겠다는 말을 했을 때는 엄청나게 놀랐고. 참고로 그건 현재 진행형, 놀람 + ing 중이다.

"신기하네."

"무슨 말씀이십니까?"

"너라면 목덜미를 잡고 가든가, 다리를 잡고 끌고 가든가 할 줄 알았거든."

"도련님."

세희는 한숨을 쉬었다.

"제가 잘 아는 정신과 의사가 한 명 있습니다. 내일 소개해 드리겠습니다."

순식간에 진료가 필요한 사람이 돼 버렸다.

"네 평소 행실이 문제라는 생각은 안 하지?"

"아무리 저라 해도 그런 짓은 못 합니다."

소매에서 지쳐 쓰러진 바둑이를 꺼내 내게 던진 녀석이 할 말이 아니라고 본다.

"개라고 해도 살아 있는 생명. 잡아 던지기는 하지만 끌고 다닐 생각은 없습니다."

어느 쪽이 더 나쁠지 고민하는 것보다는 그냥 넘어가는 게 내 정신 건강에 좋을 것 같다.

"아, 그래. 미안하다. 내가 잘못 생각했다."

나는 피식 웃고서는 바둑이의 볼을 콕 찔렀다. 쑤욱 들어갔다가 손가락을 떼자 금방 원래대로 돌아온다.

"우으으웅~. 도련님~."

잠꼬대도 하네. 행복한 꿈을 꾸는 듯한 바둑이를 보니 나도 모르게 미소가 지어졌다.

"도련님."

세희가 말을 걸기 전까지만.

"왜."

"마음의 준비는 하셨습니까."

나는 즉답했다.

"그래."

세희는 말했다. 이 일상을 즐기라고. 다시 냥이의 위협이 다가올 때까지 충분히 즐기라고 했었다.

아마도 그때가 이제 온 것 같다.

"그 어느 때보다 힘든 날들이 될 것입니다."

"응."

세희는 입술에 침을 발랐다.

"이제는 제가 손을 쓸 수 있는 상황을 벗어났습니다."

"그건 안 믿기는데."

"손을 쓰지 않는 상황이 될 것입니다. 됐습니까?"

오히려 그게 더 믿음이 간다.

"그래서?"

"그것뿐입니다."

세희는 싱거운 대답을 했지만 오히려 나는 그게 더 무서웠다. 세희가 내게 모든 일을 맡기기로 했다는 뜻으로 해석이 가능하니까. 그래서 나는 말했다.

"그래도 도와줄 거지?"

세희는 입꼬리를 올렸다.

"한낱 창귀가 뭘 도와드릴 수 있겠습니까?"

"……삐쳤냐."

"……5천 년 정도."

"그 말을 꼭 지금 해야겠어?"

세희는 대답하지 않았다.

"우~."

주인이나 그 창귀나 똑같이 삐쳐 있는 건 또 어쩔까. 집에 돌아오자 현관문에서 나를 기다리고 있는 것은 볼을 빵빵하게 부풀리고 있는 랑이였다. 어쩜, 삐쳐 있는 모습도 이리 사랑스럽냐.

"왜 그래?"

"썽훈이는 바보, 멍충이, 말미잘이니라!"

뭐가 그리 화가 났는지 모르겠지만 사람 이름은 제대로 불러라.

"우리 랑이는 뭐가 그렇게 마음에 안 들어서 화가 났을까?"

몸을 숙여 시선을 맞추며 달래 보자 랑이는 화가 난 고릴라처럼 쿵쾅쿵쾅거리며 말했다.

"나만 놔두고 놀러 가는 게 어디 있느냐! 공부 끝날 때까지 기다려 주는 게 당연하지 않느냐?! 그리고, 그리고! 전화했을 때도 날 무시하였느니라! 그래서 랑이는, 랑이는 지금 많이 화가 났느니라! 크아앙!"

그러니까 공부하는 자기를 내버려 두고 도망치고 돌아오지
도 않은 것 때문에 화가 난 것 같다.

"미안해."

하지만 나도 어쩔 수 없었다. 그때 그 상황에서 조금만 더
있었거나 널 기다린다고 했으면 분명히 나도 공부해야 했었
을 테니까.

"화났다! 랑이, 화났다!"

랑이가 눈썹을 추켜세우며 투정을 부렸지만 나는 그다지 당
황하거나 겁먹지 않았다. 왜냐고? 랑이는 그렇게 화를 내면서
도 꼬리를 살랑살랑거리면서 내게 보란 듯이 왼쪽 뺨을 손가
락으로 톡톡 건드리고 있었으니까. 그래. 랑이는 진짜로 화난
게 아니다. 화난 척을 하면서 은근슬쩍 내게 시위를 하고 있
는 거다. 나는 슬쩍슬쩍 내 눈치를 살피는 랑이에게 원하는
것을 해 줬다.

"우~. 모자라느니라."

다시 한번 쪽. 또 한 번 쪽. 쪽쪽. 그제야 랑이에게 해맑은
미소가 돌아왔다.

"다음에는 꼭 같이 놀러 가는 것이니라! 나 혼자 두고 가면
안 되느니라?"

"응."

"약속이니라."

"약속할게."

나는 랑이와 새끼손가락을 걸고 약속했다. 그리고 신에게
바랐다. 부디 이 약속을 평생토록 지킬 수 있도록 도와달라고.

"......"

"......"

[......]

아, 그 전에 일단 이 위기에서 구원해 주세요.

〈5.5권 끝〉

글쓴이의 ~~끼적끼적~~
강세희의 끼적끼적

직접 이렇게 뵙는 건 처음이군요. 반갑습니다. 제 이름은 강세희. 그 누구보다 위대하시며 귀여우시고 사랑스러운 주인님이신 랑이 님을 모시고 있는 창귀입니다. 제가 이 자리에서 여러분들을 뵙는다고 놀라고 있으시지는 않겠지요. 놀라셨다면 그 빈약한 상상력에 박수를 쳐 드리겠습니다. 한 손으로 말이죠. 예전에 말씀드리다시피 나와 호랑님은 제가 저자라는 설정, 실례, 세계관을 파괴했군요. 하지만 제가 이렇게 여러분께 직접 말을 거는 것 자체가 이미 늦은 것이라 생각합니다. 하지만 도련님의 팬티가 삼각인가 사각인가, 체크무늬인가 물방울무늬인가와 같이 의미 없는 이야기는 그만하죠. 혹시 궁금하실까 봐 말씀드립니다만, 주인님의 팬티는 삼각에 흰색입니다. 가끔씩 도련님께서 안 계실 때 입기 싫다고 떼를 쓰는 경우도 있어서 곤란하기는 합니다만 그럴 때는 호랑이나 고양이, 혹은 도련님을 본뜬 무늬가 들어간 속옷으로 달래고는 합니다. 이 얼마나 갸륵하신 분입니까. 그런 의미에서 주인님께서 직접 속옷을 입은 모습을 보여 드려야겠지만…… 가능할지는 모르겠군요. 어찌되었건 주인님의 속옷 차림을 보여 드리느니 알몸을 보여 주는 것을 선호하시는 분이 있어서 말이죠. 콕 짚어서 요즘 들어 음주량이 늘어난 술

주정뱅이라고 말씀드리겠습니다. ……잡담이 너무 길어진 것 같으니 슬슬 본론으로 넘어가는 게 좋겠군요.

여러분께서 가장 궁금하신 것은 어째서 제가 이 자리에 나왔냐는 것일 겁니다. 무슨 이유가 있지 않을까 하는 의문이 드셨을 수도 있습니다. 그건 좋은 자세입니다. 인간이라면 비록 두뇌 회전 속도가 바둑이 잠에서 깨는 수준으로 늦다 하더라도 생각에 생각을 하는 것이 올바른 자세입니다. 다만 올바른 것이 언제나 좋은 결과를 내는 것은 아닙니다. 그렇습니다. 제가 이 자리에 나온 것은 아무런 이유가 없습니다. 만약 이유라도 대기도 민망한 이유를 대자면 원래 이곳에서 여러분과 마주해야 할 놈이 지금 방구석에 처박혀서, 나는 이대로 괜찮은가, 2012년이 왔는데 어째서 세상이 멸망하지 않는가, 베텔기우스는 언제 폭발하는가, 같은 도련님께서 연상을 좋아한다고 하는 것 같은 헛소리를 지껄이기 시작했기 때문입니다. 세상에 도움이 될 고민을 해 주었으면 좋겠지만 도련님의 나쁜 점만 가지고 있는 놈이 그런 긍정적이고 자기 개발적인 생각을 할 리가 없다는 것이 슬플 따름입니다. 그렇다면 저라도 긍정적이고 밝고 아리따운 미래를 위해 열심히 살아가야겠지요. 그래서 방구석 폐인화와 광장기피증과 인간탈피증에 시달리고 있는 놈이라면 하지 못할 일을 여기서 하겠습니다.

강세희의 그것이 알고 싶어요, 짠짠!

……이것 참. 부끄럽군요.

〈또 한 번 쉬어 가는 이야기〉

요술이라고 만능은 아닙니다. 만능처럼 보일 수도 있지만 사람의 기억을 조종하는 것은 상당히 힘든 요술입니다. 특히나 광범위하게 수많은 사람들을 대상으로 쓰는 것은 아무리 저라 해도 복분자주의 도움이 없었다면 힘들었을 것입니다. 물론, 도련님 한 분의 기억이야 제 마음대로 조작하는 것은 일도 아닙니다만. 후훗.

〈첫 번째 이야기〉

도련님께서 정신을 차리는 것이 조금만 더 빨랐어도 대단한 것을 보여 드릴 수 있었는데 아쉬웠습니다. 그래 봤자 제가 혀로 살짝 그 모양을 바꾼 바나나를 핥고 물고 빨고 찌르는 것뿐이지만요.

〈두 번째 이야기〉

도련님께서는 의외로 여자아이들과 같은 지붕 아래에서 살고 있을 때 일어날 만한 해프닝에 대비를 잘 하시는 경향이 있습니다. 일부러 부러진 화장실 문을 고치지도 않고 욕실을 따로 만들지도 않는데 온 신경을 그런 곳에 쓰고 있는지 불의의 사고가 일어나지를 않고 있죠. 그래서 이번 온천 이벤트를 통해 나신을 엿볼 수 있는, 또한 그럼으로 인해 수많은 요괴들의 증오를 살 수 있는 기회를 열어 드렸음에도 불구하고……. 그 결과는 참으로 안타깝습니다.

〈세 번째 이야기〉

정미 님이 쓸데없는 것을 가르쳐 주었다는 생각밖에 안 듭니다. 주인님과 도련님의 관계에서는 하루라도 빨리 아이를 가져야 하는데 말이죠. 분명 그 커다란 가슴에 뇌로 갈 영양분을 모두 빼앗긴 것이 분명합니다. 저라면 카마수트라를 진지하게 가르쳐 드렸을 텐데 말이죠.

〈네 번째 이야기〉

이제 와서 훈훈한 척하기는, 누구 좋으라고 그러는지 모르겠습니다. 까치 님과 페이 님의 존재 의의는 도련님께서 큰 거부감 없이 주인님을 안을 수 있는 교두보 역할 정도입니다. 견우와 직녀를 이어 주는 오작교같이 말이죠. **도련님께 접근하려고 했던 요괴들이 그 둘만 있을 거라고 생각하십니까?** 이런, 실례를. 흥분해서 뒤의 이야기는 뒤에 남겨 둬야 재미있는 법이라는 것을 깜빡했군요. 후후후.

〈끝마치는 이야기〉

비록 반쪽이지만 바둑이는 풍산개의 핏줄. 호랑이 요괴를 상대로는 냥이 님의 결계를 깨뜨릴 정도로 강력해지는 요괴입니다. 상극이란 말이지요. 물론 그래 봤자 바둑이입니다만.

바둑이의 가장 무서운 점은 저조차도 귀여워해 줄 수밖에 없는 매력이 있다는 겁니다. ……이건 비밀입니다만 도련님께서 학교에 가시면 때때로 마당에 나가 바둑이를 귀여워해 주며 시간을 보내기도 합니다. 저 역시 인간쓰레기, 인간 말종, 로리콘, 변태이신 도련님 덕분에 여러 가지로 스트레스를 많이 받으니까 풀어야 하지 않겠습니까? 가장 좋은 방법은 주인님을 귀여워해 드리는 것이지만…… 참고 있습니다. 다시 한 번 말하지만 이건 비밀입니다.

이것으로 제가 할 일은 모두 끝난 것 같군요. 다음에는 부디 일하면 지는 거라 생각하는 놈의 정신이 들어 제가 여러분을 뵙는 일이 없었으면 좋겠습니다. 그럼, 도련님께서 돌아오실 시간이 다 되었기에 저는 이만 주인님을 깨우기 위해 실례하겠습니다. 부디 즐거운 시간이 되셨기를.

◆ 본 작품의 의견, 감상을 기다리고 있습니다 ◆

보내실 곳 _

서울시 마포구 망원로 96 (망원동 연세빌딩) 6층
우편번호 121-900
㈜ 디앤씨미디어 시드노벨 편집부

카넬 작가님 앞
영인 작가님 앞

나와 호랑이님 5.5

1판 1쇄 발행 2012년 5월 1일
1판 11쇄 발행 2020년 1월 20일

지은이_ 카넬
발행인_ 신현호
편집장_ 이환진
책임편집_ 유석희
편집_ 유석희 송영규 이호훈
편집디자인_ 한방울
국제업무_ 정아라 함려나 전은지
영업·관리_ 김민원 조은걸 조인희

펴낸곳_ ㈜ 디앤씨미디어
등록_ 2002년 4월 25일 제20-260호
주소_ 서울시 구로구 디지털로 26길 111 JnK디지털타워 503호
전화_ 02-333-2513(대표)
팩시밀리_ 02-333-2514
E-mail_ seed_dnc@dncmedia.co.kr
홈페이지_ www.seednovel.com

값 6,500원

ⓒ카넬, 2012

ISBN 978-89-267-8132-6 04810
ISBN 978-89-267-8052-7 (세트)

오버정우기 지음
Anmi 일러스트

숨덕부 **1**~**2**

천하의 전(前) 대덕여왕, 은예린을 숨덕으로 갱생시켜라?!

숨덕부와 모에연이 일대 전투(?)를 끝내고 평온을 되찾은 일상.

그런데 어째서 부원인 내가 전혀 모르는 소심해 보이는 여자애가 태연스럽게 들어와 있는 걸까? 깜짝 놀라 사라진 여자애. 서연지의 엉뚱한 놀이에 휘둘리며 순간의 해프닝으로 잊을 것이라 생각했었다.

"아가씨를 도와주십시오."

하지만, 메이드 선배 설수경은 반에서 왕따와 비슷한 처지가 되어 궁지에 몰린 은예린을 도와달라고 부탁해왔다. 설수경 선배가 보여준 그 '광경'에서 목격한 것은, 부실에서 마주쳤던 그 소심해 보이는 여자애였는데……

시드노벨 2회차 공모전 입선작,
연일 화제가 되고 있는 인기 학원 일상 코미디 제2탄!

www.seednovel.com